Blutwellen
Verlorene Freundschaft

Danksagung

Keine Geschichte wird in einem Vakuum geschrieben. Kein Autor kann in einem Vakuum arbeiten. Aus diesem Grund möchte ich mich bei allen bedanken, die mich im Laufe der letzten 24 Monate direkt oder indirekt bei der Erstellung von *Blutwellen: Verlorene Freundschaft* unterstützt haben.

Mein besonderer Dank gilt hierbei meiner Frau **Annette** und meiner Tochter **Elisabeth**; meiner Schwester **Sabine**, die vor 40 Jahren mein Interesse an den Hammer-Horror-Filmen und damit an dem Vampirgenre geweckt hat; **Tony** und **Bernie** für die Jahrzehnte der Freundschaft und für den regelmäßigen Austausch über alle Themen aus dem Bereich Film- und Literatur; **Dennis Teschner** für das Coaching im Bereich der Kommunikation.

Edgar Achenbach

Blutwellen
Verlorene Freundschaft

Bibliografische Information der Deutschen Nationalbibliothek:
Die Deutsche Nationalbibliothek verzeichnet diese Publikation in
der Deutschen Nationalbibliografie; detaillierte bibliografische
Daten sind im Internet über dnb.dnb.de abrufbar.

Cover: Edgar Achenbach

Für das Cover verwendete Grafiken:

Vampire
© Subbotina Anna – Fotolia.com (Bild Nr. 33851683)

Chaosstern
© A. Dudy - Fotolia.com (Bild Nr. 25510519)

Jumping cheerleader girl isolated on white
© Jana Guothova - Mostphotos.com (Bild Nr. 3267392)

Europäische Militärjets im Flug
© pgottschalk - Fotolia.com (Bild Nr. 64212583)

Zusätzlich im Text verwendete Fonts:

Architects Daughter
© Kimberly Geswein Fonts – www.Fontspring.com

Herstellung und Verlag:
BoD – Books on Demand, Norderstedt
ISBN 978-3-7448-9992-5

BETRUG

....

Mindy schloss leise, mit aller Vorsicht die Tür. Sie wollte mich wahrscheinlich nicht stören, aber ihr Gesicht sprach Bände. Es war vollkommen verheult. Strähnen ihrer Frisur klebten an ihren Wangen. Und noch während sich meine Finger von der Tastatur meines Notebooks lösten, ließ Mindy ihre Tasche einfach auf den Boden fallen, rannte zu ihrem Bett und schnappte sich eines ihrer Kuscheltiere. Dann brach alles heraus.

Ich stand von meinem Schreibtisch auf, ging zu ihr und kniete mich vor das Kopfende ihres Betts. Mindys Gesicht war bereits vollständig in ihrem Kissen verschwunden, aber ich hoffte, dass sie mich noch wahrnehmen würde.

»Hey, was ist los?«

»Er w- ... wird mich d- ... d- ... durchfallen lassen.«

»Was? Wer? Wer wird dich durchfallen lassen?«

»Der Neue. P- ... Professor K- ... K- ... König. Er hat ge- ... gesagt, dass ich geschummelt hätte. Ihn belogen. Bei meinem Essay. Alles abgeschrieben und im Internet geklaut. Deshalb hat er mir wegen Plagiarismus ein 'X' gegeben. Er gibt mir auch keine Chance, mein Essay zu überarbeiten oder es durch eine zweite L- ... Leistung auszugl- ... gleichen. Außerdem will er mich schon jetzt von der schriftlichen Semesterprüfung ausschließen; und im nächsten Jahr soll ich mich gar nicht erst in seiner Vorlesung blicken lassen. Er meint, das alles dürfe er machen. Weil ich eine fiese Betrügerin sei, und hier an der Uni nichts verloren hätte.«

Mindy begann, zu zittern. Ich nahm ihre Hand, die sich bereits fest in ihr Kopfkissen verkrampft hatte. Ihre Fingernägel pressten sich für einen Moment in meine Haut, dann aber ließ der

Druck nach. Gut, denn ich hatte schon Angst gehabt, dass die Sache gleich beim Notdienst enden würde.

»Hey, Mindy. Ganz ruhig. Was der Kerl dir vorwirft, ist Unfug. Ich habe doch gesehen, wie du die letzten drei Wochen über für dein Essay recherchiert und dir wirklich alles selbst erarbeitet hast. Das kann ich bezeugen. Bei Bedarf auch ganz formell an Eides statt. Außerdem sind diese Drohungen vollkommen überzogen. Bei einem ersten Betrugsversuch stehen einem Professor diese Maßnahmen überhaupt nicht zur Verfügung. Ein 'X' dürfte er dir geben, aber das war es dann auch schon. Da sind die Regeln hier an der Uni ziemlich unmissverständlich formuliert – und die gelten ohne jede Ausnahme fachbereichsübergreifend.«

»Das scheint Professor König aber eg– ... egal zu sein, denn er will auch der K- ... Kommission b- ... berichten. Er meint, er w- ... wolle denen natürlich nicht empfehlen, mein St- ... Stipendium zu streichen, aber sein Kurs ist Pflicht, Anna, und wenn ich den zweimal verhaue und keinen Schein bekomme, dann liege ich ein Jahr zurück und dann können die es mir tatsächlich wegnehmen, weil es ja so aussieht, dass ich selber schuld bin. Und ... und das war es dann. Meine Eltern, von denen bekomme ich nichts.«

Okay. Das war genug! Jetzt wurde ich richtig wütend auf diesen Professor König. Dass jemand mal einen miesen Tag hat und bei der Korrektur eines Essays seine schlechte Laune an einer Studentin auslässt, kann vorkommen. Das ist zwar nicht schön, aber man kann es mit Hilfe einer ehrlichen Entschuldigung schnell wieder aus der Welt schaffen. Nur ging mir das hier wirklich zu weit. Wenn sich jemand derart bösartig in das Privatleben meiner Freundin einmischt und sogar damit droht, ihre Zukunft zu vernichten, dann darf ich das nicht zulassen. Dann muss ich dem einen Riegel vorschieben. Jetzt gleich!

Und woher weiß ein stinknormaler Professor überhaupt von Mindys Stipendium? Der Vertrauensprofessor ist in der Regel informiert, das macht ja auch Sinn, aber sonst geht das niemanden etwas an. Und selbst wenn Professor König aus was für Gründen auch immer Wind von dem Stipendium bekommen haben sollte, dann dürfte er nicht darüber plaudern und es erst recht nicht als Druckmittel einsetzen. So Informationen unterliegen nämlich aus gutem Grund dem Datenschutz. Also bricht hier nicht Mindy die Regeln, sondern dieser Mistkerl.

Okay, ganz ruhig, Anna, dachte ich und trat auf die Bremse. Mit Wut würde ich hier nicht weiterkommen. Jetzt war eiskalte und wohlkalkulierte Sachlichkeit gefragt, um für Gerechtigkeit zu sorgen. Es genügte im Moment vollkommen, dass sich Mindy in ihren Emotionen verloren und wieder mit dem Stottern begonnen hatte. Das hatte sie schon seit Wochen nicht mehr gemacht. Eigentlich kaum noch, nachdem wir uns am Anfang des Semesters kennengelernt hatten. Ich durfte nicht zulassen, dass sie einen Rückfall erlitt.

»Ich hole uns beiden etwas zur Beruhigung«, sagte ich. »Ich bin gleich wieder da.«

Ich stand auf und ging zu unserem Kühlschrank, der in unserem gemeinsamen Zimmer im Studentenwohnheim der Rhein-Main-University nahe bei der Zimmertür stand. Dort angekommen nahm ich zwei kleine Glasflaschen heraus und mixte Mindy einen Kirsch-Banane-Saft. Einen KiBa. Ihr Lieblingsgetränk.

Dann … dann verschwamm plötzlich alles vor meinen Augen. Etwas packte mich und riss mich in die Vergangenheit. Ich erinnerte mich daran, wie vor gerade einmal ein paar Monaten Natalie noch die Rolle der Beschützerin eingenommen und mir immer einen Tee zur Beruhigung gemacht hatte, nachdem ich wieder einmal laut schreiend aus meinem Albtraum aufgewacht war – aus dem Albtraum, durch den für mich alles begann und für Natalie alles endete.

Mindys Schluchzen führte mich zurück in die Gegenwart. Ich lief wieder zu ihr und gab ihr das Glas mit dem KiBa. Ich blickte mit einem ganz kleinen bisschen Stolz auf das Getränk. Es war kristallklar marmoriert. Keine Ahnung, wie ich das geschafft hatte.

Mindy nahm sofort einen Schluck und es schien ihr auch schon wieder etwas besser zu gehen. Allerdings war sie definitiv noch nicht in der Lage, sich Gedanken darüber zu machen, was wir beide als ersten Schritt gegen die Anschuldigungen von Professor König unternehmen würden. Also würde ich mir etwas einfallen lassen.

»Hey, Mindy, du hast bei deinem Essay nicht geschummelt. Das weiß ich und das können wir auch beweisen. Da in der Kiste, da liegen doch noch alle deine handgeschriebenen Notizen. Damit kannst du klar belegen, wie intensiv du recherchiert hast. Das wird wahrscheinlich schon genügen, um die Sache zu klären.«

»Sicher?«

»Ganz sicher!«

»Und mein Stipendium?«

»Ich kann mir nicht vorstellen, dass die Kommission auf die Eingabe eines einzelnen Professors reagiert. Das dürfen die doch gar nicht. Da stünde ja sonst Haus und Hof für Missbrauch offen. Nein, mit diesen unverschämten Drohungen bewegt sich dein Professor auf sehr, sehr dünnem Eis. Sein Verhalten grenzt an Nötigung. Und das war eben noch ziemlich nett von mir ausgedrückt. Er macht sich schlicht und ergreifend strafbar, wenn er so tief in dein Privatleben eindringt. Es hat ihn nicht zu interessieren, wer dir dein Studium bezahlt. Aber … Professor König? Wer ist dieser Kerl überhaupt? Du hattest seinen Namen bisher noch nie erwähnt.«

»Er ist neu. Er hat die Reinhardt abgelöst. Die hat ganz kurzfristig eine super Stelle in Essen angeboten bekommen. Nur einen Tag später ist der König aufgetaucht. Wie aus dem Nichts. Von dem hatte bisher noch keiner von uns was gehört. Die anderen Professoren wohl auch nicht, aber die geben so etwas ja nicht zu.«

»Hmm. Dann ist der Kerl irgend so ein junger Hotshot, der seine Professur bekommen hat, ehe Google auf ihn aufmerksam werden konnte?«

»Nein. Das genaue Gegenteil. Professor König ist bereits um die Mitte sechzig. Aber das ist echt nicht das Problem, denn es ist der absolute Wahnsinn, was er alles weiß und wie lebendig er uns unterrichtet. Mit den modernsten Medien und Methoden.«

»Also ist er kein abgehobener Langweiler?«

»Das ist er definitiv nicht. Professor König hat echtes Charisma und er war vom ersten Augenblick an bei allen wirklich sehr beliebt, auch wenn wir so unseren Respekt vor ihm haben. Ich meine, er ist immer freundlich, aber er hat gleich klargestellt, dass man ihm nicht auf der Nase herumtanzen kann und dass er Leistung sehen will, die er aber fair bewertet – was er bis vor einer Stunde ja auch getan hat.«

»Dann war sein bösartiges Verhalten also nicht vorherzusehen?«

»Nein, das war es nicht. Gar nicht und … und er hat es auch ganz leise gesagt, so dass es sonst niemand mitbekommen hat. Den Vorwurf mit dem Betrug und die anderen bösen Worte, meine ich.«

»Okay, wir schaffen das aus der Welt. Professor König überschreitet hier eindeutig seine Kompetenzen. Was hältst du davon, wenn wir einen Termin bei ihm ausmachen? Dann kannst du ihm deine Unterlagen zeigen und noch einmal in aller Ruhe mit ihm reden. Wenn wir ihm dabei eine Brücke bauen und die Sache von Anfang an als Missverständnis deklarieren, dann wird er mit etwas Glück wieder zurückrudern.«

»Sicher?«

»Na ja, falls er trotzdem weiter mit Konsequenzen drohen sollte, dann werde ich ihm freundlich aber bestimmt erklären, was er im Falle eines Betrugsversuches überhaupt tun darf und was nicht. Immerhin gilt auch hier die Unschuldsvermutung.«

»Danke.«

»Aber den Termin solltest du ausmachen. Sähe sonst blöd aus. Ruf am besten gleich in seinem Vorzimmer an und sei bitte penetrant. Wer weiß, wie lange es sonst dauert, bis wir vorbeischauen dürfen. Hast du seine Nummer?«

»Er hat das Büro von der Reinhardt übernommen. Wahrscheinlich hat er auch ihre Nummer behalten. Wenn nicht, frage ich mich bei der Zentrale durch.«

Mindy schien sich wieder beruhigt zu haben. Ich stand also auf, ging zurück zu meinem Schreibtisch, speicherte mein Dokument und loggte mich im Studentenbereich der Rhein-Main-University ein, um mir die 'Allgemeine Studienordnung der Universität' und die 'Spezielle Studienordnung des Fachbereichs Geschichte' herunterzuladen. Es würde zwar mit Sicherheit noch ein paar Tage dauern, bis wir einen Termin bekämen, aber ich wollte mich auf jeden Fall schon einmal vorbereiten.

Und so schlecht sah die Sache auch gar nicht aus. Zumindest bestand formell kein Zweifel daran, dass Professor König hier außerhalb seines Kompetenzbereiches handelte; und das würde ich, Anna Lichtner, ambitionierte Jurastudentin und angehende Staatsanwältin, dem Mann sehr sachlich unter die Nase reiben. Er hat das falsche Mädchen bedroht!

Während mein Notebook die Dateien herunterlud, ging ich zum Wasserkocher. Lesen, schreiben und Notizen machen ging bei mir am besten mit einer Tasse English Breakfast Tee – heiß und mit Milch und Zucker. Da konnte ich besser denken.

Ich wartete, bis das Wasser vor sich hin sprudelte. Dann übergoss ich die beiden Teebeutel. Aber als ich mir schon einmal die Zuckerwürfel und die Milchtüte aus dem Regal und aus dem Kühlschrank holen wollte, merkte ich, dass etwas nicht stimmte. Mindy hatte gerade das Gespräch beendet und schaute ungläubig und immer nervöser werdend auf die Tastatur ihres Handys.

»Mindy? Was…?«

»Er hat gleich einen Termin für uns. Er möchte, dass wir sofort kommen und in zehn Minuten bei ihm sind.«

Zehn Minuten? Na klasse! Wir würden bereits mehr als 5 Minuten bis zu den Büros des Fachbereichs Geschichte brauchen. Damit blieb für das Ausdrucken der Studienordnung keine Zeit mehr. Geschweige denn dafür, halbwegs vorbereitet in dieses wichtige Gespräch zu gehen. Also stand es bereits vor Beginn der Unterhaltung 1:0 für Professor König.

ALLE REGISTER

••••

Meine Augen huschten über meinen Schreibtisch. Ich besaß ein 15 Zoll Notebook. Das könnte ich jetzt abstöpseln und mitnehmen, aber ich hasste es, wenn ich bei einem wichtigen Gespräch mit meinem Gegenüber reden und dabei gleichzeitig auf dem Bildschirm nach Informationen suchen musste. Da verlor ich viel zu leicht den Fokus und gab meinem Gesprächspartner auch noch eine wasserdichte Entschuldigung, mir hin und wieder einfach nicht mehr folgen zu können.

Aber egal. Das war die einzige Möglichkeit, die Studienordnung mitzunehmen. Denn die brauchte ich, wenn ich in dem Gespräch mit Professor König sachlich und auf den Punkt kommend argumentieren wollte. Immerhin ging es hier um Mindys Zukunft, und die durfte ich nicht einer guten Vermutung oder gar einem falsch zitierten Paragraphen überlassen.

Gerade als ich das Stromkabel aus dem Gehäuse meines Notebooks herausziehen wollte, hatte ich eine Idee. Ich lief zu meinem Nachttisch, schnappte mir mein Smartphone und wählte Svens Nummer. Er ging zum Glück gleich ran.

»Hallo Sven, hier ist Anna. Kannst du Mindy und mir einen großen Gefallen tun? Es ist wirklich sehr wichtig.«

»*Und sehr kurzfristig?*« Sven ahnte wohl, was auf ihn zukommen würde.

»Ja«, gab ich zu. »Ich meine, hast du vielleicht einen Tablet-PC, den du mir leihen könntest? Ich bräuchte ihn auch nicht lange. Nur für eine halbe Stunde, oder so. Für einen Termin bei einem von Mindys Professoren.«

»*Ja, natürlich. Aber du hast wahrscheinlich noch etwas anderes auf dem Herzen, oder?*«

»Ja. Könntest du uns vielleicht noch die 'Allgemeine Studienordnung der RMU' draufladen; und wenn es geht, auch die 'Spezielle Studienordnung des Fachbereichs Geschichte'? Aber nicht nur die Zusammenfassungen, sondern die vollständigen Texte.«

»*Wenn du so schwer bewaffnet zu dem Termin gehen musst, dann hört sich das nicht nach einem Freundschaftsbesuch an.*«

»Nein. Das wird auch keiner. Der Kerl hat sich Mindy gegenüber ziemlich danebenbenommen.«

»*Das tut mir leid. Ich helfe gerne. Ich fahre gerade Emilia hoch und lade auch gleich die Dokumente drauf. Das dauert keine zwei Minuten. Ihr könnt sofort vorbeikommen. Kann ich sonst noch etwas für euch tun?*«

»Nein. Wirklich vielen lieben Dank, Sven. Auch von Mindy. Bis gleich.«

»*Bis gleich.*«

Ich legte wieder auf. Ein Teil meines Bauchgefühls sagte mir, dass es richtig war, Sven anzurufen. Aber mir war auch bewusst, dass ich gerade ziemlich egoistisch und vielleicht auch verantwortungslos handelte. Denn als Natalie und ich Sven das letzte Mal um Hilfe gebeten hatten, hatte ihn das seine experimentelle WLAN-Kamera gekostet. Und nachdem was dann passiert war, hat er mich niemals darauf angesprochen.

»Ich … ich bin soweit«, riss mich Mindy aus meinen Gedanken. Sie hatte ihre gesammelten Unterlagen und Notizen, mit denen wir Professor König beweisen wollten, dass sie bei dem Essay nicht betrogen hatte, in ihre Hello-Kitty-Handtasche gepackt, die, wie so vieles, was Mindy besaß, normalerweise ein wesentlich jüngeres Zielpublikum hatte. Aber Mindy liebte all diese Sachen und letzten Endes fand ich, dass sie damit auf ihre ganz eigene Art und Weise ein unglaubliches Selbstbewusstsein ausstrahlte.

»Gut, dann lass uns gehen«, sagte ich und wir verließen unser Zimmer im Studentenwohnheim der Rhein-Main-University.

Hier stimmt doch etwas nicht, dachte ich, als ich die Tür zuzog. *Machtspiele, Existenzangst, Verunsicherung und Zeitdruck. Da zieht jemand alle Register der psychologischen Kriegsführung. Und der ganze Aufwand nur wegen eines Essays?*

Aber gut. Warum sollte ich vor einem normalen Professor Angst haben? Ich meine, egal wie labil das jetzige Gleichgewicht auch war und egal was es mich gekostet hatte, ich hatte die letzten Monate über nicht nur mit einer, sondern gleich mit zwei Vampirinnen ein Unentschieden und eine Art von respektvollem Waffenstillstand aushandeln können. Eine dieser beiden Vampirinnen war sogar eine über vierhundert Jahre alte eiskalte Killerin, die aus Freude tötete und mit deren Blutlinie sich mein Schicksal bereits lange vor meiner Geburt verflochten hatte. Die andere war Natalie, die einmal meine beste Freundin gewesen war und die mich jetzt mehr aus Verzweiflung als aus Rache in ihre Welt ziehen wollte.

Es fiel mir nicht leicht, an diese Ereignisse zu denken, und Mindy war die einzige Person, mit der ich darüber reden konnte. Aber im Moment gab mir meine jüngste Vergangenheit zumindest die Zuversicht, dass ich letzten Endes kein Problem damit haben sollte, vernünftig mit jemandem zu reden, der Geschichte nur unterrichtete. Der sie nicht erlebt hatte und dessen Leben noch nie von den Mächten der Finsternis bedroht worden war.

Oder?

Die Balance drohender Gefahr

•••

Wir liefen erst einmal ein Stockwerk die Treppe herunter, in den rechten Teil des Wohnheims. Sven wartete bereits vor seiner Zimmertür.

»Okay, das hier ist Emilia«, sagte er, als er mir stolz sein Tablet gab. Ich musste grinsen und konnte nicht verhindern, auf einmal an drachenreitende Terminatoren zu denken. »Die beiden Studienordnungen habe ich draufgeladen und auch schon geöffnet. Du kannst mit dem Taskmanager einfach zwischen ihnen hin- und herschalten.«

»Danke. Wann brauchst du es … wann brauchst du sie wieder?«

»Frühestens heute Abend. Du kannst dir wirklich Zeit lassen.«

»Okay, das reicht auf jeden Fall.«

Ich bedankte mich noch einmal bei Sven und dann machten sich Mindy und ich gleich auf den Weg. Denn über eine Sache war ich mir voll und ganz im Klaren. Die Sache mit dem 'Zeit lassen', die hatte die letzten Wochen über nie so richtig funktioniert.

••••

Fünf Minuten und eine Campusüberquerung später klopften wir an die Tür von Professor Königs Vorzimmer. Eine Frau Mitte 50 öffnete uns und bat uns herein. Sie meinte, dass der Professor uns bereits erwarten würde.

Wir gingen in den Raum und ich hörte, wie hinter uns die Tür mit einem 'Klack' geschlossen wurde. Allerdings stand die Tür zu Professor Königs Arbeitszimmer offen. Dort sah ich einen Mann vor seinem Schreibtisch stehen und Akten sortieren. Die Beschreibung, die mir Mindy auf dem Weg hierher gegeben hatte, passte sehr gut: Professor König war um die Mitte sechzig, sah sehr gut durchtrainiert aus, war vielleicht 1,73 m groß, hatte eine Glatze und braunleuchtende Augen. Die blickten überraschend freundlich und entspannt drein, verschwiegen aber nicht, dass sie garantiert zu eiskalten Dolchen werden würden, wenn man ihnen dumm daherkäme.

Schließlich legte Professor König die letzte Akte auf seinen Schreibtisch, drehte sich zu uns um und bat uns mit einer unglaublich charismatisch klingenden und wohl modulierten Stimme einladend in sein Büro. Während wir hereingingen, überlegte ich kurz, was dort in seiner Aussprache mitschwang. Ja, es war ein leichter, ein praktisch nicht wahrnehmbarer Akzent zu hören. Britisch? Indisch? Ich war mir nicht sicher. Trotzdem merkte ich, dass ich wahrscheinlich gerade den Fehler machte, mich bei ihm irgendwie geborgen zu fühlen.

»Frau Lichtner. Frau Monard. Bitte, nehmen Sie doch Platz«, bat er uns mit einer harmonisch legierten Verbindung aus Einladung und subtilem Befehl in sein Zimmer. Er zeigte dabei zu einem Besprechungstisch an der linken Wandseite des Raums. Und wow, auf dem Tisch standen sogar Getränke. Ein KiBa, eine Tasse English Breakfast Tee mit Milch und Zucker und eine Tasse mit einer vom Geruch her besonders rauen Sorte von Earl Grey Tee.

Nun gut, dann wissen wir zumindest schon einmal, wer wo sitzt, dachte ich.

Während wir uns setzten, beobachtete ich Professor König. Er ging erst noch einmal in sein Vorzimmer und sprach dort mit seiner Assistentin. Der Ton war sehr sachlich, aber auch vertrauensvoll. Zumindest ein Indiz dafür, dass die beiden einen professionellen

Respekt füreinander hatten und er kein Psychopath war, der seine Mitarbeiter anschrie. So Deppen gibt es nämlich.

»Sie können sich dann den Nachmittag freinehmen«, sagte Professor König zu seiner Assistentin und wieder fiel mir auf, dass da ein Hauch von Befehl in seiner Stimme mitschwang. Seine Assistentin verstand, packte ihre Sachen zusammen und fuhr ihren PC herunter. Als sie noch korrekt ihre Zeit in den Kalender eintragen wollte, schüttelte Professor König den Kopf und meinte, dass sie das auch noch morgen früh erledigen könnte. Auch das verstand sie.

Professor König reichte seiner Assistentin die Jacke und ich nutzte die paar Sekunden, die ich noch hatte, um mich weiter in seinem Büro umzusehen. Der Raum war in einem angenehm anthrazitfarbenen Ton mit bronzefarbenen Akzenten gehalten und es roch alles noch leicht nach frischer Farbe. Also war die Optik wohl seine Idee gewesen. Gut, das steht jedem Professor der Rhein-Main-University zu.

Ich hörte ein Surren. Die Fensterjalousie wurde heruntergelassen, aber der Raum wurde trotzdem weiterhin mit sanfter Gleichmäßigkeit von Halogenlampen erhellt. Niemand von uns wurde direkt durch ein Licht geblendet. Hier schien Professor König ein Gespür für Offenheit zu haben.

Schließlich kam er zurück in sein Büro. Er setzte sich mit professionellem Abstand zu uns an den Tisch und ließ gut gelaunt zwei Stück Kandiszucker in seinen Tee gleiten, die dort knackend verschwanden. Dann zeigte er einladend auf die Getränke vor uns und schaute mich erwartungsvoll an. »Sie haben um den Termin gebeten«, sagte er schmunzelnd.

Okay, das war mein Signal. Meine Chance, mein hoffentlich zukünftiges Selbst zum Vorschein zu bringen und die wohl modulierte Ruhe in Professor Königs Stimme nicht als Herausforderung oder gar als Drohung, sondern als Motivation zu sehen, dafür zu sorgen, dass hier in zehn Minuten drei Gewinner den Raum verlassen würden.

Wie schon so oft in diesen Situationen war ich innerlich bereits in Tränen ausgebrochen, aber ich wusste, dass ich es auch diesmal wieder schaffen würde, die Kontrolle über meine Stimme zu behalten. Das Emotionale hätte Zeit bis nachher, wenn ich mich bei Bedarf in aller Ruhe in meinem Zimmer ausheulen könnte.

»Herr Professor König, vielen Dank dafür, dass Sie so kurzfristig Zeit für uns haben«, begann ich also. »Ich möchte mit Ihnen gerne über Ihren Verdacht reden, dass sich Frau Monard bei ihrem letzten Essay des Plagiarismus schuldig gemacht hätte.«

»Und dieser Verdacht, Frau Lichtner, der ist … was?«

»Der ist vollkommen unbegründet, Herr Professor. Frau Monard und ich teilen uns seit mehreren Monaten ein Zimmer im Studentenwohnheim und ich kann Ihnen versichern – sehr gerne auch absolut formell an Eides statt – dass Frau Monard ihr Essay selbstständig recherchiert und geschrieben hat. Selbstverständlich habe ich es Korrektur gelesen und soweit ich das konnte, die Referenzen überprüft. Aber diese Art der Unterstützung ist nicht verboten. Sie wird sogar empfohlen.«

»Aber warum soll ich Ihnen das glauben, Frau Lichtner? Immerhin werden Sie später einmal zu den Menschen gehören, die sich für ein originelles Interpretieren der Realität teuer bezahlen lassen – und darin sind Sie ja anscheinend schon jetzt ziemlich bewandert.«

Ich ignorierte die Frechheit. »Das dürfen Sie natürlich selbst entscheiden, Herr Professor, aber um Ihre Zweifel an meiner Aussage gleich auszuräumen, haben wir Ihnen als Beleg alle Unterlagen und auch alle handschriftlichen Notizen mitgebracht, mit deren Hilfe Frau Monard ihr Essay recherchiert und geschrieben hat. Sie ist die alleinige Autorin. Sie haben wirklich keinen Grund, das anzuzweifeln.«

Ich reichte Professor König die Mappe, die Mindy noch schnell zusammengestellt hatte. Er öffnete sie und sah sich ihren Inhalt überraschend gewissenhaft an.

»Das ist sehr beeindruckend, aber ich muss Ihnen sicherlich nicht erklären, dass man auch Geklautes noch einmal schnell nachträglich auf einen Zettel schmieren kann. Also, Frau Lichtner, was machen Sie, wenn ich Ihnen nun sage, dass Sie mich nicht überzeugt haben und dass ich nachhaltig regelnde Maßnahmen weiterhin für absolut gerechtfertigt halte?«

»Wenn Sie das so sehen, dann müssen wir jetzt über Ihre Befugnisse als Professor der Rhein-Main-University reden«, sagte ich und bereitete mich auf die nächste Runde vor.

»Diese Befugnisse sind sehr weitreichend.«

»Nein. In diesem Fall sind sie das nicht. Zumindest noch nicht. Sowohl die 'Allgemeine Studienordnung der Universität' als auch die 'Spezielle Studienordnung des Fachbereichs Geschichte' sehen selbstverständlich vor, dass Sie die Arbeit eines Studenten bei einem einwandfrei bewiesenen Betrugsversuch mit einem 'X' bewerten und dies auch in der Kursakte festhalten können. Allerdings gibt es als Memorandum die Empfehlung, den Studenten bei einem Erstvergehen ein zweites Thema ausarbeiten zu lassen und dies dann neutral zu bewerten. Das sind die Regeln. Das ist Ihr Spielraum. Selbst wenn Frau Monard betrogen hätte, dürften Sie länger wirkende Maßnahmen gar nicht anwenden. Außerdem – und das ist jetzt eine inoffizielle Anmerkung, Herr Professor – muss ich Sie darauf hinweisen, dass Sie ganz klar Grenzen überschreiten würden, falls Sie jemals damit drohen sollten, sich in Mindys Stipendium einzumischen und darauf einen negativen Einfluss üben zu wollen.«

»Sie weisen mich *inoffiziell* darauf hin?«

»Ja, natürlich. Ich möchte nur im Vorfeld verhindern, dass Sie eines Tages vielleicht einmal solch einen schwer zu verzeihenden Fehler begehen.«

Professor König schwieg. Er sah mich an. Er musterte mich. Gerade jetzt, als ich mich mit meiner Drohung an den Rand des Machbaren bewegt hatte, tat er mir nicht den Gefallen, etwas zu erwidern. Lautlos machte er mir klar, dass ich weiterhin in der Bringschuld stand.

Ich blickte kurz zu Mindy. Sie nahm gerade leicht verloren einen Schluck von ihrem KiBa. Sie hatte seit dem Beginn des Gesprächs noch nichts gesagt und war von Professor König bisher auch nicht wirklich beachtet worden. Mich schien er im Moment auch zu ignorieren. Vielmehr sah er einladend die gefüllte Tasse Tee an, die vor mir auf dem Tisch stand.

Okay, okay. Verstanden. Ich würde jetzt auch etwas trinken. Das hätte etwas von einem Friedensangebot und würde mir zusätzlich einen netten Grund geben, Professor König auch mal einen Moment warten zu lassen. Mit Tee im Mund kann man eben nicht sonderlich gut argumentieren. Das versteht jeder.

Also griff ich zu der Tasse, führte sie gemütlich zu meinen Lippen und nahm einen Schluck. Das tat gut. English Breakfast mit Milch und Zucker. Perfekt. Genau nach meinem Geschmack und … und man war ich die letzten 15 Minuten über bescheuert gewesen!

Ich schluckte, was auch immer ich da in meinem Mund hatte, emotionslos herunter und stellte die Tasse mit einen hoffentlich wohl dosierten 'Klack' wieder ab. Etwas begann, auch in Mindy zu arbeiten, denn sie fror ebenfalls ihre Bewegung ein und verabschiedete sich von ihrem Getränk. Nur Professor König blieb ganz entspannt. Er genoss einfach nur seinen Earl Grey Tee und wartete dabei gemütlich auf meinen nächsten Zug.

»Es geht in dieser Besprechung gar nicht um Mindys Essay, Herr Professor. Oder? Sofern Sie überhaupt ein Professor für Geschichte sind.«

»Sie haben recht, Frau Lichtner«, antwortete Professor König. »Sie haben recht damit, mir gegenüber misstrauisch zu sein; und Sie haben recht damit, dass das Essay von Frau Monard niemals

Gegenstand dieser Besprechung war. Das ist nämlich eine ganz hervorragende Arbeit. Von der Struktur, vom Spannungsaufbau, vom Inhalt und von der Tiefe der Argumentation her ein glattes A. Nur ist es vielleicht auch etwas zu sachlich gehalten, Frau Monard, weshalb ich mir erlaubt habe, es mit einem A- zu bewerten. Mir fehlt da die gewisse Note der feurigen Emotion in Ihrem Text. Das müssen Sie noch in den Griff bekommen, wenn Sie später einmal einen Haufen von Schülern erfolgreich motivieren wollen, Dinge über Leute zu lernen, die schon seit vielen hundert Jahren tot sind – oder die zumindest möchten, dass wir das von ihnen glauben.«

Schließlich überreichte er Mindy ihr Essay, das er bisher zurückgehalten hatte. Dann galt seine volle Aufmerksamkeit wieder mir.

»Worum geht es hier wirklich, Herr Professor?«

»Es geht um Sie, Frau Lichtner. Wir müssen uns dringend unterhalten, aber vorher wollte, nein, aber vorher musste ich mir noch ein Bild darüber machen, wie Sie reagieren, wenn man Sie nicht nur unter Stress und Zeitdruck setzt, sondern auch noch damit droht, die Zukunft von jemandem zu zerstören, der Ihnen sehr nahesteht. Es ist wirklich von Bedeutung für mich, dass ich einschätzen kann, wie Sie bei drohender Gefahr die Balance zwischen Emotion und Sachlichkeit halten.«

»Und?«

»Ich bin beeindruckt.«

»Ich nicht unbedingt, Herr König.«

»Oh, das war subtil.« Professor König grinste. Aber es war kein bösartiges Grinsen. In seinem Gesicht war jetzt vielmehr so etwas wie verschmitzte Entspannung zu lesen. »Natürlich trügt Sie Ihr Instinkt auch hier nicht. Ich bin tatsächlich kein Professor für Geschichte. Ich wurde niemals berufen und ich habe das Fach auch nicht studiert. Allerdings möchte ich betonen, dass Sie sich keinerlei Sorgen um meine pädagogische Qualifikation und schon gar nicht um mein Fachwissen machen müssen. Das kann Frau Monard sicherlich bestätigen«, beendete er seinen Satz und schaute Mindy herausfordernd an.

»Ja, Sie sind ganz gut«, sagte Mindy sachlich und mit einem Hauch von Langeweile in ihrer Stimme. Wow! Die alte Mindy hätte wahrscheinlich nur schüchtern genickt. Aber dieser Volltreffer, der hatte gesessen.

»Ganz gut«, wiederholte Professor König. »Das habe ich wahrscheinlich verdient, aber kommen wir zum Thema. Die Fairness gebietet, dass ich Sie beide nicht länger im Unwissen lasse. Frau Lichtner, ich weiß, dass sich vor wenigen Monaten Ihr Weg mit dem der Vampirin Valery gekreuzt hat und...«

Valery! Woher...? Nein, egal! Ich holte tief Luft. Jetzt waren nur noch zwei Dinge wichtig. Weiter zu atmen und alles zu leugnen. Mein nächster Satz musste sitzen – und dann nichts wie raus hier!

VERLORENE FREUNDSCHAFT

. . . .

»Was? Vampire? Nein, Herr Professor«, antwortete ich und gab mir
Mühe, leicht amüsiert zu klingen. »Mindy ist die Historikerin hier.
Ich bin Jurastudentin, wie Sie eben vielleicht bemerkt haben. Ich
habe auch nie eine Vorlesung über mythologische Geschichte
besucht, in der diese ausgedachten Fabelwesen bespro–«

»Frau Lichtner«, unterbrach mich Professor König. Er blieb
super freundlich, signalisierte mir aber, dass ich keinen Spielraum
mehr hatte. »Nach all dem, was ich in Ihrer Studentenakte über Sie
gelesen und gerade eben beobachtet habe, verabscheuen Sie billige
Spielchen mindestens genauso wie ich. Beleidigen Sie deshalb bitte
nicht unser beider Intelligenz dadurch, dass Sie mir jetzt
widersprechen oder vielleicht sogar noch mit dem Lügen beginnen.
Das wäre wirklich nicht Ihr Niveau.«

»Okay.«

»Vielen Dank. Ich verlange im Moment auch nicht mehr von
Ihnen, als zehn Minuten Ihrer Aufmerksamkeit. Aber zurück zum
Thema. Frau Lichtner, auch wenn ich bei Weitem nicht alle Details
Ihrer Begegnung mit Valery kenne, so denke ich doch, dass es eine
sehr persönliche Verbindung zwischen Ihnen und der Vampirin
gibt.«

Ich zuckte zusammen. Das Band zwischen Valery und mir
war nichts, was ich einen praktisch Fremden über mich wissen
lassen durfte. So ein Geständnis könnte sehr schnell mit einer
Einweisung in die Psychiatrie oder vielleicht sogar mit einem
Holzpflock im Herzen enden.

»Nein, bitte. Ihr sorgenvoller Blick ist unbegründet«,
versuchte Professor König mich zu beruhigen. »Solch eine
Verbindung mit einem Vampir ist nichts Ungewöhnliches. Das gilt

im Besonderen, wenn wir von Valery reden. Sie hat nämlich die sehr seltene Fähigkeit, Träume zu induzieren. Das ist ihr Trick. Damit fängt sie ihre Beute. Sie lässt einen jungen Mann mehrmals einen Traum durchleben, in dem sie die Rolle der Jungfrau in Not einnimmt, die vor dem sicheren Tod gerettet werden muss. Natürlich sorgt sie dafür, dass es in dem Traum niemals zu einem Happy End kommt. Das erhöht den moralischen Druck auf den armen Kerl. Dann, nach ein paar Tagen, stellt Valery genau dieses Szenario an einem einsamen Ort nach; und wenn ihr Opfer nun versucht, ihr zu Hilfe zu eilen, ist es zu spät für ihn. Er sitzt in der Falle. Anschließend lässt Valery die Sache wie einen Unfall oder wie einen Selbstmord aussehen und verschwindet für ein paar Jahre aus der Gegend. Sie geht dabei immer überaus präzise vor und nimmt keine Gefangenen. Sie hinterlässt keine Spuren. Allerdings glaube ich, Frau Lichtner, dass Sie Valery da einen Strich durch die Rechnung machen. Sie haben mehr erlebt, als einfach nur einen Traum von ihr zu empfangen. Sie können die Präsenz der Vampirin spüren, oder?«

»Ja, das kann ich«, antwortete ich ehrlich. Lügen machte keinen Sinn mehr.

»Und damit werden Sie für die Vampirin zu einer Gefahr. Zu einem Risiko, dass sie nicht dulden kann. Das hat sie bereits klargestellt und deshalb Ihre frühere Mitbewohnerin Natalie Roth ermordet. Das tut mir sehr leid.«

»Das war eine Warnung. Nur ist es nicht fair, dass es Natalie getroffen hat.«

»Das ist es ganz sicher nicht. Aber lassen Sie sich bitte niemals einreden, dass Sie eine Mitschuld an Natalies Tod hätten. Die haben Sie nicht. Das war Valerys Tat. Nicht Ihre. Trotzdem glaube ich, dass da noch mehr dahintersteckt. Valery kennt normalerweise keine Gnade, aber sie hat Sie verschont. Sie sind noch am Leben. Deshalb denke ich, dass da etwas in Ihnen schlummert, das Valery respektiert und das Valery bisher davon abgehalten hat, auch Sie zu töten.«

»Wer sind Sie, Herr Professor? Oder sollte ich vielleicht besser fragen, was Sie sind?«

»Ich. Ich bin ein ganz normaler Mensch, Frau Lichtner. So wie Frau Monard und Sie, oder, nun ja, je nachdem was sonst noch in Ihnen steckt, vielleicht auch nur wie Frau Monard. Aber keine Angst und zurück zu Ihrer berechtigten Frage nach meiner beruflichen Tätigkeit. Die ist nämlich tatsächlich etwas ungewöhnlich. Ich arbeite für eine internationale Organisation, die sich DIE SCHULE nennt.«

»Die Schule?«

»Ja. Das Gebäude, von dem aus wir operieren, liegt in der Nähe von London. Es war gegen Ende des 19. Jahrhunderts das Zuhause einer recht progressiven Eliteschule für talentierte junge Damen, deren Eltern der damals nicht gerade alltäglichen Überzeugung gewesen waren, dass ihre Töchter später einmal nicht nur wissen sollten, wie man einen Haushalt führt, schön singt und Bilder malt. Nach dem Ersten Weltkrieg wurde das Anwesen von zwei Lehrerinnen – eine davon war übrigens eine ehemalige Schülerin – in das umgewandelt, was es heute immer noch ist. Es gab dort nämlich bereits im normalen Schulbetrieb den einen oder anderen recht interessanten Zwischenfall.«

»Das hört sich wirklich nach einer sehr besonderen Schule an. Aber Sie sind sicherlich nicht deren Hausmeister.«

Professor König lachte. »Nein, es wäre ziemlich anmaßend von mir, mich mit ihm messen zu wollen. Ich bin – wenn ich mich jetzt einmal etwas clichéhaft ausdrücken darf, Frau Lichtner – ein Geheimagent. Allerdings keiner, der sich über fremde Nationen Gedanken machen muss. Ich habe mich auf Wesen der Finsternis spezialisiert. Auf Wesen wie Valery.«

»Dann arbeiten Sie im Auftrag der katholischen Kirche? Des Vatikans?«

»Nein. Wir sind dort zwar einem handverlesenen Personenkreis bekannt und tauschen auch immer mal wieder Wissen und Informationen aus, aber wir operieren absolut unabhängig und achten bei der Auswahl unserer Mitarbeiter darauf, uns an keine bestimmte Glaubensrichtung zu binden. Wir setzen bewusst auf harmonische Vielfalt. Das ist eine schöne Sache. Es gab da zum Beispiel einmal einen Dibbuk, der es trotz aller Bemühungen nicht geschafft hat, Zwietracht zwischen einem meiner jüdischen und einem meiner muslimischen Kollegen zu säen. Sie hätten mal sein verdutztes Gesicht sehen sollen. Wir haben den Kerl übrigens am Leben gelassen. Er hat seine Lektion gelernt und sich von dem Tag an benommen.«

»Also gibt es keine Regierung, die Ihnen sagt, was Sie zu tun und was Sie zu lassen haben?«

»Nein, die gibt es nicht. Nur eine sehr weise Frau, der vor langer Zeit eine zweite Chance gegeben wurde.«

Professor König machte eine Pause. Ich verstand. *Quid pro quo*. Jetzt war ich an der Reihe. Meine Hand fuhr nach unten und hob die Tasse an. Ich nahm noch einen Schluck von dem Tee. Diesmal nicht nur aus Höflichkeit, sondern auch als ein Zeichen eines ersten, eines sehr, sehr vorsichtigen Vertrauens. Denn eine andere Option hatte ich im Moment nicht.

»Vor fast 100 Jahren ermordete Valery einen Mann, den sie wie von Ihnen beschrieben auf dem Dach einer Kirche in Dornbach im Taunus in die Falle gelockt hatte. Dabei kam es zu einem kurzen Kampf, bei dem der Mann es geschafft hatte, Valery leicht zu verletzen. Die Wunde blutete und durch einen schrecklichen Zufall musste meine Urgroßmutter etwas von diesem Blut schlucken. Sie war damals noch ein Säugling. Das ist meine Geschichte. Deshalb trage ich etwas von Valery in mir.«

»Ich verstehe. Das erklärt einiges. Denken Sie denn, dass Sie die einzige in Ihrer Familie sind, die Valery spüren kann?«

Ich schüttelte den Kopf. »Nein. Meine Großmutter konnte das wohl auch, allerdings sind sich die beiden nur einmal kurz und ohne jegliche Konsequenzen in den USA über den Weg gelaufen. Aber die … die Reichweite der Verbindung, die ich mit Valery habe, die ist nicht sehr groß. Ich bekomme erst mit, dass Valery in der Nähe ist, wenn sie sich mir vielleicht drei bis fünf Kilometer genähert hat. Vorher nicht.«

»Das ist keine große Marge, wenn man es mit jemandem wie Valery zu tun hat. Aber wie sind Sie auf all das gekommen?«

»Die Geschichte von dem Mann, der von Valery in eine Falle gelockt und ermordet worden war, die hatte ich ständig geträumt. Damit fing alles an. Ich hielt das nicht mehr aus und nachdem ich durch Zufall herausgefunden hatte, dass es die Kirche aus meinem Traum tatsächlich gibt und sie hier in der Nähe in Dornbach im Taunus steht, bin ich eben dorthin gefahren und habe vor Ort mit meinen Nachforschungen begonnen. Erst dadurch habe ich Valery auf mich aufmerksam gemacht. Deshalb hat sie Natalie…«

Professor König nickte. Mir war klar, dass ich ihm nicht verschweigen konnte, dass Natalie jetzt eine Vampirin war. Wahrscheinlich war das ohnehin keine Neuigkeit für ihn.

»Aber ich weiß wirklich nicht, wo sich Natalie gerade aufhält, Herr Professor. Und Sie müssen verstehen, dass ich Natalie nicht zum Thema machen kann. Bitte erwarten Sie hier keine Hilfe von mir.«

»Darum geht es mir auch gar nicht, Frau Lichtner. Hier haben Sie nichts zu befürchten. Ich habe Natalie beobachtet. Es ist wirklich bewundernswert, wie sehr Sie sich unter Kontrolle hat. So etwas kommt nicht oft vor. Meiner Kenntnis nach hat Natalie bisher noch keinen Menschen angegriffen und die Sache mit den gestohlenen Blutkonserven ist zwar nicht schön, aber immer noch die weitaus akzeptablere Lösung.«

Natalie hat bisher noch keinen Menschen angegriffen, wiederholte mein Unterbewusstsein und machte mir klar, was das bedeutete.

Nur konnte ich leider nicht verhindern, dass meine Hand reflexartig an die Stelle meines Halses fuhr, an der mich Natalie vor ein paar Wochen gebissen hatte. Eine ganz kleine Narbe war mir als Erinnerung an den Wandel meiner Freundin geblieben. Zwei kleine helle Punkte; und natürlich entgingen die nicht der Aufmerksamkeit von Professor König.

»Die sieht wirklich nur ein geschultes Auge und die werden auch bald wieder vollständig verschwunden sein. Es liegt in der Natur von Vampiren, keine Spuren zu hinterlassen. Und da dieses Versehen mit Sicherheit mehr als 72 Stunden zurückliegt, haben Sie nichts mehr zu befürchten. Natalie ebenfalls nicht. Das verspreche ich Ihnen. Jeder von uns macht mal Unfug. Ihre Freundin ist nicht der Gegenstand dieses Treffens.«

»Dann wären wir jetzt wohl an dem Punkt angelangt, an dem Sie mir sagen, worum es hier wirklich geht. Was genau Sie von Mindy und mir wollen.«

»Natürlich«, antwortete Professor König und ich bemerkte, dass da auf einmal ein Hauch von Melancholie und Traurigkeit in seiner Stimme mitschwang. Was auch immer er gleich enthüllen würde, es würde sehr persönlich werden.

Professor König griff in die Tasche seines Sakkos, das über seinem Stuhl hing. Er zog eine kleine Brieftasche heraus. Er öffnete sie und legte einen Dienstausweis in der Größe einer Kreditkarte auf den Tisch. Es war ein garantiert gefälschter Presseausweis, auf dessen Passbild ich einen Mann von vielleicht Mitte 40 erkennen konnte. Ich hatte ihn bisher noch nie gesehen, aber ich ahnte, dass ich gleich mehr über ihn erfahren würde, als mir lieb war.

»Es geht um etwas, Frau Lichtner, das uns beide verbindet. Es geht um eine verlorene Freundschaft. Sie müssen wissen, dass wir in der Schule immer in Zweierteams arbeiten. In der Regel besteht ein Team aus einem jüngeren und einem älteren Kollegen. Das hier ist mein ehemaliger Partner. Nicholas. Ich habe ihn vor 20 Jahren ausgebildet und seitdem waren wir ein tolles Team.«

»Sie sprechen in der Vergangenheit von ihm.«

»Ja. Es stand ein Rollentausch an. Für mich war die Zeit gekommen, mich zurückzuziehen. In den Ruhestand zu gehen. Mich mit etwas Glück auf einer schönen Insel niederzulassen. Und für Nicholas war die Zeit gekommen, vorzurücken. Selbst die Verantwortung für einen jungen Agenten zu übernehmen.«

»Aber dann wurde er … nein, schlimmer. Er ist übergelaufen, oder?«

»So einfach ist es leider nicht. Mein Freund hat die dunklen Grenzen seiner Menschlichkeit überschritten und ich konnte es nicht verhindern. Nicholas war … Nicholas ist ein Hitzkopf. Ich bin da anders, auch wenn Sie mir das jetzt vielleicht nicht glauben mögen. Ich bin der Meinung, dass man jedem Dämon und auch jedem Vampir erst einmal eine Chance geben sollte. Ab und zu erreicht man mit dieser Einstellung Unglaubliches. Nicholas hingegen war der auch nicht so ganz unfundierten Überzeugung, dass man sich und andere in Lebensgefahr bringt, wenn man Vampiren und Dämonen Entgegenkommen zeigt. Für ihn gab es deshalb kein Gespräch, kein Feilschen und keinen Deal. Nur das eine. Nur das Ende. Und das war auch gut so, denn es gab in den letzten 20 Jahren den einen oder anderen Vorfall, den ich ohne sein Misstrauen und den anschließenden Hieb seines Schwertes nicht überlebt hätte.«

»Aber wahrscheinlich gab es genauso oft auch Situationen, in denen Sie durch ein gutes Gespräch Informationen bekommen haben, die sich sonst buchstäblich in Staub aufgelöst hätten. Sie waren doch ganz sicher ein prima 'Good-Cop / Bad-Cop'-Team, oder?«

»Ja, das waren wir«, lachte Professor König. »'Sag dem Alten jetzt ganz schnell, was er wissen will, bevor er seinen Kollegen holt. Und dann verziehen wir uns für die nächsten 100 Jahre'. Diesen Spruch habe ich tatsächlich einmal gehört. Ich habe ihn mir gemerkt, denn er hat mir bestätigt, wie perfekt unsere

Zusammenarbeit funktioniert hat. Nur ist es damit nun für immer vorbei.«

»Was ist passiert?«

»Nicholas verlor mehr und mehr die Kontrolle über sein Temperament. Seine Methoden wurden härter. Sein Wesen erbarmungslos. Das Ausschalten eines Gegners stellte für ihn schließlich keine vielleicht auch einmal vermeidbare Pflichterfüllung mehr dar, sondern es bereitete ihm echte Freude. Er empfand das Töten als einen Genuss, für den er letzten Endes sogar bereit war, das Leben unbeteiligter Menschen zu riskieren. Diesen Weg darf kein Agent der Schule einschlagen. Aber Nicholas hat es getan. Und ich habe mir zu Schulden kommen lassen, es viel zu spät bemerkt zu haben.«

»Aber irgendwann haben Sie es bemerkt. Wie?«

»Wir hatten vor einigen Monaten einen heiklen Auftrag bekommen. Direkt aus London. Mit höchster Priorität. Eine unglaublich hässliche Sache. Eine Gruppe von Vampiren hatte in der Schweiz eine kleine Pension überfallen. Sie haben alle Insassen ermordet, bis auf ein 15-jähriges Mädchen, das sie entführt und verwandelt haben. Aber das war nur der Anfang. Das war nur der Beginn ihres grausamen Spiels. Sie haben die Kleine anschließend eingesperrt und sie ohne sie über ihren Zustand aufzuklären, wochenlang hungern lassen. Wir haben alles versucht, aber wir haben sie nicht gefunden. Sie wurde schließlich von den Vampiren in einem ausgebuchten Messehotel ausgesetzt. Wie durch ein Wunder haben Nicholas und ich rechtzeitig davon erfahren und konnten noch alle Menschen herausbekommen. Allerdings war auch ich mir darüber im Klaren, dass es nichts mehr gab, was wir für das Mädchen hätten tun können. Durch das, was man ihr angetan hatte, hatte sie ihren Verstand verloren. Sie war zu einer hochexplosiven Zeitbombe mutiert. Nein, für sie gab es nur noch eine Lösung.«

»Es zu beenden?«

»Ja. Das war der nächste Schritt. Schnell und sauber wollten wir vorgehen. Sie sollte nichts mitbekommen. Nicht leiden. Aber wir hatten sie unterschätzt. Sie war viel flinker, als wir es erwartet hatten. Sie schlug mich nieder und ich bekam gerade noch mit, wie sie sich anschließend auf Nicholas stürzte. 10 Minuten später wurde ich durch ihre Schreie geweckt.«

»Also erledigte Nicholas die Sache jetzt auf seine Weise.«

»Das hätte ich wahrscheinlich noch akzeptieren können. Aber als ich den Schreien nachging, fand ich das Mädchen schließlich in der Generalsuite des Hotels. Sie war von Nicholas auf ein Bett gefesselt worden. Er hatte sie so vor den Fenstern positioniert, dass sich die Sonnenstrahlen der aufgehenden Sonne langsam ihrem Körper näherten. Einem in Panik geratenen Vampir bringt das keinen angenehmen Tod. Nur reichte das Nicholas nicht. Er wollte sie vorher noch vergewaltigen. Er war der Meinung, dass dies die gerechte Strafe für das sei, was sie den Menschen alles angetan hätte. In diesem Moment verstand ich, dass sich nicht nur meine Karriere, sondern auch die von Nicholas dem Ende näherte.«

»Was haben Sie getan?«

»Ich beendete ihr Leiden. Für immer. Dann schlug ich Nicholas nieder und brachte ihn nach London. Es musste eine Entscheidung getroffen werden. Schnell. Vertuschen war keine Option. Wir genießen einen gewissen Respekt in der Finsternis, aber wenn sich herumgesprochen hätte, dass wir einem unserer Agenten eine solche Tat durchgehen lassen, dann hätten wir genau diesen Respekt für eine sehr lange Zeit verloren und wahrscheinlich auch noch eine Rachewelle heraufbeschworen. Wir mussten also eine Lösung finden.«

»Diesmal mit voller Härte?«

»Nur insoweit es wirklich notwendig war. Wir mussten natürlich ein Zeichen setzen, aber wir durften dabei nicht unsere eigene Menschlichkeit verlieren. Nicholas wurde mit sofortiger Wirkung vom Dienst suspendiert und ich schlug vor, ihn erst einmal ein halbes Jahr lang psychologisch zu betreuen und ihn danach mit der einen oder anderen Gedächtnislücke in den Ruhestand zu schicken. Nach einer Weile akzeptierte Nicholas den Vorschlag und wir konstruierten eine Vergangenheit für ihn. Er sollte später einmal glauben, dass er zwei Jahrzehnte lang für eine Anti-Terroreinheit gearbeitet und bei einem Einsatz eine schwere Amnesie erlitten hätte. Alles lief gut, aber dann hat Nicholas vor drei Wochen seine Therapeutin niedergestochen und ist geflohen. Sie hat knapp überlebt, nur wird man sie in der Öffentlichkeit nie mehr ohne ein Halstuch sehen. Aber das volle Ausmaß von Nicholas' Verrat wurde uns erst bewusst, nachdem wir seine sehr intelligent verschlüsselten Internetprotokolle decodiert hatten.«

»Kann es sein, dass ich jetzt langsam ins Spiel komme?«

»Ich fürchte ja. Aber nicht nur Sie, sondern auch Valery. Valery und ihre Methoden sind der Schule selbstverständlich schon sehr lange bekannt. Diese Mörderin steht ganz oben auf unserer Liste, aber wir kommen einfach nicht an sie heran. Sie ist viel zu intelligent. Sie schlägt mit Freude zu und verschwindet danach sofort wieder in den Schatten ihrer Welt. Natürlich wäre das Ausschalten von Valery ein Kronjuwel im Lebenslauf eines jeden Jägers. Deshalb hat sich Nicholas jetzt wohl in den Kopf gesetzt, sie als glorreichen Abschluss seiner nun definitiv beendeten Karriere zu Fall zu bringen. Er möchte noch einmal in seinem Leben etwas erreichen, das die letzten 100 Jahre über keinem seiner Vorgänger gelungen ist.«

»Ein Ziel, bei dem ihm meine Fähigkeit, Valerys Nähe zu spüren, entscheidend helfen könnte.«

»Ja, und damit sind wir nun wirklich bei Ihnen angelangt, Frau Lichtner. Anhand der Internetprotokolle wurde uns klar, dass Nicholas bereits auf Sie aufmerksam geworden ist. Ich denke, dass er von Ihrer Geschichte im Moment ungefähr genauso viel weiß, wie ich am Anfang unseres Gesprächs. Vielleicht etwas mehr, da ich davon ausgehe, dass er Sie bereits für eine Weile gut verborgen aus der Dunkelheit beobachtet hat – oder zumindest hat beobachten lassen. In diesem Geschäft verfügt nun einmal jeder von uns über eine Sammlung von Chips, die wir bei Bedarf einlösen können.«

»Also denken Sie, dass Nicholas demnächst an mich herantreten wird, um mich aktiv für seine Jagd auf Valery zu gewinnen?«

»Genau das befürchte ich.«

»Darf ich Ihnen jetzt eine Frage stellen und auf eine ehrliche Antwort hoffen?«

»Selbstverständlich. Deshalb sitzen wir ja gerade zusammen.«

»'Der Feind meines Feindes ist mein Freund.' Ich finde, dass an diesem Spruch durchaus etwas dran ist. Also, unabhängig von den jüngsten Taten Ihres Kollegen, die ich ganz klar verachte, was sollte mich davon abhalten, ihn zu Valery zu führen? Valery hat Terror und Tod in mein Leben gebracht. Sie hat Natalie etwas Abscheuliches angetan. Deshalb glaube ich nicht, dass ich ein echtes Problem damit hätte, Nicholas in die richtige Richtung zu schubsen.«

»Wenn Sie ein Mensch ohne Skrupel wären, Frau Lichtner, dann würde ich Ihnen recht geben. Aber das sind Sie nicht. Für Sie heiligt der Zweck niemals die Mittel. Der Pfad, auf dem Sie schreiten, hat Grenzen, die Sie sich selbst gesetzt haben und die Sie sich weigern, zu überschreiten. Sie haben Ideale. Sie würden bei einer Zusammenarbeit mit Nicholas niemals seine Methoden akzeptieren und damit nicht nur sich, sondern auch Frau Monard und Natalie in Gefahr bringen. Hätte Nicholas jemals Zweifel an Ihrer Loyalität, dann würde er Sie und Ihre Freunde nach Valerys Tod für immer verschwinden lassen.«

»Drohen Sie mir gerade?«

»Nein, das war nur eine ehrliche Einschätzung. Ich möchte, dass Sie am Leben bleiben. Sie alle.«

»Und was möchten Sie dafür als Gegenleistung von mir?«

»Wenn ich ehrlich bin, dann möchte auch ich Sie bitten, mir dabei zu helfen, Valery zu finden und mich zu ihr zu führen. Denn auf diese Reise wird mich Nicholas begleiten und spätestens dann aus seiner Deckung hervortreten, wenn ich Valery gegenüberstehe. Vielleicht kann ich dann den Schaden wieder gutmachen, den ich durch meine Unaufmerksamkeit zugelassen habe.«

»Moment! Erwarten Sie jetzt etwa von mir, dass ich hier alles stehen und liegen lasse und meine Koffer packe? Das kann ich nicht – und wenn ich ehrlich bin, dann möchte ich das auch nicht.«

»Nein, Frau Lichtner. Das verlange ich natürlich nicht von Ihnen. Ich möchte Sie erst einmal nur bitten, so schnell wie möglich mit Natalie in Kontakt zu treten und sie vor Nicholas zu warnen. Das ist einzig und alleine zu Natalies Schutz. Denn wenn Nicholas Sie aufsucht, Anna, dann wird er nicht mit leeren Händen vor Ihnen stehen wollen. Er wird Natalies Existenz in die Waagschale werfen und es wäre für uns alle sehr unangenehmen, wenn Natalie gerade jetzt eine Grenze überschreitet, die auch ich nicht mehr akzeptieren kann.«

»Ein Szenario, das Nicholas sehr wahrscheinlich ohne große Mühe provozieren könnte.«

»Mit Leichtigkeit. Nach 20 Jahren weiß jeder von uns, wie man so etwas orchestriert und welche Knöpfe man bei einer jungen Vampirin drücken muss, damit sie die Kontrolle über sich verliert.«

»Damit wird mir Nicholas drohen?«

»Ja. Und falls das nicht klappen sollte, dann wird er ohne zu zögern brutale Gewalt anwenden.«

Was früher oder später auch Mindy in den Fokus dieses Mannes rücken würde, dachte ich. Aber das durfte ich nicht zulassen! Ich überlegte. Ich dachte nach und trank sogar noch etwas von dem English Breakfast Tee, der wirklich sehr gut war.

Aber erst einmal zu den Fakten. Wo stand ich? Mal sehen! Ich glaubte die Geschichte von Professor König und ich war mir sicher, dass er Mindy und mich nicht angelogen hatte. Nur fragte ich mich auch, wie viel Entscheidungsfreiheit wir im Moment überhaupt noch hatten. Das musste ich erst einmal wissen.

»Herr Professor König, Sie haben mir Zusammenarbeit und Schutz angeboten. Schutz nicht nur für mich, sondern auch für meine Freunde. Aber was ist, wenn ich nicht daran interessiert bin? Was ist, wenn ich der Überzeugung bin, dass ich einen dauerhaften Waffenstillstand mit Natalie und Valery ausgehandelt habe? Mir ist natürlich klar, dass mich Valery hasst und dass dieses Gefühl auf Gegenseitigkeit beruht, aber Sie haben doch gerade eben selbst gesagt, dass mich Valery auch respektiert. Wird es dann nicht genügen, wenn ich mich bewusst zurückziehe und aktiv schweige? Wenn ich jeden Kontakt vermeide und einen Kampf, den ich niemals gewinnen kann, erst gar nicht aufnehme.«

»Sollten Sie sich für diesen Weg entscheiden, Frau Lichtner, dann würde Frau Monard bereits morgen einen neuen Professor bekommen, der ihre Arbeit sehr wahrscheinlich um einiges großzügiger bewerten wird als ich. Für Ihrer beider Sicherheit wäre selbstverständlich weiterhin gesorgt. Die Schule würde zwei Agenten zu Ihrem Schutz abstellen, die in einem vernünftig abgesteckten Rahmen auch kein Problem mit Natalie hätten. Dieses für Sie unsichtbare Arrangement würde so lange gelten, bis ich Nicholas gefasst habe. Danach würden wir uns wieder vollständig aus Ihren Leben zurückziehen und uns mit etwas Glück nie mehr begegnen.«

»Aber all das würde sehr viel schneller geschehen, wenn wir zusammenarbeiten, oder?«

»Davon gehe ich aus«, antwortete Professor König sachlich und ohne Drohung. »Ich erwarte auch nicht, dass Sie mir gleich antworten. Ich möchte, dass Sie meinen Vorschlag erst einmal in aller Ruhe überdenken, ehe Sie mir zu- oder absagen. Also, warum treffen wir uns nicht noch einmal morgen Nachmittag um die gleiche Zeit wieder hier in meinem Büro?«

»Okay, danke«, sagte ich, während mir beim Aufstehen nicht nur das Gespräch mit Professor König, sondern wirklich alles, was ich die letzten Monate über erlebt hatte, im Kopf herumschwirrte.

Schließlich gingen wir zur Tür. Professor König begleitete uns und hielt sie uns auf.

Ich sah Mindy an. Mittlerweile kannte ich diesen entschlossenen Blick in ihren rehbraunen Augen. Und ich kannte auch meinen Wunsch, für Gerechtigkeit zu sorgen. Ihr zum Sieg zu verhelfen. Es musste eine Entscheidung getroffen werden. Je eher, desto besser.

»Wir sind dabei, Herr Professor.«

»Also freuen Sie sich darauf, Rache an Valery zu nehmen?«

»Nein, ich freue mich darauf, etwas zu tun, mit dem ich verhindern kann, dass noch mehr Menschen jemanden verlieren müssen, den sie lieben.«

»Dann freue ich mich auf die Zusammenarbeit. Ach ja, und wegen des Umgangstons. Wenn wir uns im öffentlichen Leben begegnen, werden wir uns natürlich weiterhin wie bisher ansprechen. Im Rahmen unserer gemeinsamen Mission schlage ich allerdings vor, dass ich zwar bei einem formellen 'Sie' bleibe, Sie beide aber mit Ihren Vornamen anrede, sofern das für Sie in Ordnung ist. Sie dürfen mich dann selbstverständlich 'Sir Ben' nennen.«

»Also sind wir jetzt Freunde, Sir Ben?«

»Nein, Anna, und bitte nehmen Sie das nicht persönlich. Jemand wie ich, der hat keine Freunde. In meinem Leben gibt es nur drei Arten von Menschen. Die, die mich unterstützen. Die, die mich zumindest nicht davon abhalten, meine Arbeit zu erledigen, und schließlich die, die sich mir in den Weg stellen. In Ihrem eigenen Interesse möchte ich Sie bitten, niemals zu der letzten Gruppe zu gehören.«

BÖSES PLANEN

••••

Etwas später saßen Mindy und ich wieder in unserem Zimmer im Studentenwohnheim der Rhein-Main-University – auf unseren Betten, die sich längsseits an den Querwänden im hinteren Teil des Raums gegenüberstanden.

Während sich erst einmal Stille im Raum ausbreitete, fiel mein Blick auf meinen Nachtisch und auf das Metalllineal, mit dem ich vor ein paar Wochen Natalie vor die Wahl gestellt hatte, mich entweder loszulassen oder es von mir ins Herz gerammt zu bekommen.

Hätte ich diese Drohung wirklich wahrmachen können? Ich weiß es nicht, aber ich ließ das Lineal seitdem bewusst an diesem Platz liegen. So erinnerte es mich jeden Tag vor dem Einschlafen daran, welchen Preis ich zahlen müsste, wenn Natalie oder ich eines Tages unseren Waffenstillstand brechen würden.

»Es gibt erst einmal zwei Fragen, die wir uns stellen müssen«, sagte ich zu Mindy und durchbrach damit unser Schweigen. »Glauben wir Professor König seine Geschichte? Und falls wir das tun, gehen wir dann vielleicht sogar noch einen Schritt weiter und vertrauen wir ihm? Ich weiß im Moment ganz ehrlich nicht, wo die Vernunft endet und wo die Naivität anfängt.«

»Ich glaube ihm auf jeden Fall sofort, dass er für jemanden arbeitet, der so einiges an Erfahrung mit den Dingen hat, die wir … die du die letzten paar Monate über erlebt hast. Ich meine, wenn du in seiner Vorlesung sitzt, dann merkst du sofort, dass er sich unglaublich gut in der mythologischen Welt auskennt, auch wenn diese Welt dann anscheinend doch nicht so mythologisch daherkommt, wie wir immer gedacht haben. Und es ist ja auch wirklich okay, wenn er seinen Job versteht. Aber was er alles über dich wusste, das war richtig unheimlich.«

»Anscheinend hat die Organisation, für die er arbeitet, Zugriff auf Ressourcen, von denen sogar Daniel Craig und Matt Damon nur träumen können. Aber genau deshalb glaube ich ihm seine Geschichte. Wäre Professor König irgend so ein spinnender Verschwörungstheoretiker, dann wüsste er nicht all diese Details über Natalie und mich. Allerdings macht mir das auch eine ganze Menge Angst.«

»Da bin ich bei dir, und ich sehe diesen Punkt genauso kritisch wie du. Aber wie sieht es mit dem Vertrauen aus?«

»Ganz ehrlich, Mindy, haben wir da überhaupt eine Wahl? Ich denke, dass falls wir noch Informationen haben sollten, die Professor König benötigt, dann wird er Mittel und Wege finden, uns dazu zu bringen, ihm diese zu geben. Bestenfalls würden wir dabei nicht einmal mitbekommen, dass er uns ausnutzt. Nein, ich weiß wirklich nicht, ob wir diesem Mann vertrauen können, aber ich denke, dass es das Vernünftigste ist, wenn wir mit ihm kooperieren. Zumindest vorläufig. Dann behalten wir vielleicht ein kleines bisschen an Kontrolle über unsere Leben.«

»Okay, aber da wir ja vorhin schon so viel über Clichés geredet haben«, warf Mindy nachdenklich ein, »sollten wir auf keinen Fall die Möglichkeit ignorieren, dass der Mann, mit dem wir uns heute unterhalten haben, in Wahrheit dieser Nicholas ist. Also der Kerl, der für seine Jagd auf Valery skrupellos über Leichen geht. Ich meine, was ist, wenn er von vornherein geplant hat, dich verschwinden zu lassen, nachdem du ihn zu Valery geführt hast?«

»Ich weiß, und du hast recht. Aber genau diese Überlegung ist einer der Gründe, weshalb ich jetzt erst einmal mit Professor König zusammenarbeiten möchte. Denn im Moment scheint er wirklich auf uns angewiesen zu sein. Wenn wir ihn unterstützen, dann besteht letztes Endes sogar die Chance, dass wir dabei sind, wenn es zur Konfrontation mit Valery kommt. Und je nachdem wie sich Professor König bis dahin verhalten hat, können wir uns immer noch überlegen, mit welchem der beiden Übel wir uns im Endspiel verbünden müssen.«

»Team Valery? Das würdest du wirklich tun?«

»Ja, das würde ich. Falls ich erkennen sollte, dass die Moral von Professor König noch tiefer hängt als die von Valery, dann würde ich mich mit meiner Feindin verbünden. Aber vielleicht machen wir uns im Moment auch viel zu viele Gedanken. Vielleicht ist Professor König ja doch die Person, die er vorgibt, zu sein. Und wenn dem so ist, dann ist es garantiert von Vorteil, ihn und seine Organisation an der Seite zu haben. Immerhin habe ich nicht vergessen, dass auch Valery über Leichen geht.«

»Das hört sich vernünftig an, zumal ich mir bei einer Sache ziemlich sicher bin. Egal was Professor König am Ende mit uns vorhat, es würde empfindlich an seinem Ego kratzen, wenn uns mittendrin etwas passiert. Schon deshalb wird er gut auf uns aufpassen. Also ja, du kannst auf mich zählen.«

»Mindy, du…«

»Ich bin dabei, Anna. Ich bin dabei, seitdem mir Natalie hier diese Erinnerung an sie hinterlassen hat.«

Mindys Hand fuhr zu der kleinen Narbe über ihrer Augenbraue, die ihr Natalie bei ihrem letzten Besuch mit voller Absicht zugefügt hatte.

»Mindy…«

»Ist okay. Das war nicht deine Schuld. Außerdem meine ich es wirklich ernst, wenn ich sage, dass ich eines Tages sehr gerne die echte Natalie kennenlernen möchte.«

»Die habe ich verloren, Mindy.«

»Ich weiß nicht. Immerhin hat uns Sir Ben doch gesagt, dass sie sich voll im Griff und bisher auch noch niemanden angegriffen hat. Ich denke, dass sie das dir zu verdanken hat, denn du hast sie nicht aufgegeben. Du hast sie ganz klar in die Schranken verwiesen und ihr Grenzen gesetzt – das war ja auch bitter nötig – aber du hast

41

die Tür immer offen, nein, das Fenster immer angelehnt gelassen. Das tut uns allen gut. Ich bin mir nämlich sicher, dass irgendwo in der verwandelten Natalie immer noch deine alte Freundin schlummert. Und wenn es jemanden gibt, der sie eines Tages hervorholen kann, dann bist das du. Nein, Natalie ist wirklich nicht das Thema, es ist nur…«

»Mindy?«

»Ich will hier nicht den Teufel an die Wand malen, aber bisher hat noch niemand etwas von der Organisation gehört, für die Professor König arbeitet. Auch du und Natalie nicht, und ihr beide habt wegen deiner Albträume ja wirklich ziemlich tief in der Materie recherchiert. Also was ist, wenn es dieser Verein nur deshalb geschafft hat, die letzten einhundert Jahre über im Verborgenen zu operieren…«

»…weil er die Zusammenarbeit mit Leuten wie uns nachhaltig terminiert, sowie die Mission abgeschlossen ist: *Hasta la vista*, aber niemand kommt wieder. Ja, wir müssen wachsam bleiben. Aber auch das ist schon wieder ein Argument dafür, mitzuspielen. Nur so halten wir uns wirklich alle Optionen offen. Deshalb sollten wir jetzt versuchen, mit Natalie in Kontakt zu treten.«

»Das wird für niemanden von uns einfach werden.«

Ich nickte und erinnerte mich nur zu gut daran, was während des letzten Gespräches mit Natalie alles geschehen war: Ich konnte sie nur im letzten Augenblick davon abhalten, mich in eine Vampirin zu verwandeln, und ich musste anschließend mit ansehen, wie sie Mindy aus Rache gemein verletzt hatte.

Trotzdem, und das hätte ich nicht ohne Mindy geschafft, blieben Natalie und ich in einer Form von losem Kontakt. Wir hatten uns seit diesem schlimmen Abend zwar nicht mehr gesehen, aber ich hing in unregelmäßigen Abständen eine Stofftasche mit Kleidung und etwas Geld außen an das gekippte Fenster. Natalie holte sich die Sachen dann meist im Laufe der Nacht und brachte mittlerweile sogar die leere Tasche wieder zurück. Es fühlte sich richtig an, ihr auf diese Art und Weise zu helfen, denn Natalie hatte mir frech erzählt, dass sie die Dinge, die sie brauchte oder einfach nur haben wollte, jetzt ohne ein schlechtes Gewissen überall stahl. Das durfte ich nicht zulassen. Zumindest musste ich meinen Teil dafür tun, es einzudämmen. So hatte sich also das entwickelt, was im Moment meine einzig wahrnehmbare Form der Kommunikation mit Natalie war: Das Rascheln einer Stofftasche, die außen am Fenster in der Dunkelheit verschwand.

Aber auch wenn ich dadurch das Schicksal vielleicht ein zweites Mal herausforderte, musste ich jetzt dringend persönlich mit Natalie sprechen. Die Gefahr, dass Nicholas sie aufspüren und mich dann mit ihrer Existenz als Pfand zu einer Zusammenarbeit zwingen würde, die war einfach zu groß.

»Okay«, sagte ich schließlich zu Mindy und stand von meinem Bett auf. »Lass uns losgehen. Ich möchte es so schnell wie möglich hinter mich bringen.«

Mindy schaute mich fragend an. »Was hast du vor?«

»Etwas sehr, sehr Böses zu tun«, antwortete ich und nahm eine Kühltasche aus dem Schrank.

TROST

••••

»Hey!«, rief Mindy fröhlich, während wir durch den Flur des Wohnheims der Rhein-Main-University zu der Treppe liefen, die nach unten zum Hauptausgang führte.

Ich schaute nach vorne. Katharina, Natalies alte Schulfreundin, die hier Kunst studierte und ein Einzelzimmer schräg gegenüber von unserem hatte, kam uns entgegen. Sie sah total verheult aus. Mindy eilte zu ihr und umarmte sie. Eine intime Geste, die ich so von Mindy nicht gewohnt war und die sie unglaublich viel Überwindung gekostet haben musste.

Mindy redete kurz mit Katharina. Die beiden sprachen ziemlich leise und ich verstand nicht, worum es ging, aber Mindy schien definitiv etwas Tröstendes zu Katharina zu sagen. Dann blickte Katharina kurz hoch, sah mich an und meinte zu Mindy, dass es 'okay' sei. Danach ging sie in ihr Zimmer und ließ kraftlos die Tür hinter sich zufallen. Ich hörte, wie sie sich auf ihr Bett warf und losheulte – oder besser gesagt, weiterheulte.

Ich schaute Mindy an. Ich wollte mich auf gar keinen Fall indiskret in Katharinas Sorgen einmischen, aber Mindy erklärte mir, was los war.

»Weißt du noch, als ich mich vor zwei Tagen mit Katharina verabredet hatte? Sie wollte ein paar Dokumente für mich einscannen und Zeichnungen konvertieren.«

»Klar. Ich erinnere mich. Du warst ein paar Stunden bei ihr.«

»Na ja, da habe ich es mitbekommen. Gleich als sie kam. Katharina musste diesen miesen Klassiker mitmachen. Sie wollte noch schnell ihre Freundin besuchen. Sie wollte sie überraschen und ist früher aufgetaucht als erwartet, aber nur um die Tussi mit einer anderen im Bett vorzufinden. Das war es dann.«

»Das muss schrecklich wehtun und irgendwie hatte ich bisher immer gedacht, dass nur Jungs so was machen.«

Mindy schüttelte den Kopf. »Ich hatte ihr natürlich sofort angeboten, die Sache mit dem Einscannen zu verschieben, aber das wollte Katharina nicht. Sie hat dabei zwar die ganze Zeit über nur geheult, aber sie meinte, dass ihre Ex nicht die Macht haben sollte, auch noch anderen Schaden zuzufügen.«

Böses tun

....

Auch wenn die Sache mein Budget ankratzen würde, war der erste Teil meines Plans noch recht einfach umzusetzen. Mindy und ich gingen zu *Joe's Outfit*. Ich wollte Natalie einen Satz neuer Kleidung kaufen. Immerhin waren wir dabei, in den Frühling zu rutschen, und so modebewusst wie Natalie war, hatte sie jetzt garantiert keine Lust mehr, noch allzu lange in Herbst- oder Winterklamotten herumzulaufen. Und ihre aktuelle Methode, mit den Modetrends Schritt zu halten, die gefiel mir nun einmal nicht.

Zum Glück kannte ich Natalies Geschmack und auch ihre Größen, die sich hoffentlich nicht geändert hatten. Also kaufte ich ihr zwei Hosenanzüge, drei Blusen, eine Hose und alles, was man sonst noch so brauchen könnte. Okay, damit war mein Budget jetzt deutlich mehr als angekratzt.

Und toll! Die Kassiererin an der Kasse war von der Marke 'seid ihr beide überhaupt hübsch genug, um hier einkaufen zu dürfen'. Das war ungewöhnlich für *Joe's* und mit Sicherheit kein Auftreten, mit dem sie sich dort dauerhaft ihre Anstellung sichern würde. Allerdings half uns diese kleine Zukunftaussicht im Moment nicht wirklich weiter, da sich Mindy und ich erst einmal ihre kritischen Blicke gefallen lassen mussten. Das lag wahrscheinlich daran, dass die Kleidung, die wir gerade kauften, weder Mindy noch mir auch nur im Ansatz passen würde. Natalie war 1,75 m groß, sehr schlank und sie sah in Hosenanzügen mit harten hell-/dunkel Kontrasten einfach umwerfend aus. Das war nichts, in dem ich mich mit meinen 1,68 m und meinem Normalgewicht jemals wohlfühlen würde. Pastellfarbene Kombinationen von Rock und Bluse, das war meine Welt, und Mindy hatte mit ihren zerbrechlichen 1,52 m ohnehin keine Chance, außerhalb der Juniorabteilung etwas zu finden – was aber wirklich immer super schick und unglaublich süß an ihr aussah, besonders nachdem Katharina vor ein paar Wochen eine ausführliche Farb- und Stilberatung durchgeführt hatte.

Aber okay, zurück zu der Tussi an der Kasse. Irgendwann akzeptierte sie unsere Wahl, murmelte, dass es wahrscheinlich ein Geschenk sei, und packte alles in eine Papiertasche.

Als sie allerdings meine Kreditkarte durch das Lesegerät zog, schien sich ihr anfängliches Misstrauen uns gegenüber zu bestätigen. Wir hörten dreimal ein kritisches Piepsen und dann für eine ganze Weile erst einmal gar nichts mehr. Autsch. Da war anscheinend wirklich etwas schiefgelaufen.

Die Miene der Kassiererin verfinsterte sich. Sie schob die Tasche mit der Kleidung subtil aus meiner Reichweite und ging zu einer Kollegin.

Bevor die sich die Peinlichkeit aber genauer ansehen konnte, gab das Kartenlesegerät schließlich noch einmal einen viel freundlicheren Pieps von sich und die Laune der Kassiererin verbesserte sich wieder. »Ach so«, meinte sie. »Ihr Guthaben wurde wohl gerade gebucht und das hat das System ein bisschen durcheinandergebracht. Soll ich es verwenden? Ihr Guthaben, meine ich.«

Was? Guthaben auf meiner Karte?, dachte ich und nickte einfach nur.

Als ich den Beleg unterschrieb, stellte ich fest, dass tatsächlich jemand 500 Euro auf mein Kreditkartenkonto gebucht hatte. Das war nichts, was ich mir auf die Schnelle erklären konnte. Also beschloss ich, mir darüber erst später Gedanken zu machen.

• • • •

Als wir aus dem Laden herauskamen, schaute ich mich um. Wenn ich es richtig in Erinnerung hatte, dann gab es zwischen *Joe's Outfit* und dem Marktplatz eine Tankstelle.

Heureka! Da war sie. Die war mein nächstes Ziel; und dort tat ich etwas unglaublich Dekadentes: Ich kaufte einen großen Beutel Eis. Ja, einen dieser großen, billigen Plastikbeutel mit gefrorenen Eiswürfeln. Zeug, das sich normalerweise nur die Leute kaufen, die eine Party feiern möchten, aber zu faul sind, ihren Gefrierschrank zu bemühen.

Nachdem wir den Kassenraum der Tankstelle wieder verlassen hatten, öffnete ich den Eisbeutel und schüttete seinen Inhalt kalt klackernd in meine Kühltasche.

»Ich habe langsam aber sicher so eine Idee, was du vorhast«, sagte Mindy auf dem Weg zum Marktplatz. »Das widerspricht zwar so ziemlich allem, was ich in meinem Erste-Hilfe-Kurs gelernt habe, aber ich mache mit. Du kannst auf mich zählen.«

»Danke«, sagte ich.

• • • •

Ich ging schnurstracks in das Zelt, das das Rote Kreuz am Eingang des Marktplatzes aufgebaut hatte. Je näher ich ihr kam, desto freudiger schaute mich die Dame dort drinnen an. »Hi«, begrüßte sie mich sichtlich gut gelaunt.

»Hi«, antwortete ich. »Ich bin Anna, und ich möchte gerne Blut spenden.«

»Prima. Hast du das schon einmal gemacht?«, fragte sie mich.

Ich schüttelte den Kopf und versuchte, nicht ans Weglaufen zu denken.

»Okay, dann brauche ich erst einmal deinen Personalausweis. Und dann möchte ich dich bitten, diesen Fragebogen hier auszufüllen. Du kannst gerne zu mir kommen, wenn du Fragen hast. Wenn du fertig bist, sprichst du noch kurz mit einem Arzt und dann kann es losgehen.«

Ich nahm die Unterlagen und setzte mich in eine Ecke des Zeltes, um sie auszufüllen. Hoffentlich gab es da nicht irgendwo eine Stelle, an der ich Aussagen über das Vampirblut treffen musste, das sich seit knapp 100 Jahren in der Blutlinie meiner Familie befand.

Mindy kam zwei Minuten später zu mir. Auch sie hatte einen Fragebogen in der Hand. Sie zitterte beim Ausfüllen. Ich wusste, dass sie tierische Angst vor Nadeln hatte.

»Du musst das nicht tun«, flüsterte ich ihr zu.

»Ich möchte aber. Dann bleibt wenigstens die Hälfte unserer Spende hier.«

●●●●

Danach gingen wir zu einer Ärztin. Sie untersuchte mich kurz, maß meinen Blutdruck und fühlte meinen Puls. Er schlug. Ich war kein Vampir.

»Danke, dass ihr beide das macht«, sagte die Ärztin zu uns.

»Ja. Meine Freundin nimmt gerade an einem Erste-Hilfe-Kurs teil und hat mich überredet.«

»Das ist nett. Moment. Ich muss Ihnen leider noch einmal Blut abnehmen.«

»Ist etwas nicht in Ordnung?«

»Nein, reine Routine. Ich muss Ihren H-Spiegel testen, um sicherzustellen, dass Sie nicht an Anämie, dass Sie nicht an Blutmangel leiden. Wo ist es Ihnen lieber? Fingerkuppe oder Ohrläppchen?«

»Ohrläppchen«, antwortete ich, bereute aber meine Antwort, als die Ärztin nur einen Moment später meine Haare vorsichtig zur Seite schob und dabei auch meinen Hals freilegte. Hatte sie ein geschultes Auge? Würde sie auf die verblassten Narben von Natalies Biss aufmerksam werden? Wusste sie, was das war? Würde sie mich gleich wieder nach Hause schicken, weil sich die Sache mit dem Anämie-Test dann doch erledigt hätte? Nein, zum Glück geschah nichts dergleichen. Einen kleinen Pikser und einen Schnelltest später ging es weiter.

Die nächste und letzte Station war der Blutspenderaum. Dort standen zwei leicht futuristisch aussehende, hellgraue Stühle, auf die wir uns wahrscheinlich gleich setzen würden.

»Hey, Mindy«, begrüßte uns ein Mann im weißen Kittel, bevor ich mich noch weiter umsehen konnte.

»Hey, Mike«, grüßte Mindy zurück. Ich schaute die beiden kurz fragend an.

»Mike, das ist Anna. Meine tolle Mitbewohnerin, von der ich dir erzählt habe. Anna, das ist Mike. Er hat sich um mich gekümmert, als ich die erste und, okay, auch die dritte Stunde umgekippt bin.«

»Aber seitdem habe ich dich nicht mehr gesehen, was mich in diesem Fall wirklich sehr freut«, antwortete Mike grinsend.

Okay, daher kannten die beiden sich also, denn auch wenn es Mindy anfangs ziemlich fertiggemacht hatte, von allen möglichen Unfällen und Verletzungen zu hören, hatte sie vor ein paar Wochen mit einem Erste-Hilfe-Kurs angefangen. Mindys Berufsziel ist es, Lehrerin zu werden, und sie möchte vorbereitet sein, falls ihren Schülern einmal etwas passieren sollte. Und nach den zwei Pannen ganz am Anfang hat sie sich durchgebissen und schließlich ihr Zertifikat bekommen. Demnächst fängt sie mit einem Fortgeschrittenenkurs an und wird, wow, dabei sogar lernen, wie man einen Defibrillator anwendet.

»Möchtest du zuerst?«, fragte mich Mindy schließlich.

Natürlich nicht, dachte ich, während ich nickte und auf dem hinteren Sessel Platz nahm.

Danach bereitete Mike erst mich und dann Mindy vor.

»Wie lange wird es dauern?«, fragte ich ihn, als er fertig war.

»Keine 10 Minuten«, antwortete er, aber dann fiel sein Blick auf das Eis in meiner Kühltasche. »Das sieht nach Party aus, Anna. Du weißt, dass du heute keinen Alkohol mehr trinken solltest. Pass bitte auf sie auf, Mindy.«

»Hey, Anna ist vernünftig, Mike. Sie ist niemand, auf den man aufpassen muss. Außerdem gibt es noch viele andere Dinge, die kalt ganz einfach besser schmecken.«

»Oh, Entschuldigung«, meinte Mike. »Ich habe da leider schon zu viel erlebt. Aber kann ich euch beide jetzt für einen Moment alleine lassen?«

»Klar.«

»Danke«, flüsterte ich Mindy zu. Keine Ahnung, was passiert wäre, wenn Mike geglaubt hätte, dass ich mir nachher noch die Kanne geben wollte.

• • • •

Fünf Minuten später war Mike zurück. Er zog die Nadel aus meinem Arm heraus, legte ein kleines weißes Tuch auf den leicht blutenden Einstich und meinte, dass ich feste draufdrücken sollte, weil es sonst einen blauen Fleck geben würde. Dann beugte er sich auch schon nach unten, löste den Beutel mit meinem Blut und ging mit ihm in Richtung Tür. *Bye-bye, Blutspende. Das war es dann wohl.*

»Autsch. Mike, kannst du bitte mal schauen. Ich glaube, die Nadel ist verrutscht«, quiekte Mindy.

Mike drehte sich sofort wieder um, legte den Beutel mit meiner Blutspende auf den kleinen Abstelltisch vor mir und ging dann zu Mindy.

»Hier. Da pikst es«, meinte sie.

Schlaues Mädchen, dachte ich, während sich Mike herunterbeugte und die Nadel in Mindys Arm überprüfte.

Dann war es soweit. Begleitet von dem empörten Aufschrei meines Gewissens, fuhr meine Hand nach vorne, schnappte sich den Beutel mit meiner Blutspende und ließ ihn in meiner Kühltasche verschwinden. Ich bedeckte ihn sofort mit Eis und schloss die Tasche wieder. Da durfte niemand mehr reinsehen.

»Alles in Ordnung«, hörte ich Mike zu Mindy sagen. »Du bist auch schon fertig. Warte, ich ziehe die Nadel. Den Rest muss ich dir ja nicht mehr erklären.«

Nachdem Mike auch Mindy erlöst hatte, drehte er sich um, um meine Blutspende wieder von dem Abstelltisch zu nehmen.

»Wo ist denn der Beutel?«, fragte er kritisch.

»Den hat doch eben Karolin mitgenommen. Hast du doch auch gesehen, oder?«

»Was? Ja? Klar?«, antwortete ich und beschloss, dass es in diesem Augenblick wahrscheinlich das Beste war, noch einen Moment lang ziemlich verwirrt zu klingen.

Ein Hauch von Poesie

••••

»Ich habe es verdient, oder? Wenn man das Wohnheim der Universität, an der man Rechtswissenschaften studiert, mit Diebesgut betritt, dann hat man genau das verdient. So funktioniert poetische Gerechtigkeit nun einmal«, sagte ich zu Mindy, während ich auf meinem Bett saß und den blaugrünen Fleck an meinem Unterarm betrachtete. Durch das Schnappen des Blutbeutels hatte ich einfach nicht mehr die Zeit gehabt, feste auf die kleine Wunde des Einstichs zu drücken, nachdem Mike die Nadel gezogen hatte.

»Unsinn. Das hast du gar nicht verdient. Du hilfst nämlich einer Freundin, die wirklich in der Klemme steckt.«

»Ich hoffe nur, dass die Aktion nicht umsonst war«, sagte ich und blickte auf unseren Kühlschrank, in dem ich den Blutbeutel verstaut hatte. Aber gut, wenigstens war uns bei unserer Rückkehr niemand auf dem Flur begegnet. Das Letzte, das ich da hätte gebrauchen können, wäre ein neugieriger Blick in die Kühltasche gewesen.

Es klopfte an der Tür. Ich ging hin und öffnete sie. Ich rechnete am ehesten mit Katharina, die sich vielleicht noch eine Runde bei uns ausheulen wollte. Oder vielleicht war es ja auch Sven, dem ich seine Emilia noch nicht zurückgebracht hatte. Aber es war keiner von beiden. Statt eines bekannten Gesichts stand ein Mann in einem anthrazitfarbenen Anzug vor uns.

»Guten Tag. Westenra Courierdienst. Ich habe eine Sendung für Anna Lichtner und Mindy Monard«, sagte der Mann und drückte mir einen dicken Umschlag in die Hand. Dann hielt er mir noch ein digitales Unterschriftspad unter die Nase, auf dessen Seite schwungvoll ein in rubinroter Schreibschrift gehaltenes 'W' eingraviert war. »Sie müssten noch den Empfang bestätigen, Frau Lichtner. Sie auch, Frau Monard.«

»Okay«, sagte ich und nahm das Unterschriftspad samt Padstift in die Hand, um zu unterschreiben. Aber es tat sich erst einmal gar nichts. Das LCD-Feld, auf dem ich mit dem Stift entlangfuhr, reagierte nicht.

»Legen Sie den Zeigefinger Ihrer rechten Hand bitte auf diese Fläche, sonst funktioniert es vielleicht nicht richtig«, sagte der Mann mit unschuldiger Sachlichkeit.

Ich folgte seiner Anweisung und nachdem ich ein kurzes Vibrieren gespürt hatte, konnte ich schließlich den Empfang bestätigen.

Aber eine Sache war klar. Ich hatte es eben nicht mit störrischer Elektronik zu tun gehabt, sondern mit einer subtilen Art der Identitätskontrolle. Und wie Professor König an unsere Fingerabdrücke gekommen war, das konnte ich mir sehr gut ausmalen.

Mindy wiederholte die Prozedur und als der Mann vom Courierdienst schon wieder am Gehen war, konnte ich mir die Frage nicht verkneifen, ob wir beim Öffnen des Umschlags noch etwas Besonderes beachten sollten.

»Nein«, antwortete er mit einem Hauch von anerkennender Ironie in der Stimme und verschwand im Flur.

»Mal sehen, was da drin ist«, sagte ich zu Mindy. Wir setzten uns wieder auf mein Bett und ich öffnete den Umschlag. Es kam erst einmal nichts Spektakuläres zum Vorschein: Zwei kleine Sprühdosen mit dem vitalen Zitrus-Vanille-Deo einer mir unbekannten französischen Marke, zwei rechteckige Pappschachteln und ein handgeschriebener, aber zumindest sehr deutlich lesbarer Brief von Professor König.

»Ist das seine Schrift?«, fragte ich Mindy vorsichtshalber. Sie nickte und wir fingen an, den Brief zu lesen.

Er begann mit einer Passage, in der sich Professor König noch einmal für unsere Unterstützung bedankte. Richtig interessant wurde es dann aber in den folgenden Abschnitten:

Wir halten uns in der Schule an die Regel, dass wir niemandem eine Bezahlung für die Mithilfe anbieten. Bereits der Hauch einer Söldnerkultur wäre unserer Tätigkeit in keiner Art und Weise dienlich. Selbstverständlich werden wir Ihnen alle Ausgaben ersetzen, die Ihnen im Rahmen unserer Zusammenarbeit entstehen, aber das haben Sie mit Sicherheit bereits bemerkt.

Ihren Plan, so schnell wie möglich das Gespräch mit Natalie zu suchen, begrüße ich sehr. Aber bedenken Sie: Auch wenn Natalie immer noch wie Ihre Freundin aussieht und sich ohne jeden Zweifel auch so benehmen kann, so ist dieses Wesen trotzdem nicht mehr die Natalie, die Sie einmal kannten. Es gibt nun eine unwiderrufliche Macht in Natalie, die für Mindy und Sie eine tödliche Gefahr darstellt - auch dann (und meist gerade dann) wenn Sie sich in absoluter Sicherheit wiegen. Ich habe deshalb die ohne jeden Zweifel sehr schwierige Bitte an Sie, dass Sie Natalie niemals wieder vollständig vertrauen. Davon könnte eines Tages Ihr Leben abhängen.

Zu Ihrem Schutz finden Sie in diesem Umschlag zwei kleine Sprühdosen mit einer Flüssigkeit, die für Menschen ungefährlich ist, die aber bei Vampiren sehr schmerzhafte Verätzungen verursacht. Verwenden Sie das Spray aber bitte nur, um sich in einem Notfall zu verteidigen. Niemals, um anzugreifen! Der Effekt ist nur temporär und die Haut eines Vampirs wird meist recht schnell immun gegen den Stoff, weshalb wir seine Zusammensetzung immer wieder leicht variieren müssen.

Damit wir jederzeit gesichert in Kontakt treten können, möchte ich Sie bitten, in Zukunft nur noch die beiden beigefügten Smartphones zu benutzen und diese immer bei sich zu haben. Sie sind fingerabdruck-codiert. Die Spezialfunktionen werden nur dann freigeschaltet, wenn das Gerät Sie auch erkennt. Über die Kosten müssen Sie sich keine Sorgen machen. Selbstverständlich haben Sie Ihre bisherigen Mobilnummern behalten.

Ich werde im Laufe der kommenden Tage wieder mit Ihnen in Kontakt treten.

Sir Ben

»Dann ist Pfefferspray also nicht mehr so passé«, sagte ich zu Mindy, als ich ihr eine der beiden Deodosen mit dem Abwehrspray und eines der beiden – rosafarbenen ! – Smartphones gab.

»Und ich bin in meiner Geschichtsvorlesung im Jahr 1984 angekommen«, lachte Mindy, während sie ihr Smartphone bootete. »Ich meine, dass in den Gläsern wirklich nur KiBa und Tee drin war, das glaube ich Sir Ben schon. Nur sind die Dinger danach garantiert nicht in die Spülmaschine gewandert.«

Ich klappte den Umschlag wieder zu. Aber auch wenn mir gerade noch einmal bewusst geworden war, dass Mindy und ich einen Teil unserer Privatsphäre verloren hatten, so sah ich doch keine echte Alternative zu einer Kooperation mit Professor König. Mein Nichtangriffspakt mit Natalie war von der ersten Sekunde seiner Geburt an alles andere als stabil. Ich durfte auch nicht vergessen, dass ich ganz oben auf der To-do-Liste einer Vampirin stand, vor der sogar ein Mann wie Sir Ben tiefen Respekt hatte. Nein, ich hatte wirklich keine andere Wahl. Alleine würden Mindy und ich das nicht schaffen.

»Ich … ich hatte vor … also ich hatte Katharina vorhin versprochen, dass ich ihr heute noch bei der Struktur ihres Essays helfen würde. Sie muss über surrealistische Kunstgeschichte schreiben. Denkst du, ich könnte vielleicht…?«, fragte mich Mindy.

»Natürlich. Dann werde ich in der Zwischenzeit schnell in die Apotheke gehen. Vielleicht gibt es da irgendwelche Plastikdöschen, in die ich mein Blut füllen kann. Natalie gleich den ganzen Beutel zu geben, würde keinen Sinn machen. Wir brauchen Verhandlungsmasse.«

Eine Frage der Zeit

....

Als ich den Blutspendebeutel aufschnitt und seinen Inhalt in die fünf Medikamentendöschen füllte, die ich eben noch schnell in der Apotheke gekauft hatte, kämpfte ich kontinuierlich gegen das Verlangen, mich zu übergeben. Und so albern das jetzt auch klingen mag, ich hätte es nicht anders gewollt. Denn genau diese Achterbahnfahrt meines Magens versicherte mir, dass die Normalität in mir immer noch das Sagen hatte. Und so sollte es auch bleiben!

Nachdem ich fertig war, packte ich die fünf gefüllten Döschen erst einmal wieder in den Kühlschrank und ließ den unkenntlich gemachten Blutspendebeutel im Papierkorb verschwinden.

Mindy kam knapp drei Stunden später wieder von Katharina zurück. Die beiden hatten Katharinas Essay strukturiert, hatten aber wegen Katharinas andauernder Schniefattacken immer mal wieder eine Pause machen müssen.

Wir unterhielten uns anschließend noch für eine Weile und dann war es an der Zeit, die letzten Vorbereitungen für die Nacht zu treffen. Ich packte die Kleidung, die ich für Natalie gekauft hatte, zusammen mit zwei gefüllten Blutdöschen in eine Stofftasche und legte noch einen Notizzettel dazu. Ich hoffte, dass Natalie die Botschaft verstehen würde:

Wir müssen reden. Es ist wichtig.

Anna

Schließlich ging ich zum Fenster, öffnete es und hängte die Tasche an die äußere Klinke. Ich war mir sicher, dass Natalie die Einladung verstehen würde – und ich war mir der Gefahr bewusst, der ich Mindy und mich damit aussetzte.

Trotzdem war ich der festen Überzeugung, das Richtige zu tun. Ich schwebte ohnehin schon seit ein paar Monaten in Lebensgefahr. Da kam es auf das gekippte Fenster auch nicht mehr an. Außerdem wusste ich tief in meinem Inneren, dass wenn Natalie mich holen wollte, dann würde sie das so oder so tun. Das war alles nur eine Frage der Zeit. Eines Tages würde es hier in diesem Raum um alles oder nichts gehen.

LICHT UND SCHATTEN

••••

Ich wurde von Ellie Goulding geweckt. Mir war kühl. Draußen war es dunkel. Ich griff zu meinem neuen Smartphone, das auf meinem Nachttisch lag. Ich hatte vor dem Schlafengehen noch meine persönlichen Daten übertragen und eine Weile mit den Menüs herumgespielt. Vielleicht hatte ich dabei ja aus Versehen einen Alarm programmiert, der mich jetzt um … toll, der mich jetzt um 02:47 Uhr aus dem Schlaf riss. Aber dem war nicht so. Nachdem ich das Display angeschaltet hatte, blickte ich auf den normalen Sperrbildschirm. Kein Alarm war aktiv, aber Ellie Goulding sang immer noch munter vor sich hin. Langsam wurde mir klar, wo die Musik herkam.

Ich blickte nach vorne und sah Natalies Umrisse. Sie saß an meinem Schreibtisch, hatte mein Notebook aufgeklappt, surfte im Internet und hörte über die eingestöpselten Lautsprecher nicht allzu leise Musik. Die Stofftasche mit der Kleidung und den beiden Blutdöschen hing hinter ihr an dem Bürostuhl.

Jetzt bewegte Natalies rechte Hand die Maus immer langsamer und schließlich fror sie ihre Bewegung vollständig ein. Mit ihrer linken Hand klappte sie nun mein Notebook zu und drehte sich dabei in meine Richtung. Es war gespenstisch. Je mehr mir Natalie den Blick auf ihre Konturen freigab, desto schlechter konnte ich sie in der sich ausbreitenden Dunkelheit erkennen.

Der Deckel meines Notebooks rastete ein. Der Bildschirm erlosch. Ellie Goulding verstummte und Natalie verschwand im Mantel des Neumonds.

Ich hörte ein sich näherndes Rauschen. Ich fühlte einen Luftzug. Meine Hand fuhr zu meiner Nachttischlampe. Ich knipste sie an und blickte Natalie direkt in die Augen.

»Hallo Anna«, hauchte Natalie. »Ich hoffe, es ist okay. Ich wollte dich nicht gleich wecken, aber mir war langweilig. Da habe ich mir etwas die Zeit vertrieben. Und hab' keine Angst. Ich habe keinen Müll heruntergeladen – und einen Vampirvirus für den PC, den gibt es ja noch nicht.«

»Nat–«.

»Shhhhhhhh… .« Natalie tippte mit der Spitze ihres Zeigefingers an meine Lippen. Sanft spürte ich ihre messerscharfen Fingernägel auf meiner Haut entlangstreichen.

Ich verstand das Signal. Ich nickte. Das kalte Rot, das für einen Moment drohend in Natalies Augen aufgeflackert war, verschwand wieder. Ihre Gesichtszüge entspannten sich. Sie stand von meiner Bettkante auf und ging praktisch schwebend zu dem Bett an der gegenüberliegenden Wandseite, in dem Mindy noch feste schlief.

Natalie beugte sich über Mindy und schob ihre kastanienbraunen Haare zur Seite. Sie lächelte zufrieden, als sie die Narbe der Verletzung sah, die sie Mindy über ihrem Auge zugefügt hatte.

»Weißt du, was ich nicht verstehe, Anna? Du bist doch sonst immer so lieb zu allen Menschen. Warum also wirfst du sie nicht einfach in den Müll. Das wäre doch ein echter Akt der Gnade. Was willst du denn noch mit ihr, jetzt, wo sie nicht nur vollkommen nutzlos, sondern auch noch beschädigt ist?«

Natalie schaute mich an. Ich schwieg. Ich tat ihr nicht den Gefallen, etwas zu erwidern.

»Verstehe. Jetzt willst du mir mit dieser Psychomasche kommen, dass ich das war. Aber das stimmt nicht, mein Schatz. Das hast du zu verantworten. Hm-hm. Du bist nämlich diejenige, deren Freunde verletzt werden oder qualvoll sterben müssen. Du bist diejenige, die das alles in Kauf nimmt. Auch ihren Tod. Ja, auch sie wird eines Tages deinetwegen sterben. Vielleicht werde sogar ich es sein, die ihr das Genick bricht. Das muss ich doch tun. Oder willst du etwa, dass ich mir die Luft mit so einer Kreatur teilen muss? Mein Herz schlägt zwar nicht mehr, aber ich atme noch. Das gibt mir das Recht, Minderwertiges von mir fernzuhalten.«

Ich wollte etwas sagen, aufstehen und Mindy beschützen, aber Natalie gab mir erneut ein warnendes Signal. Mehr als nur Zuschauen war mir im Moment nicht gestattet.

Langsam zog Natalie Mindys Decke ganz nach unten und betrachtete ihren Körper.

»Teddybärchenschlafanzug. Ist das euer Ernst? Da werden sich die Jungs später ja mal ihren Teil denken und…«

Neugierde. Eine fast unschuldig verspielte Neugierde flammte in Natalies Augen auf. Sie beugte sich nach unten, legte ihre Wange auf Mindys und schloss die Augen. Ein paar Augenblicke vergingen, dann lächelte Natalie zufrieden. »Hmm, ich habe wirklich keine Ahnung, ob mich das jetzt überraschen soll oder nicht. Gut zu wissen, ist es aber auf jeden Fall.«

Natalies Hand holte aus. Sie schlug Mindy feste ins Gesicht.

Mindy war sofort hellwach. Sie sah Natalie an. Sie schien noch für einen kleinen Moment orientierungslos zu sein, ging dann aber auf Abstand und lehnte sich fest gegen die Wand am Kopfende ihres Betts. Tränen tropften auf ihren Schlafanzug. *Natalie, wie kannst du nur…*

»Das war eben nur zu eurem Besten«, fauchte Natalie und ging rückwärts zurück zu meinem Schreibtisch. »Ich möchte nämlich, dass ihr beide euch immer daran erinnert, mit wem ihr es zu tun habt. Ihr dürft mir nicht trauen. Ich trau euch beiden ja vielleicht auch nicht.«

Natalie machte eine Pause. Sie nahm das Metalllineal, mit dem ich sie das letzte Mal abgewehrt hatte, in die Hand und warf es mir zu. »Hier. Vielleicht fühlst du Feigling dich damit sicherer.«

Ich fing das Lineal auf, legte es aber gleich wieder auf meinen Nachttisch. Weit genug entfernt, um Natalie zu signalisieren, dass ich es heute Nacht nicht verwenden wollte.

»Natalie, ich weiß, dass das alles so unendlich schwer für dich sein muss, aber es ist jetzt unglaublich wichtig, dass wir drei vernünftig miteinander reden. Davon hängt sehr wahrscheinlich unser aller Leben ab.«

»Das klingt verdammt dramatisch, Frau Staatsanwältin. Aber gut. Solange das kleine Eichhörnchen da die Klappe hält, werden wir uns vertragen. Dann leg mal los.«

●●●●

Natalie lachte. Schallend. Noch nie im Leben hatte mich jemand mit solch einer Verachtung ausgelacht. »Ich bin von dir enttäuscht, Anna. Dass gerade du auf so einen alten Onkel hereinfällst, der hier einfach nur mal eine Runde 'Mama, Papa, Kind' mit euch spielen möchte, das hätte ich nicht gedacht. Bist du wirklich so bescheuert oder hat die Kleine dich mit ihrer Gehirnerweichung schon angesteckt? Aber erwarte ja kein Mitleid von mir, denn wenn du jetzt anfängst, mich wegen der hier zu verarschen, dann nehme ich sie nachher mit, suche mir im Wald was mit scharfen Zähnen und einem unempfindlichen Magen und schicke dir das Video. Ach was! Warum so lange warten? Lass uns die Sache gleich hier und jetzt erledigen!«

Natalie schnellte nach vorne. Sie stand nur einen Augenblick später wieder am Kopfende von Mindys Bett. Sie packte Mindy mit ihrer linken Hand am Hals, drückte sie tief herunter in die Matratze und presste ihre rechte Hand auf Mindys Mund und Nase.

»So etwas nennt man Ultimatum, Anna. Du hast jetzt vielleicht noch 90 Sekunden, um mich zu überzeugen. Nutze sie. Du bekommst keine zweite Chance.«

Ich beugte mich zur Seite, riss meine Nachttischschublade auf und holte eine der beiden Sprühdosen heraus, die uns Sir Ben geschickt hatte.

»Ich glaube nicht, dass alte Onkel, die nur mit uns spielen wollen, an so etwas herankommen.«

»An Zitrus-Vanille-Deo? Spinnst du jetzt vollkommen oder ist das deine Art, mich zu bitten, den Dreck in deinem Nachbarbett zu entsorgen? Mach ich doch gerne, aber die Sauerei musst du hinterher aufwischen.«

»Natalie, nein! Professor König hat uns gesagt, dass dies ein Abwehrspray für Vampire ist. Ich glau–«.

»Und du glaubst ihm?«

»Ja, ich glaube ihm.«

Natalie ließ Mindy los. Sie beachtete sie nicht mehr. Sie sah nur noch mich an.

»Dann lass uns die Sache jetzt ein für alle mal zu Ende bringen«, giftete Natalie mich an. Sie ging auf mich zu, packte mein Nachthemd und riss es ohne Rücksicht auf die wegplatzenden Knöpfe nach unten. Wehrlos spürte ich den Wind und die Gefahr auf meiner Haut. Dann krempelte Natalie den rechten Ärmel ihrer Bluse hoch und hielt mir ihren Handrücken hin. »Du weißt, dass ich dich mitnehmen werde, wenn es jetzt einfach nur 'Zisch' macht und ich danach für 'ne Weile süß rieche.«

»Okay. Einverstanden. Du hast mein Wort«, sagte ich und sprühte etwas von dem Inhalt der Deodose auf Natalies Handrücken.

Natalie zuckte zusammen. Ihre Hand verkrampfte sich. Sie atmete erst heftig ein und hielt dann die Luft an, während die Flüssigkeit, die ich auf den Rücken ihrer Hand gesprüht hatte, erst ihre Haut, dann ihre Muskeln und schließlich sogar den Knochen wegätze. Die Überreste tropften rot schmierig auf den Boden.

Die Schmerzen, die Natalie dabei empfand, schienen unerträglich zu sein. Natalies Augen wurden erst schwarz und dann glühend rot. Ihr Gesicht verwandelte sich in eine verzerrte Fratze.

Natalies linke Hand holte aus. Sie packte mich am Hals, wirbelte mich herum und drückte mich tief in die Matratze meines Betts. Ich wurde von ihr verschlungen. Ich bekam keine Luft mehr und brachte auch keinen vernünftigen Laut mehr hervor. Aber Schreien oder Weinen hätte ohnehin nichts gebracht, denn das, was Natalie da gerade tat, das wurde nur noch von ihren Schmerzen und nicht mehr von ihrem Verstand gesteuert.

Mein Körper verkrampfte sich. Natalie packte meine Arme und presste sie gegen meinen Rücken. Alle Luft war aufgebraucht. Schwärze legte sich über meine Augen.

Natalie ließ mich wieder los. Ohne Vorwarnung. Ich konnte wieder atmen, hatte aber die Orientierung verloren. Mein Mund schmeckte nach Matratze.

Ich spürte Mindys Umarmung. Sie brachte mich zurück. »Ich gebe ihr jetzt etwas zu trinken, okay«, hörte ich Mindy Natalie fast anfauchen. Dann fühlte ich auch schon ein Glas an den Lippen. Kühler Orangensaft. Ich schluckte. Keine Ahnung, wie viel Zeit vergangen war. Anscheinend mehr als nur die paar Sekunden, an die ich mich noch erinnern konnte.

Meine Wahrnehmung kehrte zurück. Der Schleier vor meinen Augen verschwand. Natalie saß wieder auf dem Bürostuhl meines Schreibtischs. Sie schien ihre Schmerzen jetzt unter Kontrolle zu haben und schaute mit den großen Augen eines kleinen Kindes zu, wie ihre Wunde im Zeitraffertempo verheilte. Wie sich neuer Knochen bildete und dieser erst von Muskelgewebe eingehüllt und schließlich von Haut umschlossen wurde. Es dauerte keine zwei Minuten, dann war der Spuk vorbei. Die Verletzung, die Natalie dazu gebracht hatte, mich für eine Weile ins Nichts zu schicken, war spurlos verheilt.

»Das war ein echt beschissener Trip, Anna, aber jetzt steht es 1:0 für dich. Allerdings wird uns nur die Zeit lehren, ob das am Ende eine gute oder eine schlechte Sache ist.«

»Das weiß ich.«

»Also gut. Meine Aufmerksamkeit hast du. Du hast mein Interesse geweckt. Ich werde mir die Sache durch den Kopf gehen lassen und mich wieder bei dir melden«, sagte Natalie, ging zum Kühlschrank und öffnete ihn. Sie nahm sich eine von den drei noch verbliebenen Apothekendöschen mit meinem Blut. »Die habe ich mir verdient!«

»Das hast du. Aber pass bitte auf. Professor König hat klargestellt, dass…«

»Wenn du mich hin und wieder mal zum Essen einlädst, dann bleib' ich sauber«, ließ Natalie mich nicht ausreden.

»Wir werden da sicher einen Weg finden.«

»Träum weiter, Kleine.«

Natalie schloss den Kühlschrank und ging zur Zimmertür. Sie blieb aber erst einmal vor ihr stehen.

»Weißt du, Anna, falls dir unsere Freundschaft wirklich jemals etwas bedeutet hat, dann drück' der Kleinen doch endlich mal ein Kissen ins Gesicht. Die erste Minute ist ziemlich langweilig, aber dann macht das Gezappel einen Heidenspaß. Ist nur leider immer wieder so schnell vorbei.«

Ich schwieg.

»Hey, schau nicht so. Hab' ich doch alles nur gehört. Aber vielleicht freue ich mich ja schon auf mein erstes Mal. Und wo wir gerade beim Thema sind. Kannst du dir bitte mal wieder was Richtiges überziehen. Du siehst in den Fetzen nämlich echt aus wie 'ne versetzte Schlampe, die es bitter nötig hat.«

Schließlich öffnete Natalie die Zimmertür und ging in den Flur des Studentenwohnheims. Der Bewegungssensor erfasste sie sofort und das Licht ging an. Überall. Der Schutz der Schatten war verschwunden.

»Natalie nicht«, versuchte ich, sie aufzuhalten.

»Warum? Wär' doch ein Heidenspaß, wenn ich jetzt einer begegne, die mich noch kennt, und ihr meine Beißerchen zeige. Ich wette, die quiekt dann wie ein kleines Schweinchen und macht sich so richtig in die Hose. Also tschüss, mein Schatz. Und vergiss ja nicht, den Müll rauszubringen, sonst muss ich mich vielleicht doch noch drum kümmern.«

Natalie verschwand im Flur. Sie hatte die Tür nicht hinter sich geschlossen, aber es war mir egal, ob man mich draußen hören konnte. Ich heulte einfach nur los.

Ich spürte, wie sich Mindys Arme um mich legten. Sie hielten mich fest. Wahrscheinlich am Leben.

Ein hochgesteckter Plan

••••

Mit noch immer verheulten Augen saß ich am kommenden Tag zusammen mit Mindy wieder in Sir Bens Büro. Seine Sekretärin hatte uns angerufen und gebeten, zu kommen.

Während ich erst einmal einen Schluck Tee trank, sah mich Sir Ben an. »Sie haben mit Natalie gesprochen?«, schloss er wahrscheinlich aus dem verquollenen Zustand meines Gesichts.

Ich nickte wortlos, aber weil ich das Gefühl hatte, dass da eben eine ganze Menge an Verständnis und letzten Endes ehrlicher Empathie in Sir Bens Stimme mitschwang, war ich wegen der Direktheit seiner Bemerkung weder beleidigt, noch schämte ich mich für die ganz klar sichtbaren Überbleibsel meines emotionalen Ausbruchs.

»Denken Sie, dass Natalie kooperieren, … Ihnen helfen wird?«

»Ich bin mir sicher, dass wir Natalie davon überzeugt haben, dass wir alle in Gefahr schweben und dass Sie…«

»Und dass ich kein debiler Spinner bin«, versuchte Sir Ben, die Atmosphäre zumindest wieder eine Spur aufzulockern.

»Was? Natürlich … natürlich haben wir das. Aber Natalie hat erst einmal nichts versprochen. Sie will sich die Sache durch den Kopf gehen lassen, allerdings glaube ich, dass sie uns helfen wird. Zumindest solange sie der Überzeugung ist, dass auch sie etwas davon hat.«

»Das ist gut zu wissen, auch wenn Natalie nicht der vordringliche Grund ist, weshalb ich Sie heute so kurzfristig eingeladen habe. Es geht mir vielmehr um das, was wir als Nächstes gegen Nicholas unternehmen wollen. Ich bin nämlich weiterhin der festen Überzeugung, dass wir unsere Zusammenarbeit nur zu einem positiven Abschluss und sie beide damit wieder aus der Gefahrenzone bringen können, wenn wir es uns selbst zum Ziel machen, Valery umgehend aufzuspüren.«

»Allerdings würden wir dadurch auch Nicholas unterstützen, oder?«

»Ich möchte es eher *lenken* nennen, denn wenn wir auf dem Weg zu Valery genügend Brotkrumen für Nicholas hinterlassen, dann wird er uns so lange folgen, bis wir am Ziel sind. Und dort werde ich es beenden. Ich werde Nicholas heimbringen, ehe er noch mehr Menschen verletzen kann. Diesmal werde ich vorbereitet sein.«

»Was wird anschließend mit ihm geschehen? Wie wird man ihn bestrafen?«

»Das möchte ich der Weisheit anderer überlassen.«

»Wenn Ihr Plan aufgeht und wir Valery finden, wie sieht dann Ihr Timing aus? Wann genau haben Sie vor, Nicholas zu ... zu verhaften?«

»Sie meinen, ob ich ihn vor seiner Festnahme noch Valery ausschalten lasse? Ja, das möchte ich nicht ausschließen. Das ist ein optionaler und auch sehr wünschenswerter Teil des Plans. Allerdings steht Ihre und Mindys Sicherheit immer an erster Stelle – und das Erfüllen meiner eigenen Mission an zweiter. Mehr möchte ich Ihnen im Moment nicht versprechen. Das sind die Prioritäten. Gegebenenfalls müssen wir Valery ziehen lassen.«

»Okay, aber Sie wissen, dass ich Valery nur über eine Entfernung von vielleicht drei bis fünf Kilometern spüren kann. Wenn wir also im Vorfeld nicht halbwegs eingrenzen können, wo in Ozeanien sich Valery aufhält, dann weiß ich wirklich nicht, wie ich Ihnen helfen kann. Ganz egal wie sehr ich das auch möchte.«

Sir Ben sah mich aufmunternd an. »Darüber habe ich bereits mit meinen Kollegen gesprochen. Die Art der Verbindung, die Sie mit Valery haben, ist sehr selten. Und die Intensität, mir der sie beide miteinander verbunden sind, ist wahrscheinlich einmalig. Wir können deshalb im Moment wirklich nicht mehr als nur gewagte Vermutungen darüber anstellen, wozu Sie wirklich in der Lage sind, Anna. Allerdings halten wir es durchaus für möglich, dass der Radius, innerhalb dessen Grenzen Sie Valery aufspüren können, sich durch große Höhe erweitern lässt. Und genau das möchte ich so schnell wie möglich testen.«

»Aber beißt sich da nicht die Katze in den Schwanz? Müsste man mich dafür nicht erst einmal in die Nähe von Valery bringen und … nein, halt! Wir nehmen einfach den Ort als Ziel, an dem sie jahrelang gewohnt hat. Valerys Villa. Den mehrstöckigen Altbau in der Nähe des Frankfurter Zoos, meine ich.«

»Genau das ist der Plan. Wenn ich Sie richtig verstanden habe, dann können Sie den – wie haben Sie es doch gleich genannt? – dann können Sie den Schatten von Valerys Präsenz auch in diesem Haus spüren.«

»Ja, das kann ich. Allerdings noch einmal deutlich schwächer. Ich spüre Valery hier gerade einmal zwei oder drei Kilometer weit. Mehr nicht. Und wenn ich jetzt ehrlich bin, dann bin ich auch ziemlich froh darüber. So ist das Gebiet, um das ich in Frankfurt einen Bogen machen muss, nicht allzu groß. Denn wenn ich mich Valery oder auch nur der Erinnerung an sie nähere, dann habe ich meine Gefühle nicht mehr so ganz im Griff.«

»Ich verstehe«, sagte Sir Ben. »Wären Sie trotzdem damit einverstanden, dass ich Sie an diesem Wochenende im Rahmen eines kontrollierten Experiments noch einmal diesen Emotionen aussetze? Auf eine zugegebenermaßen recht ungewöhnliche und für Sie beide wahrscheinlich auch recht einmalige Art und Weise.«

»Was genau haben Sie vor, Sir Ben?«, fragte ich so kritisch wie möglich, ohne wirklich eine Antwort von ihm zu erwarten.

»Über die Details sprechen wir noch«, grinste Sir Ben. »Ich schicke Ihnen morgen bis 09:00 Uhr eine Nachricht und sage Ihnen, wo wir uns treffen werden. Sie müssen nichts vorbereiten. Ich kümmere mich um alles. Allerdings hätte ich die Bitte, dass Sie Ihre Ausweispapiere vielleicht besser im Wohnheim lassen.«

»Okay. Sonst noch etwas … Ungewöhnliches?«

»Nein. Nur, dass Sie vielleicht versuchen sollten, nicht allzu viel zu frühstücken.«

CHECK-IN

••••

Samstagmorgen war in der Mensa der Rhein-Main-University logischerweise nicht viel los. Die meisten Studenten, die im Wohnheim wohnten, fuhren am Wochenende zurück nach Hause. Da es aber Mindy definitiv nicht zu ihrer Familie zog und ich mich mit meinen Eltern in der Regel am Sonntag traf, gehörten wir zu den wenigen Studenten, die sich etwas von dem provisorischen Frühstücksbuffet geholt hatten. Pünktlich um 09:00 Uhr erhielten Mindy und ich eine SMS.

Kennzeichen F-LW 1878; Bitten Sie den Taxifahrer, Sie zum Rathaus in Usingen im Taunus zu fahren.

Sir Ben

Wir tauschten kurz einen Blick aus. Uns war klar, dass wir vielleicht gerade in eine Falle gelockt wurden. Aber wie auch immer. Mindy und ich waren weiterhin der festen Überzeugung, dass wir beide die beste Chance hatten, aus dieser Sache wieder lebendig herauszukommen, wenn wir das Spiel mitspielten. Denn nur wenn man aus eigenem Antrieb in Bewegung bleibt, kann man aktiv seinen Kurs steuern. Tut man das nicht, dann lässt man sich treiben und wird zum berechenbaren Ziel – zur leichten Beute.

Also standen wir auf und gingen los. Wie zwei Studentinnen, die sich vorgenommen hatten, in der Innenstadt eine Runde shoppen zu gehen oder vielleicht auch einen Ausflug zu machen.

Niemand nahm bewusst wahr, wie wir draußen in das Taxi mit dem von Sir Ben gesimsten Kennzeichen stiegen. Falls wir jetzt wirklich für immer verschwinden sollten, dann würde das bis zum Anfang der kommenden Woche keiner bemerken.

TAXI

····

In dem Taxi nahmen Mindy und ich hinten Platz. Der mit Goldkettchen behangene Fahrer, der eine schräge Kappe und eine verspiegelte Sonnenbrille trug, murmelte 'o-in'? Dies interpretierte ich als die Frage nach dem Zielort und sagte ihm, dass wir zum Usinger Rathaus wollten. Er nickte und fuhr dann auch gleich ziemlich sportlich los.

Auf dem Weg beachtete uns der Taxifahrer erst einmal nicht weiter. Er schimpfte die ganze Zeit über munter über jede rote Ampel und telefonierte dabei wild gestikulierend mit seinem Handy – in einer Sprache, die ich noch nie zuvor gehört hatte.

Nach einer Weile entwickelte ich aber zumindest ein gewisses Grundvertrauen, dass der Fahrer seinen Wagen unter Kontrolle hatte und sah mich im Innenraum um. Einige Dinge erschienen mir weiterhin ziemlich schräg und ich fragte mich, warum uns Sir Ben gerade so einen Kerl als Taxifahrer geschickt hatte. Da lag zum Beispiel in all dem Chaos ein super schicker und sauber gefalteter anthrazitfarbener Anzug vorne auf dem Beifahrersitz. Und der gehörte garantiert nicht dem Fahrer, denn dieser trug voller Inbrunst die Art von Hawaiihemd, die schon nicht mehr modern gewesen war, als Tom Selleck noch an den Weihnachtsmann geglaubt hatte. Aber okay, vielleicht hatte der Mann ja noch einen Zweitjob, bei dem er sich schick anziehen musste; oder vielleicht hatte auch ein Fahrgast den Anzug ganz einfach nur im Wagen liegen lassen.

Nachdem wir schließlich 30 Minuten später in Usingen, na ja, gelandet und überraschend sanft vor dem Rathaus zum Stehen gekommen waren, parkte der Fahrer das Taxi dort professionell rückwärts ein und drehte sich zu uns um. Aber statt mir den Betrag zu nennen, den ich zu bezahlen hatte, drückte er mir einen Satz Autoschlüssel in die Hand.

»Der bordeauxrote Lancia auf der anderen Seite«, sagte Sir Ben zu mir, während er stolz grinsend die Kappe und die Sonnenbrille absetzte und seinen Polyesterschnurrbart im unbenutzten Aschenbecher verschwinden ließ.

»Sie...! Was ... was war das verdammt noch mal für eine Sprache?«, raunzte ich Sir Ben an.

»Alt-Armenisch. Es gibt ein paar Dämonen, die sehr gerne in ihr fluchen, wenn man sie auf die Palme bringt. Dass sie dabei in der Regel auch das eine oder andere Geheimnis in ihrem Schimpfschwall mit ausplaudern, ist ein sehr netter Nebeneffekt.«

»Haben Sie eben etwa in Anwesenheit von zwei Damen geflucht?«, fragte Mindy spielerisch tadelnd.

»Selbstverständlich nicht«, antwortete Sir Ben und griff nach dem anthrazitfarbenen Anzug, der neben ihm auf dem Beifahrersitz lag. »Ich ziehe mich noch schnell in der Gaststätte um und komme dann zu Ihnen. Bis gleich.«

»Ja, bis gleich«, antwortete ich und hatte immer noch keine Ahnung, ob ich jetzt schmollen oder einfach nur noch lachen sollte.

Wir stiegen aus dem Taxi aus. Ich schaute noch kurz Sir Ben nach, dann gingen Mindy und ich zu dem bordeauxroten Lancia und schlossen ihn auf. Mindy setzte sich nach hinten. Ich nahm auf dem Beifahrersitz platz. Alles andere hätte wahrscheinlich komisch ausgesehen.

●●●●

Zehn Minuten später kam Sir Ben wieder aus der Gaststätte heraus. Er stieg auf der Fahrerseite des Lancias ein. Ich gab ihm die Schlüssel und wir fuhren los.

»Wollen Sie uns jetzt nicht langsam sagen, wo es hingeht und was Sie dort mit uns vorhaben?«, fragte ich Sir Ben.

»Natürlich. Würden Sie bitte den Umschlag im Handschuhfach herausnehmen und öffnen.«

»Klar!«, antwortete ich und…

»Was zum Fälscher von London…?«, schoss es aus mir heraus, als ich auf einmal zwei Sets druckfrischer Presse- und Personalausweise in meiner Hand hielt, die aus dem Umschlag gekullert waren. »Sir Ben. Habe ich vielleicht die letzte Nacht über ohne mein Wissen einen Spanier geheiratet?«

»Anna Valdez und Mindy Hartmann. Das sind Ihre Cover. Ihre Vornamen habe ich beibehalten. Selbst die Besten können sich in der Regel nicht innerhalb von nur wenigen Minuten an neue Rufnamen gewöhnen. Da siegt immer der Reflex. Ich wollte kein Risiko eingehen.«

»Aber genau das werden Mindy und ich heute noch tun. Ein Risiko eingehen, oder?«

»Ja, darum möchte ich Sie beide bitten.«

»Und wenn wir erwischt werden? Identitätsdiebstahl ist strafbar.«

»Ich habe bereits Vorkehrungen getroffen, dass jedes Missverständnis innerhalb von 48 Stunden aus der Welt geschafft werden kann. Sollten Sie von den Behörden in Gewahrsam genommen werden, dann sind Sie spätestens Montagmorgen wieder auf freiem Fuß. Aber das wird nicht passieren. Und schon heute Abend werden Frau Valdez und Frau Hartmann nicht mehr existieren.«

»Und was machen die beiden Schätzchen bis dahin so alles?«, fragte ich und reichte Mindy schon einmal die beiden Ausweise.

»Sie und Mindy sind Volontärinnen bei der Frankfurter *Femme*. Das ist ein kleines Magazin, zu dem wir sehr gute Kontakte haben. Sie arbeiten dort selbstständig an einem Artikel, der über Berufe berichtet, die früher einmal eine reine Männerdomäne waren, nun aber auch vermehrt von Frauen ausgeübt werden. Heute werden Sie für Ihr Projekt das Berufsbild der Eurofighterpilotin recherchieren. Natürlich vor Ort. Wir fahren nach Dornbach im Taunus. Dort wurde vor drei Jahren ein Eurofighterstützpunkt mit Schwerpunkt Ausbildung eröffnet.«

»Zu dem Sie sicherlich auch sehr gute Kontakte haben.«

»Nein, leider noch nicht. Deshalb die Scharade.«

Ich nickte, nur leider machte es in genau diesem Moment 'Klick' in meinen Gehirnwindungen. Alle Puzzleteile der letzten zwei Tage fügten sich zusammen und ergaben einen schwindelerregenden Sinn: Sir Ben wollte testen, ob ich Valery aus einer großen Höhe früher wahrnehmen könnte. Er hatte uns empfohlen, heute Morgen nicht allzu viel zu frühstücken, und wir näherten uns schnurstracks einem Eurofighterstützpunkt. Mein Gesicht verlor all seine Farbe.

»Sie ist auf Vollautomatik gestellt, aber Sie können natürlich jederzeit auf manuelle Kontrolle schalten«, sagte Sir Ben einen Augenblick später zu Mindy, als er ihr eine digitale Spiegelreflexkamera nach hinten reichte. Okay. Damit hatte er jetzt radikal das Thema gewechselt. Das war wahrscheinlich seine subtile Methode, mich davon abzuhalten, noch ein paar dumme Fragen zu stellen und dann laut schreiend aus dem Wagen zu springen.

»Ich denke, dass es von der Rollenaufteilung her am besten ist, wenn Anna das Interview führt und Mindy fotografiert – sofern man Ihnen das erlaubt«, erklärte uns Sir Ben weiter. »Es ist nämlich gut möglich, dass Sie gleich am Eingang die Kamera abgeben müssen. Schmollen Sie dann etwas, aber lassen Sie sich bitte auf keine Diskussionen ein. Wir sind heute auf dem Stützpunkt zu Gast und wollen selbstverständlich deren Regeln einhalten und einen guten Eindruck hinterlassen.«

»Wie sollen wir bei dem Interview auftreten? Sind wir Good Girls oder Bad Girls?«, fragte ich Sir Ben.

»Good Girls. Offen und freundlich. Sie stehen dem Ganzen absolut wohlgesonnen gegenüber. Das Ziel Ihres Artikels ist es, Ihren Leserinnen den Beruf der Kampfpilotin als eine echte Alternative vorzustellen.«

»Und welche Rolle spielen Sie dabei?«

»Ich? Ich bin nur Ihr Fahrer und habe heute wirklich nichts zu sagen.«

»Außer?«

»Außer, dass ich vielleicht Ihren Flugplan entworfen habe. Aber das weiß natürlich niemand.«

»Irgendwie habe ich mir das gedacht.«

»Das ist alles wirklich nichts Besonderes. Sie beide werden nach dem Interview in je eine der beiden Schulungsmaschinen des Stützpunktes steigen und für circa 90 Minuten in der Luft sein. Irgendwann im Laufe des Fluges werden Sie in einer Höhe von zwei Kilometern genau über das Haus von Valery fliegen. Sowie Sie ihre Präsenz spüren, Anna, fragen Sie bitte einfach, wie spät es ist. Ich werde in Ihrem Funkverkehr hängen und auch in das GPS-System Ihrer Maschine eingekoppelt sein.«

»Also werden wir anschließend wissen, ob an Ihrer Hypothese etwas dran ist, dass ich Valery aus einer großen Höhe heraus früher wahrnehmen kann?«

»Ja. Genau das ist der Plan.«

»Sir Ben, wissen Sie eigentlich, dass ich sie Blutwellen getauft habe? Diese Dinger, durch die ich Valery spüren kann, meine ich. Das ist albern, oder?«

»Anna, Sie haben die Begegnung mit einer ebenso skrupellosen wie intelligenten Vampirin überlebt. Da haben Sie jedes Recht der Welt, den Elementen dieser Verbindung einen Namen zu geben.«

Den Elementen dieser tödlichen Verbindung, dachte ich. Dann näherten wir uns auch schon dem Eingang des Eurofighterstützpunktes in Dornbach im Taunus.

»Erledigen Sie das bitte. Sowie wir an der Schranke ankommen, haben Sie das Sagen«, meinte Sir Ben und drückte mir noch seinen Personalausweis und ein versiegeltes Akkreditierungsschreiben in die Hand.

Nachdem mir auch Mindy ihre neuen und buchstäblich druckfrischen Ausweise gegeben hatte, ließ ich das Beifahrerfenster herunter. Jetzt ging es los.

»Hallo. Wir sind Anna Valdez und Mindy Hartmann. Wir sind wegen des Interviews hier«, sagte ich und reichte dem Soldaten am Eingang die Dokumente.

»Ja, fahren Sie bitte bis zu dem Parkplatz vor dem Hauptgebäude und warten Sie dort. Oberstleutnant Sommer oder Major Paulsen werden Sie gleich abholen. Regeln Sie bitte auch mit dem Oberstleutnant, ob Sie hier fotografieren dürfen«, meinte er weiter zu Mindy. Die nickte und zeigte auf die Verschlusskappe vor dem Objektiv ihrer Spiegelreflexkamera.

»Darf ich die eigentlich behalten?«, fragte sie Sir Ben, als wir weiterfuhren.

Pre-Flight

....

»Thomas Sommer«, begrüßte uns beim Aussteigen aus Sir Bens Lancia ein mittelgroßer und verdammt gut durchtrainierter Mann Anfang 50. »Ich bin der Leiter des Ausbildungsprogramms für Eurofighterpiloten. Und das hier ist mein Stellvertreter, Major Robert Paulsen«, stellte er uns seinen Kollegen vor, der mit ihm zum Parkplatz gekommen war.

»Robert Paulsen«, wiederholte dieser. Damit hatten sich die beiden Männer Mindy und mir nur mit ihren Vor- und Nachnamen vorgestellt. Vielleicht war das ja eine subtile Einladung dazu, dass wir sie ohne ihre Rangbezeichnung anreden durften.

»Ich kann Ihnen leider nicht gestatten, auf dem Stützpunkt zu fotografieren, Frau Hartmann. Ich möchte Sie deshalb bitten, Ihre Kamera im Wagen zu lassen oder, falls Sie sie dabeihaben möchten, sie Major Paulsen zu geben. Er oder auch eine meiner Kolleginnen werden sehr gerne die Aufnahmen für Sie machen. Dann wird es später keine Probleme mit der Freigabe des Materials geben. Selbstverständlich haben wir zwei Mappen unserer Öffentlichkeitsarbeit für Sie vorbereitet«, erklärte Oberstleutnant Sommer Mindy freundlich, aber auch recht bestimmt.

Ich überlegte kurz. Hatten wir ihm bereits unsere Namen genannt? Nein, das hatten wir nicht. Also hatte sich der Oberstleutnant definitiv auf den Termin vorbereitet.

Mit einem überzeugenden Schmollen übergab Mindy ihre Kamera an Major Paulsen. Dann folgten wir unseren Gastgebern vom Parkplatz aus zu einem dreistöckigen Gebäude und fanden uns zwei Minuten später in Oberstleutnant Sommers Büro wieder. Er führte uns zu einem runden Besprechungstisch, der mit zusammengewürfelten Kaffeetassen, zwei Kannen Kaffee, einer

Teekanne und einem Tetra Pak Milch gedeckt war. Sommer signalisierte uns, dass wir uns setzen sollten, lief aber selbst erst einmal zu seinem Schreibtisch und nahm eine Mappe in die Hand, die er sich bereits zurechtgelegt hatte. Neben einer großen Anzahl an sehr formell aussehenden Akten stand auf dem Schreibtisch auch noch ein gerahmtes Foto. Darauf war eine Frau in seinem Alter, sehr wahrscheinlich Frau Sommer, und eine Teenagerin zu sehen. Das Mädchen war vielleicht fünf Jahre jünger als ich, hielt gut gelaunt eine Kunstmappe in der Hand und hatte lange braunblonde Haare. Sie schien nicht allzu groß zu sein, hatte aber einen super entschlossenen Blick in ihren Augen. Irgendwie hatte ich das Gefühl, dass auch sie schon einmal einiges durchgemacht haben musste.

»Ihre Anfrage und damit auch die Freigabe für Ihren Besuch kam sehr kurzfristig herein, also mussten wir etwas improvisieren«, begann Oberstleutnant Sommer, nachdem er sich zu uns gesetzt und einladend auf den Tee und den Kaffee gezeigt hatte. Mir fiel gleich sein sachlicher Ton auf. Nein, er war nicht unfreundlich. Überhaupt nicht. Aber ich war mir sicher, dass uns Sommer damit bewusst zu verstehen geben wollte, dass er zwar bereit war, das Spiel mitzuspielen, er uns aber unser Cover für keine müde Flugminute abnahm. Okay, das war fair.

»Meine Kollegen und ich denken«, erklärte er uns weiter, »dass Sie in dem heutigen Interview sehr wahrscheinlich die für Sie und Ihre Leserinnen interessanteren und weitaus praxisbezogeneren Fragen stellen können, wenn wir *in medias res* beginnen. Warum also fangen wir nicht gleich mit dem Probeflug an und heben uns das Interview für den Nachmittag auf? Robert und ich werden Sie fliegen. Die beiden Ausbildungsmaschinen des Stützpunkts – die DS-1 und die DS-2 – stehen bereits betankt und geprüft im Hangar. Natürlich müssen Sie beide noch flugtauglich gemacht werden. Wir werden also in allerfrühestens 60 Minuten starten können. Und keine Sorge. Selbstverständlich helfen Ihnen zwei meiner Kolleginnen bei den Vorbereitungen und dem Ankleiden der Fluganzüge. Es gibt auf dieser Basis nämlich Bereiche, in denen auch ich als Ausbildungsleiter absolut nichts zu suchen habe. In der Zwischenzeit werden Robert und ich den Pre-Flight-Check durchführen und den Flugplan in die Systeme programmieren.«

In diesem Moment klopfte es an der Tür von Oberstleutnant Sommers Arbeitszimmer und einen Augenblick später betraten zwei junge Frauen Mitte 20 sein Büro. Beide trugen eine Uniform, stellten sich uns aber locker mit Kim und Isabell vor und sprachen Mindy und mich auch gleich mit unseren Vornamen an. Sie versprühten einiges an Herzlichkeit, aber die Tatsache, dass beide wussten, wer von uns wer war, war ein Indiz dafür, dass Sommer seine Kolleginnen im Vorfeld gebrieft und ihnen auch seine Bedenken geschildert haben musste.

Mindy und ich verließen schließlich das Büro von Oberstleutnant Sommer und wurden von Kim und Isabell in den Umkleidebereich geführt. Dort duschten wir erst einmal und schälten uns dann in blaugraue, enganliegende Unterwäsche. Anschließend gingen wir in einen Raum, in dem eine Reihe von Metallspinden nebeneinanderstanden. Zwei der Spinde standen offen. Dunkelblaue Ganzkörperanzüge hingen an den Türen.

»Das hier sind eure Fluganzüge«, erklärte uns Kim. »Die Anzüge, die wir tragen, sind maßgeschneidert und zwischen den Stoffschichten mit Luft und Flüssigkeit gefüllt. Das erzeugt um unsere Körper herum einen regulierenden Druck, der sich kontinuierlich den Manövern anpasst, die wir fliegen. Das schützt uns vor den Gravitationskräften und verhindert, dass wir die Orientierung verlieren oder bewusstlos werden. Das ist nämlich nichts, was dir passieren sollte, wenn du mit Überschallgeschwindigkeit unterwegs bist und dabei exakt getimte Manöver fliegen musst. Für den Probeflug können wir euch natürlich nur generische Anzüge zur Verfügung stellen. Die haben keinen Druckausgleich. Auch keinen standardisierten. Das wäre zu gefährlich. Aber sie halten Kälte und Zugluft von euren Körpern fern und geben euch einen realistischen Eindruck, wie es sich anfühlt, einen Fluganzug zu tragen.«

»Okay, danke«, sagte ich und nahm den Anzug, den mir Kim gab. Dann half sie mir, ihn anzuziehen.

»Das hier ist das kleinste Modell, das wir finden konnten«, sagte Isabell zu Mindy. »Aber das kriegen wir schon hin.«

»Bekommen wir auch so einen coolen Flughelm?«, fragte Mindy.

»Ja, natürlich«, antwortete Isabell. »Aber erst, wenn ihr sicher im Cockpit sitzt. So könnt ihr beim Einsteigen besser die Balance halten.«

»Na, wollt ihr mal einen Blick riskieren?«, fragte uns schließlich Isabell und führte uns vor einen Spiegel. Und wow, was ich sah, sah interessant aus und gefiel mir irgendwie. Schade nur, dass wir die Fotos, die Kim dann von uns machte, garantiert niemandem zeigen durften.

• • • •

Auf dem Weg zum Hangar hatte ich das Gefühl, dass man Mindy und mir einiges an respektvollen Blicken zuwarf. Keine Ahnung, wie viel das Personal auf dem Stützpunkt über uns wusste. Ich ging davon aus, dass Oberstleutnant Sommer seine Bedenken nur seinen engeren Mitarbeitern gegenüber erwähnt hatte. Also hielt man uns wahrscheinlich schlicht und ergreifend für zwei junge Pilotinnen, die heute die Ehre hatten, mit den Chefs zu fliegen.

»Habt ihr noch Fragen?«, fragte mich Kim.

»Nein. Die kommen uns wahrscheinlich erst in den Sinn, wenn wir schon in der Luft sind«, antwortete ich. »Aber seid ihr nachher bei dem Interview mit dabei? Das wäre schön.«

»Natürlich … und da sind wir auch schon.«

Wir betraten den Flughangar. Oberstleutnant Sommer stand zwischen den beiden Eurofightern, die für den Flug vorbereitet worden waren. Er unterhielt sich mit Sir Ben.

»Gut. Frau Hartmann, Sie fliegen mit Robert, der sich ja unhöflicherweise schon einmal still und leise in das Cockpit verzogen hat«, sagte Sommer und schaute leicht genervt in Richtung seines Kollegen. Seltsam, denn ich hatte bisher den Eindruck gehabt, dass die beiden nicht nur ein Team, sondern auch eng befreundet waren. »Frau Valdez, Sie fliegen mit mir. Wollen wir?«

Oberstleutnant Sommer ging auf seine Maschine zu, kletterte die Leiter hoch und stieg dann ins Cockpit. Er gab Kim ein Zeichen. Jetzt war ich an der Reihe. »Keine Angst, ich bin immer hinter dir«, sagte sie, als ich dann doch leicht zitternd die Stufen hochstieg.

Zwei Minuten und ein paar Balanceakte später saß ich hinten im Cockpit des zweisitzigen Schulungseurofighters. Ich blickte nach rechts. So wie ich erkennen konnte, war auch Mindy mittlerweile eingestiegen. Isabell hatte ihr geholfen. Allerdings schien Major Paulsen Mindy nicht wirklich zu beachten. Schade. Er hatte vorhin noch einen locker netten Eindruck gemacht. Aber gut, vielleicht fühlte er sich nicht wohl dabei, eine Zivilistin mit fragwürdiger Akkreditierung in seiner Maschine sitzen zu haben.

Kim schnallte mich an, kontrollierte den Gurt – gleich zweimal – und setzte mir dann den Flughelm und sich selbst ein kleines Bluetooth-Headset auf. Sie drückte einen Knopf an der Seite. Jetzt hörte ich sie über die Lautsprecher in meinem Helm.

»Kannst du mich verstehen?«

Ich nickte.

»Gut. Ich verbinde jetzt die Sauerstoffmaske mit dem Interface unten an deinem Helm. Da ihr recht niedrig fliegt, wirst du die Maske zwar nicht benötigen, aber sie gehört einfach zur Ausrüstung dazu. Stimme dich bitte mit Thomas ab, ob du mal probeweise aus ihr atmen darfst.«

»Okay.«

»Und setze bitte den Helm während des Fluges auf gar keinen Fall ab. Er schützt dich vor Lärm und möglichen Turbulenzen. Auch muss das Helmvisier wegen des UV-Filters immer unten bleiben. Wir möchten nicht, dass deine Netzhaut beschädigt wird, während du die vermeintlich schöne Aussicht genießt. Das ist kein Spaß und Thomas wird dich maximal einmal ermahnen, bevor er den Flug abbricht. Wenn es um Sicherheit geht, bekommt bei ihm nicht einmal die Ministerin eine Sonderbehandlung.«

»Okay. Ich werde mich daran halten.«

»Ich weiß«, sagte Kim und gab dann Oberstleutnant Sommer ein Zeichen, dass ich fertig war.

Kim blieb zwar auf der Leiter stehen, ging aber auf Abstand. Ich spürte eine Vibration, hörte durch meinen Flughelm das gedämpfte Surren eines Elektromotors und sah, wie die Glaskuppel des Cockpits langsam auf mich zukam und schließlich mit dem Zischen eines Druckausgleichs einrastete.

Jetzt gab es kein Zurück mehr.

ABBRUCH

••••

»Können Sie mich hören?«, hallte Oberstleutnant Sommers Stimme aus den kleinen Lautsprechern in meinem Helm, während wir zur Startbahn rollten.

»Ja«, antwortete ich. »Sehr gut. Ganz klar. Die Lautstärke ist auch okay.«

»Perfekt. Ist das Ihr erster Flug, Frau Valdez?«

»Ja ... nein ... also jein. Ich meine, ich bin bisher nur mit normalen Linienmaschinen geflogen.«

»Okay. Machen Sie sich aber keine Sorgen. Ich werde so ruhig wie möglich fliegen und verspreche Ihnen, keine Kapriolen zu machen. Diese Anweisung habe ich auch Major Paulsen gegeben. Trotzdem kann ein Eurofighter natürlich niemals so ruhig und stabil in der Luft liegen, wie eine erheblich schwerere Linienmaschine. Da ist es nicht zu vermeiden, dass Sie ein paar Turbulenzen spüren werden. Geben Sie mir aber Bescheid, wenn Ihnen übel wird oder Sie es nicht mehr aushalten sollten. Notfalls kehren wir einfach um. Und schämen Sie sich bitte nicht, falls Sie die Tüte in der rechten Wandverkleidung benötigen. Das ist keine Schande und den besten Piloten in den ersten Flugstunden passiert. Gut. Wir sind gleich in Startposition und ich muss Sie wegen der letzten Checks und der Kommunikation mit dem Tower jetzt für einen Moment vernachlässigen. Sowie wir auf Zielflughöhe sind, werde ich Ihnen aber wieder meine volle Aufmerksamkeit widmen können. In der Zwischenzeit lasse ich Sie in der Kommunikation.«

»Ja, danke«, antwortete ich; und als Oberstleutnant Sommer begann, mit dem Tower zu kommunizieren, hatte ich das Gefühl, in einem Science-Fiction-Film zu sitzen.

Und dann kam er. Der Moment, vor dem ich mich seit der Enthüllung in Sir Bens bordeauxroten Lancia gefürchtet hatte. Oberstleutnant Sommer bestätigte einen Satz des Towers mit *Copy*, legte noch ein paar Schalter um und schob dann mit seiner Hand den Schubhebel nach vorne. Die Triebwerke heulten auf, ich wurde in den Sitz gedrückt und verlor buchstäblich den Kontakt zur Erde.

● ● ● ●

»Frau Valdez. Sind Sie noch bei mir? Wir sind jetzt auf unserer Zielflughöhe von zwei Kilometern angelangt.«

»Ja, das bin ich«, antwortete ich und war froh, dass mein Herz immer noch schneller schlug, als mein Magen wirbelte. Ich versuchte, über die Kante des Cockpits nach unten zu blicken, konnte aber nicht viel erkennen.

»Ist leider nicht wirklich für Sightseeing konstruiert«, meinte Oberstleutnant Sommer. »Aber die drei farbigen LCD-Bildschirme vor Ihnen sind Multifunktionsdisplays. MFDs. Ich habe sie in den passiven Schulungsmodus geschaltet. Das bedeutet, dass Ihnen die Displays lediglich Informationen anzeigen, Sie der Maschine aber keine elementaren Befehle geben können. Sie können sie also ganz nach Ihren Wünschen konfigurieren.«

»Gibt es denn ein, na ja, Programm, das Sie empfehlen können?«

»Ja. Wenn Sie möchten, stelle ich Ihnen die Displays auf *Navigation*. Dann sehen Sie links eine zoombare GPS-Karte mit unserer exakten Position und weiteren Informationen, wie zum Beispiel unserer tatsächlichen Geschwindigkeit über dem Boden. Die ist beim Geradeausflug nämlich praktisch immer höher als die angezeigte Geschwindigkeit in der Luft. Das liegt an dem geringeren Luftdruck hier oben. Das rechte Display liefert Ihnen das

Videobild der steuerbaren Außenkamera und in der Mitte sehen Sie den Fluglageregler. Werfen Sie einmal einen Blick darauf, wenn wir die nächste Kurve fliegen. Sie werden dann nämlich feststellen, dass obwohl wir seitlich in der Luft hängen, Ihnen die Gravitationskräfte vorgaukeln, Sie würden noch gerade in Ihrem Sitz sitzen. Diese Kenntnis ist im Blindflug überlebenswichtig. Ohne Sicht sollten Sie sich nämlich immer auf die Instrumente und niemals auf Ihren Gleichgewichtssinn verlassen. Der Macht zu vertrauen, wäre in diesem Fall eine ziemlich schlechte Idee. Wenn es Ihnen langweilig wird, können Sie die Displays natürlich auch individuell mit den beiden Pfeiltasten an der unteren Kante durchblättern. Und falls Sie später wieder in den Navigationsmodus zurückkehren möchten, dann drücken Sie ganz einfach die Taste oben links am mittleren Display.«

»Danke«, antwortete ich und schaute auf die drei leuchtenden LCD-Displays vor mir. Von der Anzeige her kam mir natürlich die sich langsam bewegende, navigatormäßige GPS-Karte am ehesten vertraut vor. Die fand ich auch am interessantesten, allerdings hätte es unser kleines Experiment zunichtegemacht, wenn ich während des Flugs immer ganz genau gewusst hätte, wo wir uns gerade befinden. Also betätigte ich an dem linken Multifunktionsdisplay ein paar mal die Pfeiltasten und blickte nach einer Weile auf eine Grafik, die anscheinend die Leistung der beiden Triebwerke des Eurofighters und seinen Spritverbrauch anzeigte. Auch gut. Einen Hinweis auf unsere gegenwärtige Position gab mir diese Anzeige jedenfalls nicht. Und so sollte es ja auch sein!

Mir war mittlerweile aufgefallen, dass nun eine gewisse Fürsorge Oberstleutnant Sommers 'Matter-of-Fact'-Ton überlagerte. Vielleicht lag das an dem Foto der jungen Frau, das er rechts an eine halbwegs frei Stelle des Armaturenbretts geklemmt hatte. Es war dasselbe Mädchen, dass ich auch schon auf dem Foto in seinem Büro gesehen hatte. Sie war wie gesagt vielleicht fünf Jahre jünger als ich, wobei ich natürlich keine Ahnung hatte, wann das Bild aufgenommen worden war. Ich überlegte kurz, ob ich ihn auf sie ansprechen sollte, fand dann aber, dass dies die Art von Smalltalk war, mit der er beginnen sollte.

»Ich habe in Ihrer Akkreditierung gelesen, dass Sie an der Rhein-Main-University im letzten Jahr Ihres Journalistikstudiums stehen.«

»Ja, das tue ich«, antwortete ich unverfroren. Mann, wie ich es hasste, zu lügen.

»Ich frage nur, weil meine Tochter Alina im kommenden Herbst dort anfangen wird, Kunst zu studieren. Sie macht gerade am Graf-Stauffenberg-Gymnasium in Kelkheim ihr Abitur, aber wir sind erst vor knapp drei Jahren hierher gezogen, also sind wir immer noch auf Zweitmeinungen angewiesen, wenn es um empfehlenswerte Hochschulen in dieser Gegend geht. Ich habe aber wiederholt gehört, dass die Rhein-Main-University sehr gut und obendrein bezahlbar sein soll.«

»Ja, das stimmt beides. Die Studiengebühren sind fair und die Professoren haben zwar ziemlich hohe Ansprüche, sind aber wirklich persönlich daran interessiert, uns etwas beizubringen«, antwortete ich.

Ich überlegte noch kurz, ob ich vielleicht Katharina erwähnen wollte, beschloss dann aber, dass das gar keine gute Idee gewesen wäre. Ich sollte ab dem nächsten Semester viel eher darauf achten, der Tochter von Oberstleutnant Sommer niemals auf dem Campus über den Weg zu laufen. Wenn man bedenkt, wie dreist ich ihren Vater gerade nach Strich und Faden belog, hätten wir beide definitiv keine solide Basis für eine wunderbare Freundschaft.

Danach schwenkten wir zu meiner Erleichterung auf unverbindlicheren Smalltalk und Oberstleutnant Sommer erklärte mir die Instrumente und die Systeme des Eurofighters.

Dann passierte es. Ein Ruck durchfuhr meinen Körper. Ohne jede Vorwarnung und unerwartet heftig drangen die Blutwellen pulsierend in mich ein.

Alles um mich herum begann, sich zu drehen. Jetzt brauchte ich etwas, das mich stabil in der Realität halten würde. Einen Anfall, wie ich ihn damals vor der Kirche in Dornbach bekommen hatte, konnte ich mir hier nicht leisten. Dann würde Oberstleutnant Sommer sofort wieder zurück zum Stützpunkt fliegen und das Experiment beenden.

Ich erinnerte mich an die Einführung, die er mir gegeben hatte, und blickte nach vorne auf den Fluglageregler. Ich konzentrierte mich auf die parallelen Linien, die dem künstlichen Horizont des Displays ruhende Stabilität gaben. Alles war so friedlich. Kein Zittern. Kein Vibrieren. Wir lagen sanft in der Luft. Wir hielten Kurs – und ich blieb.

»Wie spät ist es eigentlich?«, fragte ich, so wie ich es mit Sir Ben abgesprochen hatte.

»13:30 Uhr«, antwortete Sommer. »Wir sind jetzt seit knapp 60 Minuten in der Luft und nähern uns dem Osten von Frankfurt.«

Ich rief schließlich die GPS-Karte auf dem linken Multifunktionsdisplay auf, zoomte etwas heraus und konnte nach einem kleinen Moment der Orientierung erkennen, dass wir nicht mehr weit vom Frankfurter Zoo entfernt waren. Ein, vielleicht zwei Kilometer. Also hatte das Experiment nicht wirklich etwas gebracht. Höhe vergrößerte nicht die Entfernung, aus der ich Valery spüren konnte.

»Frau Valdez. Wir sind den Flugplan abgeflogen und machen uns jetzt wieder auf den Rückweg. Es wird aber noch einen Augenblick dauern, bis Sie wieder festen Boden unter den Füßen haben. Wir können wegen des Windes nicht direkt aus südlicher Richtung in Dornbach landen. Wir müssen erst durch eine Schneise zwischen Waldems und Weilrod fliegen und dann von Norden her mit dem Landeanflug beginnen. Das wird etwas länger dauern, aber dafür sehen Sie und Frau Hartmann noch etwas mehr vom Taunus. Haben Sie Ihre GPS-Karte aktiviert?«

»Ja, das habe ich.«

»Gut. Sagen Sie, wohnen Sie oder Ihre Eltern eigentlich in Frankfurt? Wir haben gerade etwas Spielraum bei der Navigation und wir können sehr gerne noch über Ihr Haus oder über das Haus Ihrer Eltern fliegen und eine Aufnahme machen. Ein Bild aus einer so außergewöhnlichen Perspektive hat nicht jeder.«

»Ich wohne während des Semesters im Wohnheim der Universität. Ich will in dieser Zeit einfach mitten im Studentenleben sein. Meine Eltern wohnen aber auch direkt in Frankfurt, und natürlich habe ich immer noch mein Zimmer bei ihnen.«

»Verstehe. Und, wollen wir? Das Foto wird ein prima Weihnachtsgeschenk.«

»Ja, sehr gerne«, antwortete ich gut gelaunt.

Aber als wir wenige Minuten später das Haus meiner Eltern überflogen und es von oben fotografierten, da begriff ich, dass Oberstleutnant Sommer gerade auf eine unglaublich charmante Art und Weise meine echte Adresse aus mir herausgetrickst hatte.

• • • •

»Waldems und Weilrod liegen hinter uns«, sagte Oberstleutnant Sommer noch einmal 15 Minuten später. Ich werde jetzt eine 135 Grad Schleife fliegen und dann den Landanflug einleiten. Weil wir von Norden her kommen, bleibt mir leider deutlich weniger Zeit für den Sinkflug. Das werden Sie wahrscheinlich im Magen spüren. Bis wir wieder vor dem Hangar stehen, muss ich auch noch einmal intensiv mit dem Tower kommunizieren. Ich lasse Sie aber weiterhin im Funkverkehr.«

»Okay. Danke«, antwortete ich und verstand sehr schnell, was er damit gemeint hatte, dass er wenig Zeit für den Sinkflug hätte. Die Tatsache, dass der Eurofighter gleichzeitig langsamer wurde und schnell an Höhe verlor, gab mir dann das vielleicht doch nicht ganz so angenehme Gefühl, leicht zu schweben.

Ich beschloss, mich wie vorhin dadurch abzulenken, dass ich meinen Blick stabil auf die Multifunktionsdisplays vor mir richtete. Aber diesmal funktionierte dieser Trick nicht, denn das Display mit der GPS-Karte flackerte ein paar mal unangenehm auf und machte sich dann selbstständig. Ohne mein Zutun zoomte das Bild in unsere Flugroute herein, durchlief sie flink suchend rückwärts und kam schließlich über dem Frankfurter Zoo zum Stehen. Dieses geisterhafte Polygongewusel nervte tierisch und es…

»Robert? Hast du dich gerade eben über Port in das GPS von Frau Valdez eingeloggt?«

…und es beunruhigte anscheinend auch Oberstleutnant Sommer. Ich … ich bekam Angst.

»Sehr bedauerlich«, hörte ich eine mir unbekannte Stimme aus den Lautsprechern meines Flughelms sagen. »Die ganze Aktion war reine Zeitverschwendung. Dann ist es jetzt also an der Zeit für mich, auszusteigen. Natürlich ohne den nutzlosen Ballast hinter mir. Und Anna, verstehe das bitte nicht als Drohung, sondern als eine Einladung zur ungestörten Kooperation. Wir wollen doch nicht, dass du dir ständig Sorgen um deine Freunde machen musst. Zumindest nicht um die, deren Herz noch schlägt.«

»Was? Robert?«, fragte Oberstleutnant Sommer und konnte dabei seine Anspannung nicht vollständig verbergen. Seine Hand fuhr nach vorne zu einem kleinen Schalter an der Armatur. Daumen und Zeigefinger spannten sich an, dann aber zögerte er. »Robert. Anscheinend stimmt etwas mit den Filtern deines Comm-Systems nicht. Du kommst nur verzerrt bei uns an und … und du kommst vom Kurs ab. Du driftest zur Seite. Höhe halten, Robert. Wir haben Freigabe.«

»Ich muss etwas klären, Frau Valdez. Ich nehme Sie kurz aus dem Funknetz heraus«, sagte Sommer und betätigte schließlich doch den Schalter vor ihm.

Und das war es dann. Stille. Mehr als das gedämpfte Rauschen der Luft, die um den Eurofighter herumströmte, konnte ich nicht mehr hören. Jetzt war klar, dass hier etwas nicht stimmte!

Ich blickte auf die drei Multifunktionsdisplays vor mir. Sie waren alle noch in Betrieb. Diesen Kontakt zur Außenwelt hatte mir Oberstleutnant Sommer gelassen.

Das Display ganz rechts zeigte immer noch das überraschend klare Bild der beweglichen Außenkamera an. Als Oberstleutnant Sommer vorhin mit dieser Kamera das Haus meiner Eltern fotografiert hatte, hatte er sie mit so einer Art Joystick gesteuert. Ich hatte keine Ahnung, wo sich dieses kleine Ding in meinem Teil des Cockpits befand, aber da waren noch die Pfeiltasten an den Seiten des Displays. Ich beschloss, mein Glück zu versuchen und – ja! – mit diesen Tasten konnte ich die Außenkamera steuern. Ich drehte sie zur Seite. Der Eurofighter, in dem Mindy zusammen mit Major Paulsen saß, flog rechts neben uns und nach 30 Sekunden schaffte ich es tatsächlich, die Kamera auf ihn zu fokussieren.

Die Frage, ob ich einen 'Tracking Lock' haben wollte, leuchtete auf dem Display auf. Ich bestätigte sie und wenn ich es richtig verstanden hatte, dann folgte die Außenkamera jetzt automatisch den Bewegungen und dem Kurs des zweiten Eurofighters.

Und das war auch gut so, denn Oberstleutnant Sommer hatte recht gehabt. Die andere Maschine wurde tatsächlich immer langsamer und driftete zur Seite ab. Einen Moment später sagte mir mein kurz nach links schwebender Magen, dass wir uns ihrem Kurs anpassten.

Das Chassis des Eurofighters neben uns zitterte für einen Moment heftig auf und ich … und ich sah auf dem kleinen Display vor mir, wie ein Schleudersitz aus dem Flugzeug herausschoss. Einer. Nur einer. Nur der vordere. Nicht der hintere. Also musste Mindy noch in der jetzt pilotenlosen Maschine sitzen.

Mit der Ruhe war es nun vorbei. Das 'Verdammt!' von Oberstleutnant Sommer konnte ich trotz des abgeschalteten Kommunikationssystems und des Schallschutzes, den mir mein Flughelm gab, deutlich hören. Nun ging es um Leben und Tod.

In die Unendlichkeit

••••

Auf dem Fluglageregler, der auf dem mittleren der drei Multifunktionsdisplays vor mir angezeigt wurde, leuchtete die Meldung 'G-Limiter Active: +4.0 / -1.5' auf, aber ehe ich mir darüber Gedanken machen konnte, was das bedeutete, stürzte ich nach links und wurde im selben Moment in meinen Sitz gepresst. Der außer Kontrolle geratene Eurofighter von Major Paulsen wurde aus dem Blickfeld der Außenkamera gerissen und die eben noch geraden Linien des künstlichen Horizonts kippten mit mir zur Seite und rasten quer nach unten. Während mir mein Körper befahl, trotz allem, was ich gerade fühlte, einzuatmen, legte sich ein von außen nach innen dringender grauer Schleier über meine Wahrnehmung. Es wurde dunkel.

Es ruckelte. Ich fühlte mich für einen Moment schwerelos. Dann kehrte mein volles Sehvermögen wieder zurück. Es klackte in meinem Flughelm.

»Frau Valdez. Ich muss mich während der nächsten Minuten auf sehr viele Dinge gleichzeitig konzentrieren. Wenn Sie mir versprechen, ruhig zu bleiben, dann schalte ich Sie wieder in den Funkverkehr. Aber ich werde Sie ohne Vorwarnung sofort wieder herausnehmen, falls das nicht klappt. Ihre Kollegin kann es sich nicht leisten, dass Sie eine Panikattacke bekommen. Schaffen Sie das?«

»Ja, ist okay.« Ich hatte meine zittrige Stimme nicht mehr unter Kontrolle, aber meine Antwort schien für Oberstleutnant Sommer immer noch im akzeptablen Bereich zu liegen.

»*Thomas? Was ist da los?*«, hörte ich die Stimme von Kim in meinem Flughelm. »*Sag mir bitte, dass Robert eben nicht ausgestiegen ist.*«

Oberstleutnant Sommer schwieg.

»*Wie ist deine Position?*«

»1.000 Fuß hinter und 200 Fuß über der DS-2. Ich habe Sichtkontakt zu ihr. Ich kann oberflächlich keine Beschädigung an ihrem Chassis erkennen. Ich brauche jetzt aber erst einmal den Telemetrie- und Telekommandostatus, und die Vitals von Frau Hartmann. Kommen die noch bei euch an?«

»*Telemetrie und die Vitals von Frau Hartmann sind okay. Sie ist gestresst, das ist klar, aber stabil. Sie hat es sogar geschafft, ihre Sauerstoffmaske aufzusetzen. Gut, dann müssen wir uns zumindest darüber keine Sorgen machen. Aber das Telekommandosystem der DS-2 ist nicht mehr funktionsfähig. Wir kommen nicht rein ... nein, auch nicht über Master. Thomas, das war Fremdeinwirkung. Robert muss die Systeme kurz vor seinem Ausstieg zerstört haben. Physikalisch. Da fließen Ströme in Bereichen der Elektronik, in denen keine fließen dürften.*«

»Autopilot und Kurs?«

»*Der Autopilot ist aktiviert und im Lock. Die Fluglage ist sinkend stabil. Der Kurs ist ... was! ... das kann ... überprüfe VSI-Telemetrie ... nochmal ... okay, bestätigt. Thomas, die Maschine fliegt direkt auf das Main-Taunus-Zentrum zu. Sie ist zwar nicht bewaffnet, aber das wird auch so in einer Katastrophe enden, wenn sie nicht vorher gestoppt wird.*«

»Zeit bis zum Aufschlag?«

»*Vier Minuten.*«

»Wie sieht die Topografie vor uns aus? Gibt es Sicherheitszonen für einen kontrollierten Absturz?«

»*Moment, wir rufen die Karte auf ... ja, drei weite Felder zwischen deiner Position und dem Main-Taunus-Zentrum. Beginn des Überflugs der Sicherheitszone in 60 Sekunden. Danach hast du ein 100 Sekunden Fenster ... Moment ... gut ... Alarmstart eingeleitet, aber ... aber sie werden nicht rechtzeitig in Position sein. Du weißt, was das bedeutet, Thomas. Auch dass wir den Anruf tätigen müssen. Frau Hartmann ist Zivilistin.*«

»Kim, wie ist der Status des Gagarin-Ports der DS-2?«

»Negativ. Der Gagarin-Port ist fest mit dem zerstörten Telekommandosystem verbunden, aber vielleicht gibt es eine Hintertür, über die wir hereinkommen können ... ja, da ist sie. Bennet, gib sie uns bitte auf den Hauptschirm ... Thomas, ich habe jetzt die Spezifikation vor mir. Die IT prüft mit ... 50 Sekunden bis zur Sicherheitszone.«

»Der NFC-Empfänger direkt am Sitz von Frau Hartmann. Das System müsste autark sein. Könnt ihr das bestätigen?.«

»Warte ... ja, es ist autark. Aber du musst präzise und mit verdammt perfektem Timing an die Maschine heranfliegen. Die Reichweite beträgt maximal 70 cm. Und selbst wenn du Frau Hartmann herausbekommst, wird der Autopilot die DS-2 weiterhin auf Kurs halten. Schaffst du in der Zeit wirklich beide Manöver? Wenn es schiefgeht, wird es sehr viele Menschen geben, die mit uns über Prioritäten sprechen möchten ... Sicherheitszone in 40 Sekunden.«

»Ja, das schaffe ich«, antwortete Oberstleutnant Sommer. Keine Ahnung, was er vorhatte, aber er hatte mich überzeugt. Und anscheinend auch Kim, denn die antwortete, dass sie jetzt die Zugangscodes hätte.

»Frau Valdez. Gehören Sie zu den Menschen, die immer und überall ihr Smartphone einstecken, auch wenn Sie es gar nicht dabeihaben dürften?«, fragte mich Oberstleutnant Sommer.

»Ich ... was? Entschuldigung, tut mir leid.« Meine Hand fuhr an die Brusttasche meines Fluganzugs. Ich hatte tatsächlich reflexartig mein Smartphone mit an Bord geschmuggelt. »Sorry, das wollte ich nicht.« Haha! Aus dem Mund einer vermeintlichen Reporterin klang dieser Satz ja echt so was von überzeugend.

»Alles kein Problem, wirklich, denn ich muss mich gleich auf ein gewagtes Flugmanöver konzentrieren und kann dabei Ihre aktive Mithilfe gebrauchen. Können Sie mit der NFC-Funktion Ihres Smartphones umgehen? Bitte antworten Sie ehrlich.«

»Ja, ich habe sie ein paar mal zum Bezahlen von Fahrkarten verwendet. Aber da musste ich mein Smartphone immer ziemlich nahe an den Automaten halten. Soviel ich weiß, ist die Reichweite von NFC doch eher gering.«

»Aus genau diesem Grund kann ich mir jetzt keine Fehler erlauben. Kim, hast du die Mobilfunknummer von Frau Valdez.«

»Ja, die steht hier auf ihrer Akkreditierung.«

»Dann texte ihr jetzt bitte die Zugangs-ID von Roberts Maschine und die Sequenz für den Gagarin-Port an Frau Hartmanns Sitz.«

»Das ist…«

»Das ist nichts, was von mir auf die Schnelle autorisiert und von Dir ausgeführt werden darf. Aber in spätestens vier Minuten wird so oder so niemand mehr etwas mit dieser Information anfangen können. Kim, bitte…«

Mein Smartphone vibrierte. Ich hatte eine SMS mit zwei Zahlencodes erhalten. Oberstleutnant Sommer schien es mitbekommen zu haben.

»Anna, kopieren Sie den Text bitte 1:1 in den NFC-Speicher Ihres Smartphones,…«

»…Thomas, ihr seid – jetzt! – in der Sicherheitszone. 100 Sekunden. Mehr nicht.«

»…senden Sie ihn aber bitte noch nicht.«

»Erledigt. Der Code ist im Speicher. Was nun?«

»…90 Sekunden…«

»Halten Sie Ihr Gerät hoch. Mit einer Hand. So nah wie möglich an die Kuppel. Sie können sie auch gerne berühren. Wenn ich Ihnen die Anweisung gebe, dann senden Sie die Codes. Aber sehen Sie dabei zu Ihrer eigenen Sicherheit bitte nicht hoch auf das Display. Pressen Sie stattdessen Ihren Kopf gerade gegen den Sitz und ziehen Sie vorher noch einmal Ihren Gurt fest. Ich werde kein angenehmes Manöver fliegen und je mehr Bewegungsspielraum Sie dabei haben, desto größer werden hinterher die blauen Flecken.«

»Okay, meine Hand ist oben.«

Ich blickte noch einmal kurz hoch und merkte mir die genaue Position des NFC-Auslösers auf dem Display meines Smartphones. Mein rechter Daumen schwebte darüber. Meine linke Hand prüfte den Gurt. Ich zog noch einmal daran. Feste. Es tat leicht weh. Schnitt mir fast in meine Schultern. Raubte meinem Körper jede Möglichkeit, sich zu bewegen. Ich war gefangen. Aber als auf dem mittleren Display vor mir der Hinweis auf den aktivierten G-Limiter erlosch, wusste ich, dass das so wahrscheinlich besser war.«

»75 Sekunden ... Thomas, zwei UH-1D mit Bergungsteams sind eben gestartet. Werte das als Vertrauensvorschuss für deinen Erfolg ... was? ... wo? ... man hat Robert gefunden. Auf der Basis. Er wurde angeschossen. Zustand kritisch, aber er lebt. Hier wird irgendein Spiel gespielt. Hol das Mädchen da raus, Thomas ... 60 Sekunden ... gut, Team 1 hat jetzt die Anweisung, sich dem Piloten der DS-2 nur in aller Vorsicht und bewaffnet zu nähern ... 50 Sekunden ...«

»Schauen Sie nach vorne, Anna. Auf den Horizont. Immer auf die Nasenspitze der Maschine. Und bleiben Sie so lange wie möglich bei mir.«

Für einen Moment herrschte im Cockpit vollkommene Stille. Ich hatte das Gefühl, dass die konzentrierte Anspannung von Oberstleutnant Sommer jede Schallwelle, jedes Rauschen und jede noch so kleine Vibration verschluckte.

»... 40 Sekunden bis zum Ende der Sicherheitszone ...«

Ich hörte das explodierende Zünden der Triebwerke des Eurofighters. Dann ging es los. In wütender Begleitung der Geister vergangener und zukünftiger Halloweennächte schlugen Weihnachten und Neujahr gleichzeitig im Cockpit ein und überluden meine Sinne.

Lichter flammten auf den Armaturen vor mir auf. Erst als weiß-/grünes, dann als gelb-/rotes Feuerwerk. Ich wurde in den Sitz gepresst und eine nette Frau sprach in sachlichem Computerenglisch alle möglichen Warnungen aus. Besonders gut verstand ich *Proximity* und *Collision Alert*. Kein Wunder, denn wir rasten direkt auf den Eurofighter vor uns zu. Meine neue, meine vielleicht letzte beste Freundin hatte also jedes Recht, unglaublich besorgt um unser Wohlergehen zu sein.

»...*30 Sekunden* ...«

»Haben Sie Ihr Smartphone in Position, Anna.«

»Ha ... i ... .« Mehr brachte ich als Bestätigung nicht heraus. Oberstleutnant Sommer schien das zu genügen. Er sagte etwas, das ich schon nicht mehr richtig verstand. Trotzdem beruhigte mich die kühle, emotionslose Präzision in seiner Stimme ungemein. Anscheinend wusste er genau, was er tat. Er hatte einen Plan und den verfolgte er. Nur war mir so schlecht. So unglaublich furchtbar schlecht.

Ich versank in einem grauen Schleier. Nur die erdrückende Gewissheit, dass Mindys Leben davon abhing, was ich die nächsten Augenblicke über tun würde, hielt mich im Jetzt.

Ich kämpfte. Ich musste bleiben. Ich durfte Mindy nicht im Stich lassen. Nur noch ein paar Sekunden. Bitte.

Die Stimme der Frau im Cockpit nahm an Präsenz zu. Sie meinte es jetzt wirklich ernst. Sie redete auch nicht mehr von *Proximity*, sondern nur noch von *Collision*. Sie wusste, dass wir gleich in das Triebwerk der anderen Maschine krachen und sterben würden. Das gefiel ihr nicht.

Schneller Tod, hoffte ich.

»Drei Sekunden, Anna. Gleich haben Sie es geschafft ... und JETZT!«

Den Hauch eines Moments bevor uns das Triebwerk des Eurofighters vor uns verschlang, riss Oberstleutnant Sommer unsere Maschine nach unten. Ich drückte den NFC-Auslöser auf dem Display meines Smartphones. Ich hörte eine Explosion. Etwas schlug hart gegen unsere Kuppel und Glas schabte ... und Glas schrie auf Metall. All das geschah innerhalb von einer Zehntelsekunde, die mir wie eine Ewigkeit vorkam. Und dann stürzten wir ab.

Ich spürte, wie mein Inneres – meine Existenz, meine Seele und mein Verstand – aus mir herausgeschleudert wurde und ich in einem Ozean roter Unendlichkeit ertrank.

Vergangene Zukunft

• • • •

Ich stehe in einem Arbeitszimmer und blicke auf eine altmodische Tapete mit rotem Muster. Vor mir ein Kamin und links und rechts zwei Sessel. In der Mitte ein kleiner Tisch. Ich sehe ihn mir genauer an. Ein Notizbuch, eine Lupe und noch viele andere Dinge liegen darauf. Es riecht nach Pfeife. Ein Mann steht am Fenster. »Es tut mir leid«, sagt er zu mir, »aber sie hat sich noch nie geirrt.«

Ich fühle eine beruhigende Schwere auf meiner Haut und höre ein anmutiges Rauschen. Ich sehe mich in einem Spiegel an der Seitenwand. Mir bleibt die Luft weg. So etwas Schönes habe ich noch nie besessen. Ich trage ein wundervolles Kleid. Ich bin eingehüllt in eine Wolke aus feinem, vielschichtigen Rot. Der sanfte Stoff kribbelt angenehm auf meiner Haut. Der Saum des Rocks schwebt nur den Hauch eines Luftzugs über dem Boden. Nur das Oberteil, das fantasievoll zu erkennen gibt, was es verbirgt, sitzt mir vielleicht eine Spur zu locker.

»Du hast *ihr* Vertrauen missbraucht. Du hast *mein* Vertrauen missbraucht.«

Valery! Das war Valerys Stimme. Kein Zweifel. Ich blicke in ihre Richtung. Valery ist nicht alleine, aber es ist kein Höflichkeitsbesuch. Sie hat eine junge Frau fest am Hals gepackt. Sie presst sie brutal gegen die Tapete. Sie zieht sie hoch. Sie lässt ihre Füße zehn Zentimeter über dem Boden schweben. Ich weiß, dass die Furcht, die die junge Frau spürt, unerträglich ist, aber sie ist zu stolz, es zu zeigen.

Ich will auf sie zugehen, aber ich kann mich nicht bewegen. Meine Muskeln gehorchen nicht meinen Gedanken.

Langsam verstehe ich, dass ich zwar in meinem Körper stecke, ihn aber nicht kontrollieren kann. Ich bin anwesend, aber ich bin nur eingetaucht in eine bereits geschehene Erinnerung, die noch vor mir liegt. Ich erlebe einen Traum meines zukünftigen Seins. Ich kann nur zusehen. Ich kann nur das tun, was ich bereits getan habe.

Leise kämpft die junge Frau um ihr bereits verlorenes Leben. Immer und immer wieder suchen ihr Füße vergebens nach Halt. Ihre Lungen beginnen zu brennen. Ich spüre ihr Feuer in meinen.

Ich … ich erkenne die junge Frau. Es ist die Tochter von Oberstleutnant Sommer. Alina. Was…?

Okay, Anna, denke ich. *Das hier ist nicht der erste miese Albtraum, den du wegen Valery hast. Aber es ist ein schrecklich realistischer.*

»*Gib dich nicht zu erkennen, Anna. Halte an unserem Plan fest. Es darf niemand mehr sterben*«, höre ich eine mir gleichermaßen vertraute und unbekannte Stimme in meinem Kopf flüstern. »*Es ist okay. Wirklich. Wir sehen uns…*«

Valerys freie Hand schießt nach vorne und verschwindet in der Brust der jungen Frau. Der pastellblaue Stoff ihres Kleides ist bereits zerrissen und färbt sich rot. Alina bemüht sich, aber sie kann nicht anders. Ich höre ihren Schmerz. Ihre unendliche Verzweiflung.

Valery genießt ihre Macht. Sie genießt das Leid. Sie kostet es aus. Sie wartet noch einen Moment, dann packt sie zu und zieht ihre Hand mit Alinas Herz fest von ihren Fingern umschlungen wieder aus dem Körper meiner … meiner Freundin? … heraus.«

Valery hebt ihre Hand. Sie lächelt lieblich, als sie Alina ihr Herz vor die Augen hält und es in ihren Fingern zerquetscht.

Alinas Blick verliert seinen Fokus. Ihre Augen färben sich rot. In meinem Kopf höre ich Alina erst schreien, dann verstummen. Ich habe sie verloren. Ich habe einen Teil meiner selbst verloren.

Valery lässt Alinas Körper achtlos auf den Boden fallen, so als sei sie ein Stück verdorbener Abfall.

»Ich kümmere mich später um sie«, sagt Valery zu dem Mann am Fenster. Er reicht ihr ein seidenes Taschentuch, mit dem sie sich ihre Hände säubert.

»Natürlich. Dann sehen wir uns in zwei Tagen«, antwortet er.

»Ja, danke James.«

Der Mann verlässt das Arbeitszimmer. Er geht durch die Tür nach unten. »Mrs. Hudson. Ich bin für eine Weile auswärts unterwegs. Bitte sorgen Sie dafür, dass Ms. Milverton während dieser Zeit auf gar keinen Fall gestört wird«, ruft er.

Valery steht neben mir. Weglaufen macht keinen Sinn. Ganz zu schweigen davon, dass ich es ohnehin nicht kann.

»Hab keine Angst«, sagt sie. »Sie wird dir nichts mehr tun können. Sie wird niemandem mehr etwas tun können. Niemals wieder. Du bist jetzt sicher.«

Valery löst die Stoffschleife über meiner linken Schulter. Das Kleid rutscht nach unten und entblößt alles.

Valery riecht so gut. So wie damals Natalie. Ich möchte mich wehren. Ich möchte bleiben.

»Bist du bereit, mein Schatz?«

Ich habe keine Wahl. Ich schließe die Augen. Valerys Zähne fahren in meinem Hals. Etwas in mir jubelt auf. Nachdem es so unglaublich viele Jahre verborgen in meinem Inneren leben musste, bekommt es nun Verstärkung. Es hat gesiegt. Bald wird es mein Sein bestimmen. Bald werde ich Natalie verstehen. Bald werde ich Valery verstehen. Vielleicht ist das gut so.

Ich spüre den Rausch. Einen unglaublichen Rausch. Es tut nicht weh. Es ist fast zärtlich. Ich möchte nicht, dass es aufhört, aber es hört auf. Es ist vorbei.

Valery streichelt mir über die Lider. Ich öffne meine Augen und blickte in ihre. Ich fühlte mich bereits stärker, aber es ist noch nicht vollendet. Ich muss noch Abschied nehmen.

Valery lächelt. »So ist es schön. Du musst keine Angst haben.«

Valerys Hände streichen meine Arme entlang nach oben. Ich spüre ihre Fingernägel auf meiner nackten Haut.

Es ist so weit. Valerys Hände umfassen mit sanften Druck meinen Kopf. Sie reißen ihn zur Seite.

Schmerz. Unerträglich. Ein Knacken ... Sog ... Alina ...

Überraschende Schlagfertigkeit

••••

Alles Rot, das mich aus dem Cockpit hierher – wo auch immer ich nun war – geschleudert hatte, verschwand. Es wurde so viel schneller, als meine Sinne dazu bereit waren, durch die weiße Wand eines Krankenzimmers ersetzt.

Konturen kehrten zurück. Silhouetten formten sich vor meinen Augen. Erst die von Sir Ben, dann die von Oberstleutnant Sommer. Aber das war nicht genug. Eine Person fehlte. Ich wollte schreien, doch das hätte keinen Sinn gemacht. Noch nicht.

»Mindy…?«, frag-/stammelte ich ziellos in den Raum hinein, aber Oberstleutnant Sommer schien mich zu verstehen.

»Ihrer Freundin geht es den Umständen entsprechend gut. Sie hat zwar einen Schock erlitten und böse Blutergüsse davongetragen, aber sie hat sich nichts gebrochen und wird auch keine Folgeschäden davontragen.«

»Ist sie wach?«

»Ja. Die Ärzte haben ihr ein Beruhigungsmittel gegeben und Isabell ist bei ihr. Sie hat so ihre eigene Erfahrung mit Schleudersitzen gesammelt. Während ihrer Ausbildungszeit in den USA hat sich jemand einen sehr üblen Scherz mit ihr erlaubt.«

»Gibt es Menschen, die so etwas machen?«

»Die gibt es. Aber nicht in unserem Beruf. Dafür habe ich gesorgt. Der Verantwortliche serviert meiner Kenntnis nach heute Fritten im Schnellimbiss – in keinem, den man kennen muss. Aber gut. Ich denke, dass Ihre Kollegin bald in Ihr Zimmer verlegt wird. Bis morgen werden wir Sie beide aber auf jeden Fall hier auf der Krankenstation behalten. Die Versicherungsfragen hat Herr König bereits mit Ihrem Arbeitgeber geklärt. Da müssen Sie sich um nichts mehr kümmern. Aber gibt es denn jemanden, den wir informieren sollten?«

»Nein, meine Eltern sind im Urlaub. Ich möchte sie nicht stören, und … und Mindy ist ihren Eltern ziemlich egal.«

»Das tut mir leid.«

»Wie haben Sie Mindy aus dem abstürzenden Flugzeug herausbekommen?«

»Mit der Zugangscodesequenz, die Sie mit dem NFC-Modul Ihres Smartphones gesendet haben, habe ich über den Gagarin-Port den Schleudersitz ausgelöst.«

»Ähhh… ?«

»Das geht alles auf eine sehr traurige Geschichte zurück. Im März 1968 verunglückte Juri Gagarin, er war 1957 der erste Mensch im Weltall, tödlich bei einem Flugzeugabsturz. Zu dem Zeitpunkt des Absturzes stand Gagarin kurz davor, seine Ausbildung zum Kampfpiloten abzuschließen. Es ranken sich viele Legenden um den Absturz, aber man geht heute mit ziemlicher Sicherheit davon aus, dass seine Trainingsmaschine von der Überschallwelle eines experimentellen Jägers erfasst und ins Trudeln gebracht wurde. Dabei verloren Gagarin und sein Ausbilder für einige Sekunden das Bewusstsein. Nachdem sie wieder zu sich gekommen waren, ist es ihnen aber nicht mehr gelungen, die Kontrolle über ihr Flugzeug zurückzugewinnen. Nach diesem Vorfall wurde man sich auf beiden Seiten des Eisernen Vorgangs darüber bewusst, dass es im praktischen Teil der Pilotenausbildung zu Situationen kommen kann, in denen der Ausbilder temporär ausfällt. Wenn ein Flugschüler dann noch nicht über genügend Erfahrung verfügt, ist die Tragödie vorprogrammiert.«

»Und die Lösung ist der Gagarin-Port? Was macht der?«, fragte ich und dachte, dass Sven jetzt garantiert gerne hier wäre, um sich diese Geschichte anzuhören.

»Der Gagarin-Port ist ein speziell für Trainingsflugzeuge entwickeltes Telekommandosystem. Es erlaubt einem Stützpunkt, die Maschine im Notfall fernzusteuern und so lange sicher in der Luft zu halten, bis der Ausbilder wieder die Kontrolle übernehmen kann.«

»Und falls das nicht klappt?«

»Dann werden die Schleudersitze der Piloten mit einem Fernkommando aktiviert und die Maschine anschließend über einem sicheren Gebiet kontrolliert zum Absturz gebracht.«

»Hatte Ihnen Kim nicht über Funk gesagt, dass der Entführer genau diese Vorrichtung zerstört hatte?«

»Ja, das hatte sie. Aber jeder Schleudersitz verfügt als autarke Einheit über einen eigenen Gagarin-Port. Den haben Sie mit dem NFC-Sender Ihres Smartphones und mit dem Zugangscode, den Ihnen Stabshauptmann Ritter … den Ihnen Kim getextet hat, aktiviert. Wir mussten dafür nur sehr nahe an die DS-2 heranfliegen. Sie haben vielleicht noch mitbekommen, dass sie durch den Auslöseimpuls an unsere Kuppel gestoßen ist.«

»Was ist dann mit der DS-2 geschehen? Ist sie… ?« Mir wurde übel. Ich hatte Angst, vor der Antwort.

»Nein. Nachdem Frau Hartmanns Schleudersitz ausgelöst worden war, habe ich sofort unsere Maschine in den Sturzflug gerissen. Das hat einen Wirbel verursacht, den auch der Autopilot der DS-2 nicht mehr ausgleichen konnte. Sie ist in einen Acker vor Sulzbach gestürzt. Niemand wurde verletzt, aber die DS-2 ist Geschichte. Der Plan war sehr riskant, aber er hat funktioniert. Wir lassen niemanden im Stich.«

»Vielen Dank«, antwortete ich unbeholfen und brauchte dann erst einmal einen Moment, um zu verarbeiten, was alles geschehen war.

Langsam aktivierten sich auch wieder meine Sinne. Mir fiel auf, dass meine Haut nach Pfirsich roch und dass mir ein übler Nachgeschmack auf meiner Zunge den ohnehin nicht vorhandenen Appetit verdarb.

Ich sah runter auf meine Arme, die über der Bettdecke lagen. Man hatte keine Infusion gelegt, aber ich trug Krankenhauskleidung und meine Bluse und mein Rock lagen fein gefaltet auf einem Stuhl, der an einer Wand des Raums lehnte. Also musste ich davon ausgehen, dass der Fluganzug, den ich vorhin angehabt hatte, sich in diesem Augenblick in der Intensivreinigung oder vielleicht sogar im Müll befand.

»Ich habe Ihr Cockpit versaut, oder?«

»Das ist den besten Piloten passiert; und Sie mussten ja auch einiges durchmachen. Die einzige Möglichkeit, den gewünschten Strömungsabriss an der DS-2 über uns herbeizuführen, bestand darin, dass ich unsere Maschine scharf nach unten zog. Das war kein schönes Manöver. Es hat Ihnen mit hohem Druck Ihr Blut in den Kopf gejagt und das verursacht, was wir einen 'Redout' nennen. Ihre Netzhaut wird mit Ihrem eigenen Blut überschwemmt und Sie sehen dabei buchstäblich rot. Ohne Training verursacht ein Redout praktisch immer eine sofortige Ohnmacht und man erlebt eventuell etwas, das Ähnlichkeit mit einer Nahtoderfahrung hat. Selbst mit Training hält man das nur zehn bis zwanzig Sekunden aus und…«

Oberstleutnant Sommer wurde von seinem Pager unterbrochen. Er blickte auf das Display des Geräts und schaute dann erleichtert.

»Ihr Kollege?«, fragte ich.

»Ja. Er ist außer Gefahr. Er wird auch sehr wahrscheinlich wieder fliegen dürfen. Er wurde aus nächster Nähe angeschossen, aber die Kugel hat sein Herz knapp verfehlt. Seine Wirbelsäule ist leicht schief, müssen Sie wissen. Das hätte ihn fast einmal die Lizenz gekostet, aber jetzt scheint diese Besonderheit sein Leben gerettet zu haben. Gut, wenn Sie mich nun bitte entschuldigen würden. Ich möchte nach ihm sehen und muss anschließend mit Sicherheit noch sehr viel telefonieren.«

Oberstleutnant Sommer nickte Sir Ben und mir noch einmal zu und verließ dann den Raum.

Mittlerweile fühlte ich mich stark genug, um wieder aufrecht sitzen zu können. Und während Sir Ben auf mich zukam und seinen Stuhl neben mein Bett rückte, fuhr ich die Rückenlehne meines Krankenbetts hoch. Nun konnte ich mit Sir Ben auf Augenhöhe reden. Das war in diesem Moment sehr wichtig für mich, denn es gab da etwas, dass ich unbedingt tun musste – und ich tat es!

»Ich denke, die habe ich verdient«, sagte Sir Ben, während wir beide uns von dem Schreck der schallenden Ohrfeige erholten, die ich ihm gerade gegeben hatte. »Und dass ich mir für den Oberstleutnant jetzt noch eine weitere Erklärung für all das hier einfallen lassen muss, mit Sicherheit auch.«

Was meint er?, dachte ich und ließ meine Augen Sir Bens Blick folgen. Dann verstand ich, was los war. Mein Krankenzimmer war vom Flur nur durch eine Glaswand getrennt. Es gab zwar netterweise einen Vorhang, der war aber eben nicht vorgezogen gewesen. Also hatte Oberstleutnant Sommer meine schlagfertige Aktion mitbekommen und sie wahrscheinlich auf seinen Stapel von Fragen gepackt, die er uns unter Garantie heute noch stellen würde.

»Nicholas hat die Maschine gekapert, in der Mindy saß. Nicht meine. Also haben Sie die Flugpläne vertauscht und damit Mindy in Gefahr gebracht.«

Sir Ben wollte etwas sagen, aber ich unterbrach ihn scharf. »Hören Sie, für Ihr Handeln verlange ich keine Rechtfertigung und auch keine Erklärung. Dass es hier um Täuschen und Getäuscht werden geht, das habe ich verstanden. Sie müssen Nicholas in die Irre führen, wo immer es nur geht. Machen Sie das nicht, dann sterben wir. Aber natürlich kennt Nicholas Ihre Tricks und Sie kennen seine. Also müssen Sie bei jeder Ihrer Aktionen abwägen, ob Sie eine falsche Fährte legen sollen, oder ob Sie Nicholas vielleicht sogar viel besser dadurch austricksen können, dass Sie auch mal unerwartet die Wahrheit sagen, die Nicholas Ihnen dann aber nicht mehr abnimmt. Verdammt, Sir Ben. Ich drehe bei diesem Gedankenspiel ja vollkommen durch.«

»Dennoch haben Sie mein Dilemma gerade sehr akkurat auf den Punkt gebracht, Anna.«

»Ja, das habe ich. Um zu überleben, müssen Sie und Nicholas ein Spiel spielen. Ein Spiel, bei dem jeder von Ihnen mit ausgeklügelten Zügen versucht, seine Gewinnchancen von 50,0 % auf 50,5 % zu erhöhen. Dass Sie sich täglich dieser Herausforderung stellen, dafür bewundere ich Sie. Aber wenn Sie planen, das Leben meiner Freundin bei einer Lektion angewandter Spieltheorie einzusetzen, dann will ich das im Vorfeld wissen. Nicht um Ihnen zu widersprechen. Nein, da vertraue ich Ihrer Erfahrung voll und ganz. Ich möchte nur, dass auch Sie mir vertrauen und dass Sie mir sagen, mit welchen Tricks Sie ... mit welchen Tricks wir aufwarten müssen, um das hier zu überstehen. Nur so kann ich weiter mit Ihnen zusammenarbeiten.«

Etwas arbeitete in Sir Ben. Er tippte mit dem Zeige- und Mittelfinger seiner rechten Hand auf den Handrücken seiner linken. Wahrscheinlich überlegte auch er gerade, ob unsere Kooperation überhaupt noch eine Zukunft hatte.

»Sie haben recht, Anna. Ich habe die Unterlagen vertauscht. Zu Ihrem, und wie ich naiv angenommen hatte, auch zu Mindys Schutz. Leider hat es diesmal nicht funktioniert. Trotzdem möchte ich jetzt ehrlich sein. Ich werde so etwas wie heute wieder tun, aber Sie haben mein Wort, dass ich Sie in Zukunft in meine Täuschungsmanöver einweihen werde. Mit einer Ausnahme. Sollte ich der Überzeugung sein, dass Ihr oder Mindys Leben vielleicht auch einmal von Ihrer beider Unkenntnis abhängt, dann müssen Sie mir gestatten, Sie im Dunkeln zu lassen. Ist das für Sie akzeptabel?«

»Ja, das ist es.«

»Natürlich bin ich mir im Klaren darüber, dass Sie und Mindy jetzt vielleicht den Wunsch hegen, auszusteigen. Wenn Sie das möchten, dann...«

»Nein. Wenn ich Ihnen dabei helfen kann, jemanden aufzuhalten, der keine Skrupel hat, ein Militärflugzeug am

Samstagmittag in ein Einkaufszentrum stürzen zu lassen, dann möchte ich das tun. Die Blutwellen ziehen immer weitere Kreise. Sie bringen immer mehr Menschen in Gefahr. Ich darf mich nicht einfach zurückziehen.«

Sir Ben nickte. Die Diskussion schien für ihn beendet zu sein, denn er wechselte recht abrupt das Thema. »Entschuldigen Sie bitte, falls ich jetzt unsensibel klingen sollte, aber sind Sie sich wirklich sicher, dass Sie nur wegen des Redouts ohnmächtig geworden sind? Vielleicht haben Sie ja doch mehr von Valery gespürt, als erwartet.«

»Ja, ich bin mir sicher. Die Blutwellen schlugen, sie drangen ohne Vorwarnung in mich ein. Aber auch wenn der Schock heftig war, konnte ich immer noch klar denken und driftete nicht ab. Nur als ich später diesen Redout hatte, da hatte ich eine Vision. Ich sah Valery vor mir. Erst wie durch einen roten Schleier. Dann auf einmal ganz klar. Valery hatte eine junge Frau am Hals gepackt. Sie presste sie brutal gegen die Wand und schleifte sie gleichzeitig nach oben. Die Frau bekam kaum noch Luft. Valery genoss, was sie tat. Und dann lächelte sie die junge Frau liebevoll an und … und riss ihr das Herz heraus. Ich spürte die Schmerzen der jungen Frau. Ich hörte sie schreien. Sie schrie in meinem Kopf.«

»Das, was Sie da beschreiben, ist ein klassischer Racheakt von Vampiren. Damit zeigen sie dem Opfer in den letzten Sekunden seiner Existenz, dass sie ihm jede Chance auf ein ewiges Leben zunichtegemacht haben. Er ist gut möglich, dass Valery schon einmal jemanden auf diese Art bestraft hat. Und da wir wissen, dass Sie in ihre Träume eindringen können, haben Sie sehr wahrscheinlich nur das gesehen, was Valery einmal selbst erlebt oder vielleicht auch nur geträumt hat. Immerhin können auch Vampire in Rachefantasien schwelgen.«

»Ich weiß nicht. Das Ganze fühlte sich so schrecklich real an. Wenn es nur ein Traum gewesen wäre, dann müsste meine Erinnerung daran doch schon längst wieder verblasst sein, oder? Und dann war da noch etwas.«

»Anna?«

»Die junge Frau, die von Valery ermordet wurde, das war die Tochter von Oberstleutnant Sommer. Das war Alina. Ich hatte sie vorhin auf einem Foto gesehen. Allerdings war sie jetzt vielleicht zwei bis drei Jahre älter. Und da wir schon von Zeit reden. Die war schräg.«

»Die Zeit war schräg?«

»Ja, meine Vision spielte definitiv in der Vergangenheit. Vielleicht vor 100 Jahren. Sie hätten mal mein tolles Kleid sehen sollen, Sir Ben...«, *nein, besser nicht,* »...aber was ich sagen möchte, ist, dass ich glaube, dass es Ereignisse in der Vergangenheit gibt, die ich noch in der Zukunft erleben werde. Wieder und wieder, wenn es dumm läuft und … und meine Logik geht gerade den Bach runter. Das alles ergibt jetzt wirklich gar keinen Sinn mehr, oder?«

»Das ergibt eine ganze Menge Sinn, Anna. Sie haben einen Redout erlebt. Das ist nichts, was man einfach mal so wegstecken kann. All Ihre Gedanken und Erinnerung wurden mit Gewalt in Regionen Ihres Gehirns gespült, in denen sie nichts zu suchen haben. Die Grenze zwischen Traum und Realität war für Sie in diesem Moment nicht mehr existent. Dass Sie dabei die Orientierung verloren haben, ist vollkommen normal. Ruhen Sie sich für ein paar Tage aus. Dann wird es Ihnen wieder besser geh–«

Es klopfte. Wir sahen zur Tür und nachdem ich 'herein' gesagt hatte, betrat Oberstleutnant Sommer den Raum.

»Ich wollte Ihnen nur sagen, dass Ihre Kollegin gleich hierher wird.«

»Danke«, antwortete ich.

Oberstleutnant Sommer wollte anscheinend den Raum schon wieder verlassen, blieb aber stehen und sah Sir Ben herausfordernd an. Der nickte und Oberstleutnant Sommer nahm sich einen Stuhl und setzte sich so neben mein Bett, dass er sowohl mich als auch Sir Ben im Blick hatte.

»Darf ich offen sprechen?«, fragte er Sir Ben.

»Selbstverständlich. Ich bin der letzte Mensch, den Sie dafür um Erlaubnis bitten müssen. Ich bin nicht Ihr Vorgesetzter.«

»Trotzdem gehe ich davon aus, dass Sie im Rang über mir stehen. Meine erste Überlegung war der BND, allerdings halte ich ein grenzüberschreitendes Parkett für wahrscheinlicher. Eine gut gedeckte Interpol-Einheit vielleicht? Immerhin können Sie in sehr kurzer Zeit sehr viel Ungewöhnliches erreichen. Das klappt nur mit den allerbesten Kontakten.«

»Sie schreiben uns da aber einen interessanten Arbeitgeber zu, Herr Oberstleutnant.«

»Ich schreibe *Ihnen* diesen Arbeitgeber zu, Herr König. Sie haben das Kommando. Das möchten Sie zwar verbergen, aber so ganz gelingt das Ihrem Stolz dann doch nicht. Ich nehme außerdem an, dass Frau Valdez zwar nur angeworben, aber für den Erfolg Ihrer Mission entscheidend ist. Sie sind auf sie angewiesen. Glücklicherweise scheint das Frau Valdez sehr genau zu wissen, denn ich habe das Gefühl, dass sie Ihnen vor ein paar Minuten recht schlagfertig klargemacht hat, dass sie Ihnen in Zukunft nicht mehr das alleinige Sagen überlassen wird. Das ist vielleicht gar keine schlechte Idee.«

Vorsichtig machte Oberstleutnant Sommer eine Pause und blickte zur Tür, aber Sir Ben lud ihn zum Weiterreden ein.

»Mir ist klar, dass es hier um eine Sache von nationaler Sicherheit gehen muss. Aus diesem Grund werde ich Ihr Cover niemals offiziell anzweifeln.«

»Unser Cover?!« Sir Ben klang amüsiert.

»Natürlich. Hier wurde eine Geschichte konstruiert. Das war mir von Anfang an klar. Die Sache lief viel zu glatt. Zwei junge Frauen tauchen mit wasserdichten Akkreditierungen wie aus dem Nichts auf und bekommen einfach mal so die Freigabe für ein Interview und einen Flug in den Ausbildungsmaschinen.«

»Dann haben Sie uns also überprüft?«

»Selbstverständlich, und dabei wurde ich erst richtig misstrauisch. Die Freigabe für Ihren Besuch wurde von Personen unterschrieben, die so etwas normalerweise delegieren. Sie sind von Einheiten weit oberhalb meiner Besoldungsstufe gedeckt; und auch wenn Sie Ihre Rolle als Chauffeur wirklich verdammt gut spielen, Herr König, so schaffen Sie es doch nicht, zu verbergen, dass Sie das alles eingefädelt haben. Es ist auch nicht zu übersehen, dass Ihnen viel an der Sicherheit von Frau Valdez und von Frau Hartmann liegt. Dafür respektiere ich Sie. So etwas sieht man in dem Berufsfeld, in dem Sie offensichtlich arbeiten, eher selten.«

»Und jetzt?«, will Sir Ben wissen.

»Und jetzt höre ich, dass ich eine Belobigung erhalten werde, weil ich Menschenleben gerettet habe, nachdem die Maschine meines Partners mit einem überraschend aufgetauchten Vogelschwarm kollidiert ist. Kein Vorwurf gegen Robert. Kein böses Wort wegen der 80 Millionen Euro an Steuergeldern, die jetzt gut verteilt im Kartoffelacker liegen. Sogar die Presse hat schon damit begonnen, eine kleine Heldenstory zu konstruieren. Aber gut, ich möchte mich nicht beschweren. Und die fantastische Betreuung, die Robert auf geradezu magische Art und Weise von einem mir nicht bekannten Ärzteteam erhalten hat, die hat er wahrscheinlich auch Ihnen zu verdanken.«

»Das war das Mindeste, das ich tun konnte«, sagte Sir Ben. Er war die Ruhe in Person. »Aber Sie müssen verstehen, dass ich nun eine ehrliche Antwort von Ihnen benötigte.«

Wow, da schwingt jetzt aber ein knalliger Hauch von Drohung mit, dachte ich.

»Selbstverständlich verstehe ich das, Herr König. Denn wenn ich bedenke, wie leicht man es Ihnen gemacht hat, heute hier zu sein, dann gehe ich davon aus, dass wir beide auf derselben Seite stehen. Ich gehe auch davon aus, dass Sie sich das Leben, das Sie führen, selbst ausgesucht haben. Sie wären sonst nicht so gelassen. Allerdings muss ich wissen, ob Frau Valdez Sie freiwillig unterstützt oder ob Sie sie zu einer Zusammenarbeit gezwungen haben.«

Oberstleutnant Sommer machte eine Pause und blickte dann zu mir.

Okay, dachte ich, *das war direkt. Das war sogar s e h r direkt, und garantiert auch riskant.* Aber Sir Ben schien Sommers Forderung zu schlucken, sie vielleicht sogar zu schätzen.

Natürlich wollte Sir Ben für mich antworten, aber diese Bühne durfte ich ihm nicht mehr überlassen. Die musste ich mir jetzt nehmen. Über solche Dinge zu reden, darin wurde ich ausgebildet. Aber dieses Gespräch, das würde nicht Anna Valdez führen. Die Zeit der Lügen war vorbei. Das waren wir Oberstleutnant Sommer schuldig. Das war Sir Ben mir schuldig.

»Mein Name ist Anna Lichtner«, schnitt ich also Sir Ben das Wort ab. »Nicht Anna Valdez. Das ist die Wahrheit. Es stimmt auch, dass ich an der Rhein-Main-University studiere. Allerdings studiere ich Rechtswissenschaften, nicht Journalismus. Ich möchte einmal Staatsanwältin werden; und die Rhein-Main-University ist wirklich eine ganz hervorragende Universität ist. Es wäre also schade, wenn Sie Ihre Tochter jetzt meinetwegen auf eine andere Uni schicken. Ich verspreche Ihnen, dass ich mich von ihr fernhalte. Ich glaube ohnehin nicht, dass wir uns jemals über den Weg laufen werden. Kunst und Jura haben keine gemeinsamen Fächer.«

»Okay.«

»Und jetzt zu Ihrer eigentlichen Frage. Ja, Mindy und ich arbeiten freiwillig mit Professor König zusammen. Er hat uns zu nichts gezwungen und er hat uns mehr als einmal angeboten, dass wir ohne Konsequenzen aussteigen können. Gerade eben vor fünf Minuten hat er uns diese Tür geöffnet. Aber wir haben sein Angebot ausgeschlagen.«

»Darf ich fragen, warum Sie sich darauf eingelassen haben?«

»Sie hätten heute fast einen Freund verloren. Ich weiß genau, wie sich das anfühlt. Das Verlieren. Ich … ich bin vor einem halben

Jahr aus reinem Zufall jemandem über den Weg gelaufen und habe dabei etwas über sie erfahren, dass ich niemals hätte erfahren dürfen. Also wurde ich für diese Frau zu einem Risiko und das hatte Konsequenzen. Aber diese Konsequenzen, die trafen nicht mich. Meine Mitbewohnerin im Studentenwohnheim, Natalie, meine beste Freundin, sie wollte mir helfen, aber dann war sie ganz einfach nur zur falschen Zeit am falschen Ort. Deshalb bin ich heute noch am Leben. Natalie nicht mehr. Aus diesem Grund arbeite ich mit Sir Ben zusammen. Denn da draußen ist eine, die mordet. Und sie wird es wieder tun. Wieder und wieder und wieder. Aber mit dem, was ich über sie weiß, kann man sie aufhalten und damit anderen Menschen ersparen, das zu fühlen, was wir beide fühlen mussten. Das ist die Wahrheit. Das ist meine Geschichte.«

»Dann werde ich zu meinem Wort stehen. Robert, Kim und Isabell werden das auch tun. Ich spreche mit ihnen. Alle anderen auf der Basis habe ich bewusst schon im Vorfeld herausgehalten.«

»Vielen Dank«, sagte Sir Ben und schließlich verließ Oberstleutnant Sommer den Raum. Aber der Blick, den mir Sir Ben anschließend zuwarf, der war wirklich sehr interessant.

»In gewisser Hinsicht sind wir jetzt quitt, oder?«, ging ich zur Sicherheit gleich in die Offensive.

»In gewisser Hinsicht«, antwortete Sir Ben und ließ schon wieder etwas gut gelaunte Ironie in seiner Stimme aufblitzen. Dann aber wurde er noch einmal sehr ernst. »Ich vertraue dem Oberstleutnant, aber Sie, Anna, Sie dürfen niemals die Verantwortung vergessen, die Ihnen aufgebürdet wurde. Nicht Ihre Verantwortung mir gegenüber. Ich komme schon zurecht. Es geht hier vielmehr um Ihre Verantwortung gegenüber den Menschen, die Sie einweihen. Denn wenn das schiefgeht, dann muss ich Maßnahmen ergreifen.«

»Maßnahmen, Sir Ben?«

»Nur zum Schutz aller Beteiligten«, sagte Sir Ben und legte drei Pillenkapseln auf den Tisch.

»Wenn Sie die große hier zerbrechen und jemanden deren Gas einatmen lassen, der vorher nicht eine von diesen Kleinen geschluckt hat, dann bekommt dieser jemand ein paar Gedächtnislücken und wird auch recht offen für Suggestion. Keine Angst. Die Auswirkungen halten sich in vertretbaren Grenzen. Wir können mit diesem Mittel keine Existenzen vernichten, aber wir können die letzten sechs Stunden im Leben einer Person recht gut nach unseren Bedürfnissen formen. Hätte mir Sommer eben nicht glaubhaft seine Kooperation signalisiert, dann hätte ich Ihnen die Sache vorführen müssen.«

»Und auch Mindy und mich alles vergessen lassen?«

»Was? Und dafür sorgen, dass Sie sich nicht mehr an diese wichtige Lektion erinnern können? Nein, Anna. Sie werden von mir in Zukunft die von Ihnen gewünschte Offenheit bekommen, aber dafür erwarte ich von Ihnen als Gegenleistung, dass Sie sich sehr gut überlegen, wen Sie in unsere Welt hereinlassen und wen nicht.«

»Okay.«

»Gut, dann sind wir beide quitt.«

Schritt für Schritt

••••

Ein paar Tage später standen wir wieder einmal im Flur des Professorentrakts des Kunst- und Geschichtsbereichs der Rhein-Main-University und warteten vor dem Büro von Sir Ben. Nach den Ereignissen auf dem Stützpunkt in Dornbach hatte er sich uns gegenüber vollständig auf seine Rolle als Professor für mythologische Geschichte zurückgezogen. Doch anscheinend sollte sich das bald wieder ändern.

Die Tür zu Sir Bens Büro stand halb offen. Allerdings durften wir noch nicht rein, da Sir Ben noch dabei war, sich mit einem Kollegen über die Lehrpläne der kommenden Wochen abzustimmen.

»Hey«, riss mich Mindy aus meinen Gedanken. Ihr Gesicht hellte sich auf. Ich blickte zur Seite und sah, wie Katharina strahlend aus einem benachbarten Büro herauskam. Es war schön, sie wieder einmal richtig gut gelaunt und ohne verheulte Ringe unter den Augen zu sehen.

»Auch hey, ihr beiden«, ging sie auf uns zu.

»Und?«, fragte Mindy erwartungsvoll. Anscheinend wusste sie mehr als ich.

»Yep. Es hat geklappt. Ich bin Tutorin und darf im kommenden Jahr Erstsemester einführen. Ihr solltet die Kleine mal sehen«, schwärmte Katharina. »Super CV und eine Mappe, die vor Wahnsinnstalent nur so überquillt. Sie hat sich auf Minenzeichnungen spezialisiert. So messerscharf, wie der Schatz skizziert, hab' ich das Gefühl, dass sie jemanden mit ihrem Bleistift kampfunfähig piksen könnte. Und Mädchen, ist die süß! Aber ja, ja … Verhaltensregeln, blah. Ich weiß. Außerdem ist sie garantiert schon in festen Händen. Hat 'nen Freund, wenn's besonders dumm gelaufen ist.«

Dann wurde Katharina ernst, ging auf Mindy zu und schob ihre Haare zur Seite. Ein blau-grün-gelbes Muster kam zum Vorschein.

»So viel also zur Reiterhofromantik«, sagte Katharina. »Dass ihr aber ausgerechnet auf den Gäulen sitzen musstet, als es da am letzten Wochenende diesen Urknall im Taunus gegeben hat. Da soll eine Jagdmaschine abgestürzt sein. Schräg, oder? Na ja, zumindest müsst ihr beide euch keinen Vorwurf machen. Dass die Biester durchgegangen sind, ist definitiv nicht eure Schuld. Aber passt in Zukunft bitte auf. Das hätte viel, viel schlimmer ausgehen können. So ein Unfall kann sogar einem Mann aus Stahl die Zukunft rauben.«

Wir hörten ein Gewusel aus dem Büro von Sir Ben. Er war dabei, sich von seinem Kollegen zu verabschieden.

»Okay, aber lass dir von deinem Doktor Jones ja nicht wieder den Tag verderben«, sagte Katharina zum Abschied, umarmte Mindy aufmunternd und lief zur Treppe, die raus zum Studentenwohnheim führte.

»Ich habe jetzt Zeit für Sie, Frau Monard«, rief uns Sir Ben schließlich aus seinem Büro zu, während er sich noch von seinem Kollegen verabschiedete. Wir gingen rein und während Sir Ben die Tür schloss, nahmen wir an seinem Besprechungstisch Platz. Auf dem standen natürlich wieder die üblichen Getränke: Eine Tasse herber Earl Grey Tee, eine Tasse Englisch Breakfast Tee mit Milch und Zucker und ein perfekt marmorierter KiBa. Hatte Sir Ben seine Sekretärin gebeten, den rührzuschütteln? Nein, garantiert nicht. Dafür war er zu stolz. Diese Perfektion trug seine Handschrift.

Während wir Platz nahmen, kam seine Sekretärin noch einmal kurz herein und gab ihm zwei mittelgroße Päckchen und zwei verschlossene DIN A4 Umschläge. Die Umschläge drückte er ihr allerdings sofort wieder in die Hand.

»Reiterhofromantik«, lachte Sir Ben, nachdem seine Sekretärin den Raum verlassen hatte. »Definitiv meine Schuld. Ich sollte Sie beide wirklich nicht unterschätzen, denn dann hätte ich mir die Mühe sparen können, mir eine Geschichte für Mindys Verletzungen auszudenken. Die kann jetzt in den Schredder.«

Sir Ben sah uns einladend an. Wir durften jetzt anscheinend die Päckchen öffnen. Wir taten es und waren mehr als angenehm überrascht, als wir je einen Tablet-PC und ein super-durchgestyltes Ultrabook vorfanden. Beide hatten ein angenehm raues Cover in Anthrazit.

»Diesmal also nicht in Barbie Girl«, sagte ich. »Nur ist das jetzt Bestechung, Schmerzensgeld oder einfach nur Dankbarkeit?«

»Ein klein wenig von allem. Aber natürlich ohne die Bestechung. Damit würde ich bei Ihnen nicht weit kommen. Ich bin Ihnen wirklich sehr dankbar und ich hoffe, dass ich Sie auf diese Art und Weise besser auf dem Laufenden halten kann. Die Geräte können Sie übrigens ganz normal verwenden. Auch für Ihr Studium. Die Spezialfunktionen werden selbstverständlich erst nach einen unauffälligen Fingerabdruck- und Irischeck freigeschaltet.«

»Danke«, sagten Mindy und ich, aber dann merkten wir, dass Sir Ben deutlich ernster wurde.

»Ich habe mir noch einmal sehr genau die GPS-Protokolle der Trainingsmaschine von Oberstleutnant Sommer angesehen. Ich bin da leider wenig optimistisch. So wie es aussieht, wird Ihre Fähigkeit, Valery zu orten, durch eine größere Höhe nicht verbessert. Sie haben das Haus erst knapp zwei Kilometer vor dem direkten Überflug gespürt. Das deckt sich exakt mit Ihren bisherigen Beobachtungen.«

»Also steht jetzt eine Planänderung an?«

»Nein. Ich möchte an unserem ursprünglichen Ziel festhalten, Valery zu lokalisieren und Nicholas anschließend kontrolliert in ihre Nähe zu führen. Aber um das zu bewerkstelligen, müssen wir uns jetzt für eine ganze Weile erst einmal auf klassische Detektivarbeit verlassen. Wir beginnen wieder auf Feld 'null'. Diesmal direkt in Valerys Haus. Wir werden uns dort am frühen Abend treffen und noch einmal sehr gründlich nach Hinweisen über ihren aktuellen Aufenthaltsort suchen. Natürlich nur, wenn es Ihnen möglich ist, sich dort aufzuhalten. Ich verstehe, dass das extrem irritierend für Sie sein kann.«

»Nein, ist in Ordnung. Ich werde das schaffen. Mein erster Besuch war zwar sehr emotional, aber ich bin bereit, einen zweiten Anlauf zu nehmen.«

»Sind Sie sich wirklich sicher, dass Sie das möchten?«

»Ja, ich bin mir sicher, Sir Ben. Ich bin vorbereitet. Ich werde mich meinen Emotionen stellen, sie aber nicht an mich heranlassen. Nein, das wäre leichtsinnig! Ich … ich werde diese Emotionen natürlich an mich heranlassen, aber ich werde ihnen nicht gestatten, mich zu lenken. Vielleicht schaffe ich es ja sogar, Stärke aus ihnen zu gewinnen. Immerhin hatte ich knapp eine Stunde nach meinem ersten Besuch Mindy kennengelernt.«

»Gut. Denn ich möchte in dem Haus nicht auf Ihren Verstand und Ihre Beobachtungsgabe verzichten. Wir müssen einen soliden Hinweis auf den Verbleib von Valery finden. Nur so kommen wir weiter. Für den Anschluss möchte ich übrigens vorschlagen, dass Sie beide mich nach London begleiten. Meine Chefin möchte Sie gerne persönlich kennenlernen.«

»Ihre Chef*in*?« Diese Bemerkung konnte ich mir nicht verkneifen.

»Auch wenn die meisten von uns nicht in ihm geboren wurden, so leben wir dennoch im 21. Jahrhundert, Frau Lichtner«, konterte Sir Ben. »In London würden wir auch sehr gerne eine Blutprobe von Ihnen nehmen. Die Art der Verbindung, die Sie mit Valery haben, ist zwar in unseren Aufzeichnungen verlässlich dokumentiert und es hat in der Geschichte bereits ähnliche Fälle gegeben, aber nicht mit einer solchen Intensität. Vielleicht hilft uns hier eine Analyse Ihres Blutes weiter.«

Ich verstand Sir Bens Bitte, aber ich zögerte. Unbewusst fuhr meine Hand wieder an die Stelle meines Halses, an der mich Natalie gebissen hatte.

»Sir Ben, wird man durch die Blutanalyse feststellen können, dass Natalie die Regeln gebrochen hat?«

»Nein, das wird man nicht. Außerdem sind Sie schon lange nicht mehr in Gefahr. Eine Wandlung tritt nur dann ein, wenn man zwei bis drei Tage nach dem Biss stirb. Wir wissen natürlich von dem Vorfall, aber er steht wie versprochen nicht auf der Agenda.«

»Okay. Dann bin ich einverstanden. Mit allem. Ich möchte nur nicht, dass mein Studium darunter leidet. Es ist nämlich neben Mindy die eine Sache in meinem Leben, die mich von all dem hier ablenkt und mir wirklich Halt gibt.«

»Das wird nicht geschehen. Ein freies Wochenende wird auf jeden Fall für das Treffen ausreichen. Ich kann Ihnen aber noch nicht sagen, wann genau wir fahren. Ich möchte den Termin und die Route so kurzfristig wie möglich festlegen. Ich muss mich selbst überraschen. Je weniger Vorbereitungen ich treffe, desto schwieriger wird es für Nicholas, unseren nächsten Schritt vorherzusagen und uns zuvorzukommen. Ich möchte Sie deshalb bitten, ab morgen immer Ihre Ausweispapiere mit sich zu führen.«

»Machen wir. Und wann möchten Sie sich heute mit uns in Valerys Haus treffen?«

»Um 17:00 Uhr. Aber wir reisen getrennt an. Ich werde ganz einfach eine Weile nach Ihnen da sein. Sie kennen mich ja.«

Mit diesem Satz beendete Sir Ben die Besprechung. Aber als Mindy und ich damit begannen, unsere neuen Ultrabooks und Tablets in unsere Taschen zu packen, merkte ich, dass der Platz in meiner etwas knapp war. Mir wurde schnell klar, warum. Ich hatte etwas vergessen. Also war es angebracht, auf dem Rückweg ins Studentenwohnheim einen Umweg über die Kantine zu machen.

Unterschätzte Schönheit

••••

»Es tut mir leid, dass es mit deiner Emilia so lange gedauert hat«, entschuldigte ich mich bei Sven, als ich ihm seinen Tablet-PC und die zwei Tafeln Schokolade in die Hand drückte, die ich als Wiedergutmachung eben noch schnell in der Kantine besorgt hatte.«

»Kein Problem. Ich habe von eurem Reitunfall gehört. Da hattet ihr mit Sicherheit erst einmal ganz andere Dinge im Kopf. Geht es euch denn jetzt wieder besser?«

»Ja. Mehr als die Erinnerung an den Schreck wird zum Glück nicht bleiben. Und es wird auch nicht mehr vorkommen, dass ich Emilia so lange entführen muss«, sagte ich noch und zog stolz das Tablet aus der Tasche, dass ich vorhin von Sir Ben bekommen hatte. »Ich habe jetzt mein eigenes.«

»Prima. Du kannst auch jederzeit zu mir kommen, wenn du Fragen hast, was … okay, was jetzt eine ziemlich dumme Macho-Bemerkung war.«

Wir mussten beide lachen. Dann verabschiedeten wir uns und Mindy und ich gingen zurück auf unserer Zimmer. Mindy konnte aber nicht lange bleiben. Sie musste zum nächsten Termin ihres Erste-Hilfe-Kurses. Ich bewunderte immer noch, wie tapfer sie das durchzog.

Nachdem ich anschließend für eine ganze Weile über einem Lehrbuch gebrütet hatte und der kleine Zeiger der Uhr, die auf meinem Nachttisch stand, sich langsam aber sicher der '4' näherte, fasste ich einen Entschluss. Ich klappte mein Buch vielleicht eine Spur zu theatralisch zu, ging zum Kleiderschrank, öffnete ihn und zog das türkisfarbene Kleid heraus, das ich bei meinem letzten Besuch in Valerys Villa habe mitgehen lassen. Ich hatte es zwar wie geplant kurz danach in der Größe ändern lassen – das Kleid sollte nun mir passen und nicht mehr Valery – aber ich hatte es noch nie getragen. Für diese Premiere wollte ich auf den richtigen Augenblick warten, und genau der war heute gekommen.

••••

Fertig! Zufrieden betrachtete ich mich im Spiegel unseres Kleiderschranks. Alles saß und … und es klackerte. Es klackerte an der Tür! Jemand schob leicht umständlich einen Schlüssel in das Schloss, rutschte erst einmal wieder ab und nahm gleich darauf einen neuen Anlauf.

Schließlich klackerte es ein letztes Mal. Was folgte, war erst Stille und dann das Rauschen der entriegelten Tür, die langsam von außen aufgeschoben wurde.

Ich blickte mich um. An Wegrennen war in dem Kleid nicht zu denken. Und wohin überhaupt? Etwa ins Bad? Na klar! Da drin wäre ich ja so sicher. *Scream* hatte ich gesehen.

Das Vampirspray! Es lag fast in Griffweite auf meinem Nachtisch. Ich ging einen Schritt zur Seite, nahm die Spraydose in die Hand und drehte mich zur Tür. Ich wusste, dass falls es wirklich Valery war, die mir da gerade einen Besuch abstattete, dann würde mir diese Art der Verteidigung wahrscheinlich nicht viel bringen. Und da ich ihr Kleid ja nun einmal wirklich geklaut hatte, stand zumindest in einem Punkt das Recht nicht gerade auf meiner Seite.

»Heee … eeeyy«, sagte Mindy, als sie hinter der Tür zum Vorschein kam. Sie war schwer beladen und balancierte mit einem ziemlich professionell aussehenden Verbandskasten und einem Satz von aufeinandergestapelten Broschüren in den Raum herein.

»Warte, ich helfe dir«, sagte ich. Ich lief zu Mindy, nahm ihr die Hälfte der Broschüren ab und legte sie auf den Schreibtisch. Die

Titel dieser kleinen Flyer waren interessant. Es ging um das Verhindern von Schmierinfektionen, um das Stoppen von Blutungen, das Anlegen von Verbänden und um die sachgemäße Anwendung eines Defibrillators.

Mindy stellte noch den Verbandskasten ab und fror dann erst einmal all ihre Bewegungen ein.

»Du … du bist wunderschön«, rutschte es ihr heraus. Sie ging auf mich zu und fuhr mit ihrer Hand durch mein Haar. »Da hat sich ja wirklich ein Hauch von echtem Rot in deinem Braun versteckt. Das verschmilzt prima mit dem Türkis deines Kleids. Ihr bildet eine echte Einheit. Es ist wie für dich geschaffen.«

Ich zuckte zusammen. Ich stieß Mindys Hand weg und ging einen Schritt zurück. »Genau davor habe ich Angst, Mindy. Vor dieser Einheit. Dass etwas von Valery in mir steckt, das weiß ich bereits. Das habe ich schon gespürt, lange bevor ich es verstanden habe. Denn genau das ist der Teil in mir, der immer mal wieder aufblitzt. Der Moment während eines Wortgefechts, bei es mein Gegenüber mit echter Angst zu tun bekommt. Der Moment, in dem ich selbst nicht glauben kann, was für eine unglaubliche Drohung ich da gerade ausgesprochen habe. Das ging bisher immer alles gut aus, aber was ist, wenn diese Macht in mir eines Tages länger als nur für einen kleinen Augenblick die Kontrolle über mein Handeln übernimmt? Ich meine, vielleicht war es vorhin ja gar nicht meine Entscheidung gewesen, gerade heute das Kleid anzuziehen. Vielleicht hat es mich gerufen. Ich sollte es besser wieder ausziehen und dann verbrennen. Hilfst du mir bitte?«

»Unfug. Das alles wird nicht passieren, Anna«, sagte Mindy und hielt meine Hände fest, die fast schon damit begonnen hatten, mir das Kleid ohne Rücksicht auf Verluste vom Körper zu reißen. »Wenn du mal einem eine reingewürgt hast, dann haben er oder sie das auch verdient. Es gibt nun einmal Leute, die selbst du nicht davonkommen lassen kannst. Du hast bisher immer richtig gehandelt und du hattest dich dabei auch immer voll unter

Kontrolle. Außerdem gehört es nun einmal dazu, auch mal über den eigenen Mut überrascht zu sein. Was meinst du, wie ich mich gefühlt habe, als ich im Zug nach Frankfurt saß? Schau also noch einmal ganz genau in den Spiegel, bevor du weitermachst. Siehst du? Das Kleid verstärkt wirklich nur die positive Energie in dir. Dein Leuchten. Es bringt nur deine schöne Seite zum Vorschein und nichts von dem, was sich Valery und das Schicksal von dir erschlichen haben. Und vergiss bitte auch nicht, dass *du* der Schneiderin den Auftrag gegeben hast, das Kleid an *deinen* Körper anzupassen – nicht umgekehrt! Also, wer von euch beiden hat hier die Kontrolle über den anderen?«

»Okay, danke. Und ich glaube, du kannst meine Hände jetzt wieder loslassen.«

»Wobeeeiii«, lachte Mindy, »vielleicht gibt es da doch eine ganz kleine Sache, die du das nächste Mal anders machen solltest.«

»Und die wäre?«

»Zieh das Kleid an, *bevor* du Sven seine Sachen zurückbringst.«

»Hey!« Jetzt lachte ich und wusste nicht, ob ich schmollen oder mich vielleicht wirklich an ihren Rat halten sollte.

DAS ERBE DER ERSTEN MRS. ROCHESTER

••••

Eine Stunde später standen wir vor Valerys Villa; so nannte ich nun einmal dieses eigentlich ganz normale Mietshaus in der Brüder-Grimm-Straße in der Nähe des Frankfurter Zoos. Meine Hand fuhr zu dem Türgriff. Er rührte sich keinen Millimeter. Abgeschlossen. Fest verriegelt. Aber ich wusste, wie ich hereinkommen würde. Ich hatte meinen eigenen, meinen ganz individuellen Schlüssel dabei.

»Du warst vorhin ziemlich schwer beladen«, sagte ich zu Mindy, während ich mir eine Spange aus meinem Haar wuselte. Ich wusste, was als Nächstes passieren würde und ich wollte mich ablenken.

»Ja, ich hatte mir überlegt, dass wir einen Verbandskasten im Zimmer haben sollten. Als Kursteilnehmerin bekomme ich die zum Selbstkostenpreis. Dann sind wir nicht auf den im Flur angewiesen, wenn mal was schiefgeht. Der Rest war ein Satz an Unterlagen über die Themen, die wir heute besprochen haben. Da ging es um den Einsatz eines Defibrillators und so. Ich finde das Gerät ziemlich gruselig. Du drückst einen Knopf und diese Aktion entscheidet dann über Leben und Tod, aber … aber hey! Anna, was machst du da?«, schrillte Mindy.

Autsch, warum bin ich da nur so schmerzempfindlich, dachte ich, als ich mir mit der Nadel meiner Haarspange in die Innenseite meiner Handfläche stach. Ein winziges Bluttröpfchen quoll hervor und wartete auf seinen Einsatz.

»Sorry, Mindy. Aber genau das hier ist mein Schlüssel zu Valerys Haus. Es muss irgend eine Art von wirklich seltsamer Vampirmagie sein. Keine Ahnung, wie die funktioniert, aber es hat zumindest das letzte Mal geklappt. Mal sehen wie…«

Meine Hand umfasste den kalten Griff der Tür und ich spürte noch einmal einen brennenden Stich in meinen Körper hereinrasen. Dann machte es *'Klack'* und das Schloss sprang auf.

»Das ist schräg«, meinte Mindy. »Nur sollten wir uns überlegen, ob wir die Sache mit dem Piksen das nächste Mal professioneller angehen und uns im Vorfeld auch etwas zum Desinfizieren mitnehmen.«

Ich schüttelte den Kopf. »Nein, besser nicht. Dieses Ritual hier funktioniert. So komme ich immer rein. Ich habe keine Ahnung, was passiert, wenn wir noch irgendwelche Chemie ins Spiel bringen. Ich möchte nicht riskieren, mich eines Tages auszuschließen. Aber lass uns schnell reingehen, bevor sich noch die Nachbarn wundern.«

Wir gingen durch die Eingangstür in den Flur. Ich stand in vertrauter Umgebung. Seit meinem letzten Besuch hatte sich praktisch nichts verändert. Alle Räume in dem Haus waren weiterhin in einen leichten Bronzeton gehüllt, da Valery die Scheiben der Fenster getönt hatte. Allerdings drangen durch einige rissige Stellen in der Farbe immer wieder ungefilterte Sonnenstrahlen in den Raum ein und durchschnitten den durch den Luftzug aufgewirbelten Staub, der sich im Laufe der letzten Monate über angesammelt hatte und jetzt durch Mindy und mich aufgeschreckt worden war.

»Also ist es wirklich nur ein Gerücht, dass Vampire Probleme mit Sonnenlicht haben«, sagte Mindy, während ihre Hand durch den schwebenden Staub fuhr und ihn spielerisch in kleine Kreise formte.

»Nein. Nicht wirklich. So wie ich Sir Ben verstanden habe, reagieren Vampire immer noch sehr empfindlich auf UV-Strahlung. Sind sie ihr ausgesetzt, können sie bereits nach ein paar Sekunden einen schweren Sonnenbrand oder Schlimmeres bekommen. Allerdings kann Willenskraft sie schützen oder die Auswirkungen zumindest eindämmen. Deshalb kann sich Valery auch ziemlich unbeschadet im Zwielicht bewegen.«

»Okay, aber warte.« Mindy stellte sich mir in den Weg. »Wir sollten dem Haus nicht mehr geben, als nötig. Wer weiß, was es sonst noch alles damit anstellt«, sagte sie, kramte ein Pflaster aus ihrer Hello-Kitty-Handtasche heraus und klebte es auf meine immer noch leicht blutende Wunde. »Besser! Und wie wäre es jetzt mit einer kleinen Tour. Es ist ziemlich verlockend, gleich auch mal mehr über das Privatleben einer Vampirin zu wissen als Sir Ben.«

»Klar. Ich habe mir zwar bei meinem ersten Besuch nicht alle Räume angesehen, aber das kann ich ja auch gleich nachholen. Also, hier ist schon einmal das Schlafzimmer«, sagte ich und zeigte nach rechts in den ersten Raum hinter der Eingangstür. Er sah noch exakt so aus, wie ich ihn vor ein paar Monaten verlassen hatte: Die Tür des Kleiderschranks war immer noch offen und sogar die Plastikfolie, die Valerys Kleid schützend umhüllt hatte, lag unangetastet auf dem Bett. Aber okay. Was hatte ich erwartet? Einen wütenden Schrei, der sich sein Eigentum zurückholt und mir das Kleid vom Leib reißt? Träumt weiter!

»Und da vorne ist das Wohnzimmer. Dort steht Valerys Arbeitstisch und ihr Notebook«, erklärte ich Mindy, nachdem wir wieder in den Flur gegangen waren. »Den Raum möchte ich mir auf jeden Fall noch einmal genauer ansehen. Vielleicht finden wir da doch noch einen Hinweis auf ihren Aufenthaltsort.«

»Du meinst, dass Sir Bens Kollegen vielleicht magische Tinte lesen oder zumindest die gelöschten Daten wieder aus Valerys Notebook hervorzaubern können?«

»Ja, so etwas Ähnliches. Zumindest werden vier Augen mehr sehen als zwei«, sagte ich zu Mindy und ließ meine Hand instinktiv zu dem Lichtschalter an der Wand fahren. Zu meiner Überraschung leuchteten die sanften Halogenlichter in Valerys kombiniertem Wohn- und Arbeitszimmer sofort auf. Also bezahlte immer noch jemand die Stromrechnung.

Nur mochte ich nicht wirklich, was ich in dem Licht sah. Valerys Notebook war verschwunden. Eine blanke Stelle auf der

Arbeitsfläche sah mich drohend an. Noch jemand außer Valery und mir hatte also Zugang zu diesem Haus und war erst vor Kurzem hier gewesen. Das war nicht gut. Das war so etwas von gar nicht gut. *Nichts wie weg!*

»Wir warten draußen auf Sir Ben«, sagte ich zu Mindy und packte sie an der Hand. Wir machten kehrt und liefen durch den Flur in Richtung Ausgangstür. Gleichzeitig blickte ich ins Schlafzimmer und überlegte, womit ich im Notfall ein Fenster von innen einschlagen könnte, um aus dem Haus zu fliehen. Vielleicht wollte es uns ja nicht mehr hergeben.

Ohne richtig darüber nachzudenken, wuselte ich mir auf dem Weg noch eine Spange aus meinen Haaren, griff in meine Handtasche und sprühte etwas von dem Vampirabwehrspray auf die Nadel. Dann gab ich Mindy die Dose. Wir beide brauchten etwas, um uns verteidigen zu können.

»*Du weißt schon, dass das alles deine Schuld ist, mein Schatz*«, hörte ich Natalies Stimme ein oder zwei Stockwerke über uns rufen, als ich gerade dabei war, die Tür nach draußen zu öffnen.

Ich zögerte. Nun hatte ich die Wahl. Raus auf die Straße oder hoch ins dunkle Unbekannte. Ich traf meine Entscheidung. Ich ließ den Türgriff wieder los und drehte mich um. Dass ich alle Teile von *Scream* und sogar die komplette Serie gesehen habe, das glaubt ihr mir jetzt wahrscheinlich wirklich nicht mehr.

Ich blickte zur Seite. Die Treppe, die an der linken Wand hoch in den ersten und zweiten Stock führte, die hatte ich bisher noch nie richtig beachtet.

»*Du kannst ruhig hochkommen. Hier ist sonst niemand. Und falls du mir nicht glaubst, dass ich es bin, dann kann ich gerne ein paar peinliche Geschichten aus deiner Vergangenheit preisgeben.*«

»Möchtest du draußen warten?«, fragte ich Mindy. Ich hatte zwar mittlerweile keine Angst mehr, dass wir in eine Falle gelockt wurden, aber ich wollte Mindy davor bewahren, wieder von Natalie beleidigt zu werden. Aber Mindy schüttelte den Kopf und so liefen wir zusammen die Treppe hoch in den zweiten Stock.

Beim Hochgehen schaute ich mich flüchtig um. Auch die Fenster im ersten und im zweiten Stock gaben dem eindringenden Licht einen bronzefarbenen Ton; und wie im Erdgeschoss waren alle Zimmer hier möbliert. Allerdings war die komplette Einrichtung mit weißen Tüchern verhüllt, die auf mich den Eindruck machten, dass sie schon seit Jahrzehnten ihren unangetasteten Dienst verrichteten.

Staub schwebte auch hier durch die Räume, aber anders als vielleicht clichéhaft erwartet, sah ich keine Spinnweben von den Decken hängen. Nur eins fiel mir schnell auf. An ein paar Stellen klafften Lücken in der Einrichtung und einige der weißen Tücher lagen zusammengeknüllt dort auf dem Boden, wo anscheinend einmal etwas gestanden hatte.

»Natalie?«, rief ich, nachdem wir schließlich ganz oben angekommen waren, aber niemanden sahen.

»Dreh dich um, Dummerchen. Nimm die Leiter. Ist romantischer.«

Gefolgt von Mindy setzte ich meine Füße auf die Sprossen und kletterte die Leiter hoch auf den Dachboden. Als ich ihn betrat, mussten sich meine Augen aber zumindest nicht an neues Licht gewöhnen, da die drei schrägen Fenster hier oben ebenfalls mit bronzener Farbe bestrichen waren. Und auch dieser Anstrich schien schon sehr lange nicht mehr erneuert worden zu sein, denn eine Reihe kleiner Risse ließ die letzten Lichtstrahlen der Abendsonne in den Raum eindringen.

Natalie saß im Schneidersitz auf einem Bett. Das stand zwar unter den Fenstern, aber dennoch in einem lichtgeschützten Bereich. Sie tippte auf Valerys Notebook herum. Damit war zumindest ein Rätsel gelöst.

Dann sah Natalie mich an. »Das ist so was von deine Schuld!«, sagte sie. »Eigentlich wollte ich die IT-Sache ja auf meine

Art im Elektromarkt um die Ecke klären. Wäre von der Aktion her spaßiger und von der Kiste her moderner und vor allem echt schneller gewesen. Aber dann, blah, blah, dann hättest du mir ja wieder einen deiner ehrenrührigen Vorträge gehalten. Also muss diese Schrottmühle hier jetzt erst einmal reichen. Aber vielleicht kann dein Professor Gandhi ja was springen lassen. An Knete scheint es dem doch nicht zu mangeln. Und mir hier auszuhelfen, wäre mehr als nur fair. Immerhin habt ihr beiden Barbies eure gestylten Sahneschnittchen ja schon bekommen. Also, leg ein Wort für mich ein. Aber bitte nur ein Modell mit einer installierten ab 18 Version von Vamp-Hunter-Dungeon. Da darf ich nämlich die böse Vampirin spielen und den kleinen unvorsichtigen Girlies die Kehle aufreißen. Davon träume ich nämlich jede Nacht und du willst doch nicht, dass ich in echt damit anfange.«

»Du hast es dir hier wirklich sehr schön gemacht«, ignorierte ich Natalies Provokationen. Und mein Kommentar war ernst gemeint. Natalie hatte ein Bett, einen Nachttisch, einen klassischen Arbeitstisch und eine kleine Kleiderkiste nach oben gebracht. Wahrscheinlich ohne fremde Hilfe. Mir wurde wieder einmal klar, dass ich ihre neue Stärke niemals unterschätzen durfte.

»Aber wie bist du hier hereingekommen?«, fragte ich sie schließlich.«

»Mit Hilfe deiner kleinen Spende«, antwortete Natalie und zeigte einladend auf einen kleinen tragbaren Kühlschrank, der mit funkelnagelneuem Strahlen in einer Ecke des Dachbodens stand. Ich beschloss, sie nicht zu fragen, wo der herkam.

Ich ging auf den Kühlschrank zu, bückte mich und öffnete ihn. Auch wenn ich eine Idee hatte, was mich gleich erwarten würde, spürte ich schon im Vorfeld wieder den mir bekannten Brechreiz und die Achterbahnfahrt meines Magens. Im Inneren des Kühlschranks blicke ich auf die kleinen Medizindöschen, die ich mit meinem Blut gefüllt hatte.

Ich schloss die Tür des Kühlschranks und drehte mich um. Natalie hielt grinsend ein Pflaster hoch, auf dessen hellem Innenteil ein Fleck Blut geschmiert worden war. Natalie hatte ihn mit einem Stück Frischhaltefolie bedeckt. Wahrscheinlich damit er nicht so schnell austrocknete.

»So ein Schlüsselchen hält drei Tage, aber ich hoffe, es ist okay, wenn ich demnächst mal wieder vorbeischaue und dich um Nachschub bitte. Ich darf das, denn immerhin bin ich jetzt ganz offiziell die deppe Vampirin auf dem Dachboden.«

»Okay, aber wie…?« Ich blickte noch einmal unsicher zu dem Kühlschrank.

»Wie ich jetzt die Sache mit meinen regelmäßigen Mahlzeiten erledige? Frag doch nicht so doof. Ich mache ganz genau das, was ich von Dir gelernt habe. Ich klaue Blutspenden. Und wehe du kommst jetzt auf die blöde Idee, mir darüber einen Vortrag zu halten. Dann knall ich dir echt eine.«

»Nein. Das mache ich nicht.«

»Fein.«

»Dann möchtest du auch erst einmal hierbleiben?«

»Klar. Mir gefällt es hier nämlich so richtig gut. Und man kann üben.«

»Üben?«

»Ja, schau mal.«

Natalie schob das Notebook zur Seite, beugte sich etwas nach vorne und hielt ihre Hand in einen Sonnenstrahl. Nach einer halben Minute hatte ich den Eindruck, dass sich Natalies Handfläche rötete und dass Natalie mit immer stärker werdenden Schmerzen zu kämpfen hatte. Schließlich schwoll die Rötung an, es bildeten sich weiße Blasen und Natalies Haut schien sich erst zu verformen und dann abzulösen. Kurz bevor das tatsächlich geschah, zog Natalie ihre Hand wieder zurück in den Schatten. Man konnte live zusehen, wie die Verletzung verheilte.

»Scheiße, tut das weh. Aber ich bin jetzt bei 90 Sekunden und ich halte es von mal zu mal länger aus. Und ich sage dir eins. Wenn die Bitch, die mir das hier alles angetan hat, auch bei Tag draußen rumlaufen und Zicken machen kann, dann schaffe ich das auch.«

»Daran habe ich keinen Zweifel.«

Was? Woher? Wir drehten uns um. Sir Ben stand neben der Leiter. Er war eben hereingekommen.

»Ich hoffe, es ist in Ordnung, wenn ich mich dazugeselle. Die Tür unten hatten Sie ja angelehnt gelassen. Keine Sorge. Ich habe sie jetzt zugezogen.«

Autsch. Da schwang ein leichter Vorwurf in seiner Stimme mit. Der war wahrscheinlich auch gerechtfertigt. Aber hey, Mindy und ich waren nun einmal in heller Panik gewesen.

»Aber du hast ja immer alles voll im Griff«, sagte Natalie zu Sir Ben und warf ihm eine zugeklappte Zeitung zu, die auf ihrem Nachttisch gelegen hatte. Sir Ben faltete sie auf und wir blickten auf das Farbfoto eines Eurofighterwracks, das zertrümmert in einem Sulzbacher Feld lag.

»Touché«, antwortete Sir Ben. Er gab Natalie die Zeitung zurück und wandte sich dann mir zu. »Haben Sie schon eine Spur gefunden?«, fragte er mich.

»Nein. Die Unterlagen unten im Arbeitszimmer hatte ich ja schon vor ein paar Monaten durchsucht, aber nichts gefunden. Vielleicht können Ihre Kollegen noch etwas entdecken.«

»Wir werden es versuchen. Aber wie geht es Ihnen? Können Sie Valery spüren?«

»Ja. Ich spüre immer noch den Schatten ihrer Präsenz. Die Erinnerung daran, dass sie einmal hier gewohnt hat. Aber da ist noch etwas anderes. Als ich hier hereingekommen bin, hatte ich das Gefühl, dass mir das Haus, keine Ahnung, Respekt entgegenbringt.«

»Verwechsle da mal nichts, Schnuckelchen. Das, was du da anhast, das bringt ja immerhin einiges zum Vorschein. Und ich rede hier jetzt von üppiger Form und nicht von lauer Farbe. Da guckt man doch gerne drauf und hofft, dass vielleicht auch mal was rausrutscht und du nix von mitkriegst«, mischte sich Natalie in das Gespräch ein. Es tat weh, immer wieder aufs Neue verstehen zu müssen, wie sehr sie auf Provokation aus war und mit einer vergifteten Nadel gezielt dort einstach, wo es mich dann doch ein bisschen traf.

Während Sir Ben dankenswerterweise so tat, als ob er nichts mitbekommen hätte, bemerkte er anscheinend zum ersten Mal, dass Natalie auf einem Notebook herumtippte. »Ist das etwa Valerys?«, fragte er kritisch. Aber ehe er noch etwas sagen konnte, hielt ihm Natalie eine SD-Karte hin.

»Hältst du mich für dumm, oder was? Natürlich habe ich vorher einen kompletten Back-up aller Daten gemacht und danach zur Sicherheit noch ein RAW-Image der Festplatte gezogen, falls du überhaupt verstehst, was ich damit meine. Und den Snowden müsst ihr auch nicht anrufen. Hab' schon alles entschlüsselt. Nur mit der Quittung für das kleine Ding hier hapert es dann vielleicht doch ein bisschen. Aber beschwer' dich ja nicht über den Preis. 512 GB sind nicht ohne.«

»Ich halte Sie nicht für dumm, Natalie. Aus genau diesem Grund sind Sie noch am Leben«, sagte Sir Ben, als er die SD-Karte nahm. »Nur möchte ich Sie bitten, zu respektieren, dass ich nicht jedes Spiel mitspielen werde, das Sie Anna oder mir aufzwingen wollen. Versuchen Sie das erst gar nicht. Ich kenne die Regeln bedeutend besser als Sie. Aber danke für die Karte. Da vertraue ich Ihnen voll und ganz.«

»Trotzdem sind wir schon wieder in einer Sackgasse gelandet, oder?«, sagte ich zu Sir Ben. Ich konnte meine Enttäuschung nicht verbergen. Aber okay. Was hatte ich erwartet? Dass neue Hinweise wie aus dem Nichts auftauchen oder dass sich die Dokumente wieder materialisieren, die Valery unten im Kamin verbrannt hat?

Am besten noch mit einem roten 'X' drauf, das uns den Weg zu einer Teeparty mit Harrison Ford weist?

»Nein, so sollten Sie das nicht sehen«, antwortete Sir Ben. »Bei einer Suche ist es gleichermaßen von Bedeutung, auch die Orte auszumachen, an denen man definitiv nichts mehr finden wird. Und genau das haben wir heute getan. Wir können uns jetzt absolut sicher sein, dass Valery diese Zuflucht hier bis auf Weiteres aufgegeben hat. Und noch etwas anderes ist mir klar geworden. Valery respektiert Sie, Anna, sonst würde Sie sich nicht die Mühe machen, Ihnen aus dem Weg zu gehen. Und das Haus hätte Ihnen andernfalls mit Sicherheit auch keinen Zutritt gewährt. Sie haben so viel mehr Macht über Valery, als Sie denken. Das dürfen Sie niemals vergessen.«

»Danke.«

»Gut, dann wären wir jetzt fertig. Nun ja, fast. Ich möchte Sie noch bitten, Natalie, uns Bescheid zu geben, falls sich hier etwas ändern sollte oder falls Sie mitbekommen, dass noch andere Personen Zugang zu diesem Anwesen haben.«

»Dann habe ich deinen Segen, zu bleiben?«

»Natürlich.«

»Prima, aber wenn ich schon den Wachhund spielen muss, dann kannst du mir die doch garantiert noch mal schnell freischalten«, sagte Natalie, griff in die Schublade ihres Nachttisches und holte das Flagschiffmodell eines Smartphones und eine SIM-Karte heraus. »Mein Konto ist nämlich im Moment nicht so ganz gedeckt und die SCHUFA hält mich für eine Spur zu tot, um Positives über mich zu berichten.«

Sir Ben nahm die SIM-Karte und fotografierte den aufgedruckten Barcode mit seinem Smartphone ab. Dann schrieb er eine SMS. »Sie können die Karte in einer Stunde in Betrieb nehmen.«

Anschließend schwieg Sir Ben für einen Moment. Er schien über etwas nachzudenken.

»Sir Ben?«, fragte ich.

»Entschuldigung«, antwortete Sir Ben, aber er sprach nicht wirklich mit mir, sondern mit Natalie. »Es gibt da noch ein paar Details, Natalie, über die ich Sie gerne aufklären möchte, bevor wir gehen. Sie haben ja bereits festgestellt, dass Sie entgegen aller Mythen Ihre Haut an Sonnenlicht gewöhnen können. Das ist von Vorteil für Sie und die dazu benötigte Willenskraft, die besitzen Sie ohne jeden Zweifel. Aber ich muss Sie warnen. Diese Willenskraft kann man mit etwas Erfahrung sehr leicht brechen. Wenn das geschieht und Sie es nicht schnell genug zurück in die Schatten schaffen, dann hängen Sie in einem Teufelskreis fest, aus dem Sie nicht mehr so schnell wieder herauskommen werden.«

»Du meinst, du erschreckst mich erst einmal so richtig, damit mein emotionaler Sonnenschutz zusammenkracht. Dann bekomme ich Panik und werde dadurch noch verwundbarer. Daraufhin folgt noch mehr Panik. Und das ganze schaukelt sich dann so lange hoch, bis ich 'Puff' mache und die Leute mit Stauballergie anfangen müssen, zu niesen. Echt mies.«

»Ihre Beschreibung trifft konsequent den Punkt. Dieser Todeskreislauf ist eine unglaublich hässliche Sache. Man kann ihn zum Beispiel hiermit beginnen«, sagte Sir Ben, öffnete seinen Aktenkoffer und legte zwei Taser auf den Tisch. Er sah Mindy und mich herausfordernd an.

»Nein, vielen Dank, Sir Ben. Aber das kann ich nicht. Ich möchte nicht etwas bei mir haben, mit dem ich Menschen verletzten kann. Es gibt Grenzen, die ich nicht überschreiten werde«, sagte ich, während Mindy sogar zwei Schritte zurückwich.

»Das müssen Sie auch gar nicht. Dies hier sind, und entschuldigen Sie bitte die Einfallslosigkeit, Vaser.«

»Vaser? Also ein Taser für Vampire! Echt jetzt, Alter?«, lachte Natalie. »Und wie funktioniert das Ding?«

»Sie wissen ja bereits, dass das Herz eines Vampirs nicht mehr schlägt. Aber Ihnen ist wahrscheinlich noch nicht bekannt, dass die

Herzkammern eines Vampirs durch Mikrovibration auch weiterhin für eine praktisch normale Blutzirkulation sorgen. Und genau hier setzt der Vaser an. Er schießt eine Patrone ab, die ähnlich einem Defibrillator das Herz des Vampirs für genau einem Schlag reanimiert. Dann aber kehrt der Vaser seine Ladung um und bringt das Herz mitten in der Bewegung wieder zum Stillstand. Dieser Prozess wird ein gutes Dutzend mal wiederholt und verursacht dabei unerträgliche Schmerzen und Lähmungserscheinungen bei dem Vampir. Er wird für circa 30 Sekunden außer Gefecht gesetzt und braucht anschließend noch einmal so lange, um wieder auf die Beine zu kommen. Alles in allem gewinnt man damit eine volle Minute, die man zur Flucht nutzen kann. Nur passen Sie bitte auf. Gegen die Schocks eines Vaser kann sich ein Vampir nach einer Weile zumindest temporär immunisieren.«

»Also abdrücken und weglaufen?«, fragte ich zur Sicherheit.

Sir Ben nickte.

Ich wollte mir gerade einen der beiden Vaser nehmen, um ihn mir zumindest einmal anzusehen, aber Natalie war schneller. Ihre Hand schoss nach vorne, sie schnappte sich ihn und richtete seine Mündung auf Sir Ben.

»Wenn ich jetzt abdrücke, habe ich dann für eine Minute einen Heidenspaß?«

»Da muss ich Sie leider enttäuschen. Für Menschen sind die Entladungen absolut ungefährlich. Eine ausgeleierte Erbsenpistole könnte mehr Schaden anrichten.«

»Verstehe«, meinte Natalie und gab Sir Ben den Vaser. »Dann schieß mal los.«

»Ich war bis eben noch der Meinung gewesen, dass ich mich in Bezug auf die verursachten Schmerzen und Lähmungserscheinungen recht klar ausgedrückt hätte. Gibt es da einen Punkt, den Sie nicht verstanden haben?«

»Sehe ich so aus, als ob ich noch Fragen habe?«

»Verstehe«, antwortete Sir Ben. Respekt schwang in seiner Stimme mit. Dann drückte er ab.

SCHWINGUNGEN VERLORENER ZEIT

••••

Ein leichtes Ploppen. Mehr war von dem Auslöser der Waffe nicht zu hören. Aber noch ehe sich dieser Hall verflüchtigt hatte, brach Natalie zusammen. Ohne auch nur einen Hauch an Kontrolle über ihren Körper zu behalten, stürzte sie herunter auf den Boden. Sie schrie immer lauter und ihr Gesicht nahm dabei die verzerrten Züge eines unmenschlichen Monsters an. Eines Monsters, dessen Grausamkeit man sich nicht einmal in seinen schlimmsten Albträumen vorstellen kann.

Dann war alles wieder vorbei. Nach einer halben Minute, während der sich Mindy fest an mich geklammert und ihr Gesicht in meiner Brust verborgen hatte, wurde es wieder ruhig. Und es blieb auch ruhig. Erst nach noch einmal dreißig Sekunden konnte sich Natalie wieder bewegen. Sie stand torkelnd auf und stellte sich vor Sir Ben.

»Und wenn du nicht ein anständiger Junge wärst, dann hätte ich jetzt einen Holzpflock in meinem durchfibrillierten Herzen, oder?«

Sir Ben griff in seine Hemdtasche und legte eine Art von Stiletto auf den Tisch. »Geht durch Kevlar Schutzwesten Stufe IV. Vorne ist eine Minisprengladung mit Schutzsensor und UV-Streuung eingebaut. Man muss also nicht einmal sonderlich gut zielen können. Ich hoffe, Sie haben jetzt verstanden, dass ich die Regeln wirklich entscheidend besser kenne als Sie.«

»Was für ein geiles Spielzeug. Van Helsing wäre garantiert grün vor Neid.«

»Eine alte Freundin von ihm hat mir einmal erzählt, dass er jegliche Art von Fortschritt immer begrüßt und ihm niemals im Weg gestanden hatte.«

»Auch gut. Wie lange war ich weg?«

»Ziemlich genau dreißig Sekunden«, sagte Sir Ben nach einem kurzen Blick auf seine Uhr. »Und Sie haben praktisch noch einmal so lange gebraucht, um wieder auf die Beine zu kommen. Da liegen Sie leider nur im Durchschnitt. Ich hoffe nicht, dass Sie etwas anderes erwartet haben.«

»Na, dann will ich dir deine Statistik jetzt mal ordentlich verderben. Also los. Drück ab!«

»Nein!«, schrie Mindy. Nicht ohne Erfolg. Sir Ben zögerte für einen Moment.

»Hör verdammt noch mal auf, so debil zu jammern«, schrie Natalie Mindy an. »Und du nimmst gefälligst die Zeit, Anna. Wenn ich mir schon den Arsch für euch rösten lasse, dann kannst du auch was tun.«

Ehe Sir Ben in dem emotionalen Chaos richtig mitbekam, was gerade alles geschah, umklammerte Natalie mit ihren Fingern die Hand, mit der er den Vaser hielt, und drückte selbst ab.

27 Sekunden … 24 Sekunden … 18 Sekunden … jedes Mal drehte sich mir der Magen um und ich wünschte mir sehnlichst, wie vor ein paar Tagen in dem Eurofighter einfach nur das Bewusstsein zu verlieren.

»Tu doch etwas. Warum tust du denn nichts?« Mindys Stimme war verheult bis zum Anschlag.

»Weil ich das nicht darf«, antwortete ich, denn ich verstand langsam, was Natalie da letzten Endes für uns alle auf sich nahm. Aber auch meine Nerven konnten die Schreie irgendwann nicht mehr ertragen.

»Sieben Sekunden, Natalie«, sagte ich schließlich. »Das war die dritte Runde mit sieben Sekunden.«

Natalie sah Sir Ben weiterhin herausfordernd an, aber er ließ den Vaser sinken und gab ihn mir. »Weiter werden wir nicht kommen. Laden Sie ihn am USB-Anschluss hinten wieder auf, Anna. Und haben Sie ihn bitte immer dabei.«

»Okay, aber was ist, wenn Mindy oder ich mit dem Teil erwischt werden? Für Privatpersonen sind Taser illegal. Und Verstöße gegen das Waffengesetz sind kein Kavaliersdelikt. Das kann mich meine Zukunft kosten.«

»Sehen Sie sich das Gerät einmal genauer an. Wir haben die Hülle bewusst wie billigstes Plastik aussehen lassen. Sofern Sie nicht versuchen, ihn in ein Flugzeug zu schmuggeln, wird man annehmen, dass Sie sich zu Ihrer Verteidigung vielleicht wirklich einmal einen Taser besorgen wollten, man Sie aber mit diesem Faschingsscherz hier fürchterlich übers Ohr gehauen hat. Das reicht gerade einmal für eine mündliche Verwarnung. Sollten Sie dennoch in Schwierigkeiten geraten, werden wir das unverzüglich aus der Welt schaffen. Das verspreche ich Ihnen.«

»Die Impulse, die mich ausgeknockt haben? Sind die generisch, oder passen die sich mir an?«, fragte Natalie Sir Ben.

»Die sind generisch.«

»Kannst du mir die Formel geben?«

»Wozu?«

»Ich möchte mir den Graphen ansehen. Den Rhythmus verstehen. Ihn spüren und eins mit ihm werden. Ich habe nämlich das Gefühl, dass ich mittlerweile sogar einen besseren Sinn für Mathematik entwickelt habe.«

Sir Ben überlegte für einen Moment. Dann fragte er Natalie nach ihrer E-Mail-Adresse.

»Attic-Vamp@mycheer.de.«

Sir Ben notierte sie. Dann zückte er sein Smartphone und telefonierte für eine Weile. Nachdem er einiges an Überzeugungsarbeit geleistet hatte, gab er die E-Mail-Adresse von Natalie durch. Drei Minuten später signalisierte ihr von Valery geborgtes Notebook, dass sie eine neue Nachricht bekommen hatte.

»Oh, meine Webcam will mir jetzt erst einmal tief ins Auge schauen, bevor ich auf den Downloadlink klicken darf. Ihr seid schon echt eine vertrickste Hackerbande … aber ja, sieht gut aus. Ist genau das, was ich wollte. Jetzt muss ich nur noch eine Spur tiefer rein. Anna, kannst du Sven um eine Kopie von Symon bitten. Das ist ein geiles Analyseprogramm, an dem er im Rahmen seiner Masterarbeit bastelt.«

»Hast du eine Idee parat, wieso ich das als Jurastudentin brauchen könnte.«

»Sag mal, muss ich dir jetzt echt erklären, dass du ein Mädchen bist? Erzähl Sven einfach, dass dich dein Freund nur flachlegt, wenn du ihm 'ne Kopie von dem Programm besorgst. Kannst natürlich auch deine Freundin vorschieben, wenn er dich für 'ne Lesbe und nicht für 'ne Schlampe halten soll. Oder geh doch gleich den direkten Weg. Pack deine Möpse aus und lass Sven ein bisschen an ihnen rumspielen. So habt ihr alle was von.«

Das saß. Meine Dämme brachen. Keine Ahnung warum.

»Ich werde dir das Programm besorgen, Natalie, und schicke es dir dann per Post zu«, sagte ich mit dem bisschen Matter-of-Fact, das ich noch in meine Stimme einflechten konnte. Dann ging gar nichts mehr. Mindy legte ihren Arm um mich und begleitete mich nach draußen.

»Professor König?«, hörte ich noch Natalie Sir Ben auf einmal überraschend formell fragen. »Das, was Ihr Kollege diesem Mädchen angetan hat. Wusste er, was er da tut?«

»Ja, das wusste er.«

»Wie alt war sie?«

»Fünfzehn.«

»Das ist nämlich einer der Gründe, weshalb ich Ihnen helfe.«

»Kümmern Sie sich nicht um mich, Natalie. Beachten Sie mich gar nicht. Aber seien Sie bitte für Anna da.«

(Unterlassene) Hilfeleistung

....

Es ist schon unglaublich, wie viele wirklich böse Schimpfwörter einem einfallen, wenn morgens um 02:30 Uhr – also zu einer Zeit, zu der ja anerkanntermaßen nichts Gutes mehr geschieht – das Telefon klingelt und einfach nicht mehr aufhört, zu nerven. Natürlich hatte ich recht schnell einen Verdacht, wer mir da noch etwas mitteilen wollte, allerdings ging mir dieses Eindringen in meine Privatsphäre dann doch entschieden zu weit.

»Sir Ben!«, giftete ich ins Telefon.

»*Anna. Ich bin's. Natalie. Ich stecke in der Scheiße.*«

»Natalie. Was ist passiert? Wo bist du?«

»*Polizeirevier. Das an der Kohl-, Ecke Clinton-Allee. Hatte Hunger, aber die haben mich mit der Tüte erwischt. Konnte nicht abhauen. Die waren gleich zu viert und es gab 'ne Menge Überwachungskameras in der Notaufnahme. Keine Chance. Ich glaube, die hatten 'nen Tipp bekommen.*«

»Okay. Ich … ich bin gleich da. Ich lasse mir unterwegs etwas einfallen. Aber egal wie sehr die dich reizen, Natalie, bleib bitte ruhig.«

»*Ich zeig denen schon nicht meine Beißerchen, auch wenn die Kleine hier richtig Lust macht.*«

Es klackte. Stille. Natalie hatte aufgelegt.

»Anna? Was…? Ist etwas mit Natalie? Steckt sie in der Klemme?« Genau wie ich war Mindy mittlerweile hellwach, aber sie hatte natürlich nur die Hälfte des Gesprächs mitbekommen.

»Ja, das tut sie. Die haben sie beim Klauen von Blutkonserven erwischt und sie auf ein Polizeirevier gebracht. Was mir aber noch mehr Sorgen bereitet, ist, dass Natalie glaubt, dass man im Krankenhaus bereits auf sie gewartet hätte. Außerdem scheint sie eine der Polizistinnen ziemlich zum Anbeißen zu finden. Keine

Ahnung, wie lange sie sich noch unter Kontrolle hat. Ich muss da so schnell wie möglich hin und sie rausholen.«

»Ich komme mit.«

»Nein, das musst du nicht.«

»Quatsch. Du solltest um diese Zeit nicht mehr alleine raus. Aber hast du schon eine Idee, wie wir Natalie helfen können?«

Ich schaute mich um. Mein Blick fiel auf den Verbandskasten, den Mindy von ihrer letzten Erste-Hilfe-Stunde mitgebracht hatte.

»Ja, vielleicht«, antwortete ich. Dann beugte ich mich zur Seite und öffnete die Schublade meines Nachttischs. Drin lag die Dose mit dem Vampir-Abwehrspray und der gefälschte Personalausweis auf den Namen 'Anna Valdez'. An den hatte nach dem Absturzchaos niemand mehr gedacht. Ich packte beides in meine Handtasche und zog mich im Eiltempo um.

»Kannst du bitte noch den Verbandskasten mitnehmen. Ich brauche ihn vielleicht auf dem Revier«, bat ich noch Mindy, kurz bevor wir schließlich losgingen.

»Okay. Wollen wir laufen?«

»Nein. Wir nehmen ein Taxi. Das geht schneller. Vorne an der Ecke stehen auch um die Zeit meist ein oder zwei Wagen.«

• • • •

Ich fragte mich, ob es ein Zeichen meiner wohlbehüteten Naivität war, dass ich mich darüber wunderte, dass uns der Taxifahrer um diese Zeit zu einem Polizeirevier fuhr, ohne irgendwelche Fragen zu stellen. Aber gut, wahrscheinlich sah ich gerade wie ein treues Dummerchen aus, das für seinen besoffenen Freund nach einer Schlägerei wieder mal den Kopf hinhalten muss.

»Soll ich auf Sie warten?«, fragte der Fahrer.

»Nein. Danke. Ist noch nicht alles klar«, antwortete ich.

»Okay. Viel Glück«, meinte er dann, bedankte sich für das Trinkgeld und fuhr wieder los.

Wir gingen durch die Eingangstür in das Polizeirevier und liefen durch den langgezogenen, aber zum Glück gut beleuchteten Flur. An dessen Ende kamen wir an einer Art von Empfang an.

»Was kann ich für Sie tun?«, fragte uns eine junge Frau. Mädchen, sah die müde aus. Konnte ich ihr um 03:00 Uhr nicht verdenken.

»Guten Abend. Valdez. Ich bin hier wegen, hust, tut mir leid, blöde Allergie. Sie soll angeblich eine Blutspende gestohlen haben.«

»Was? Ach ja. Sie meinen sicher Natalie Harker. Frau Harker wird gerade verhört. Aber Entschuldigung, ich habe eben Ihren Namen leider nicht verstanden.«

»Anna Valdez. Ich vertrete Frau Harker.«

Ich sah die junge Frau vor mir an und hoffte, dass sie um diese Zeit genauso wenig Lust auf eine Diskussion hatte, wie ich. Sie müsste mich ja nur durchwinken, dann hätte sie wieder ihre Ruhe.

»Hier ist noch meine ID«, sagte ich und gab ihr den gefälschten Personalausweis. Sie betrachtete ihn nur oberflächlich. Ich hatte gewonnen.

»Tom. Das hier ist die Anwältin von Frau Harker. Kannst du sie nach hinten führen?«, bat die junge Frau einen Kollegen. »Du bist dran«, schob sie noch geheimnisvoll nach.

Dann ging es los. Mindy grinste mich an. Immerhin hatte ich bisher rein formell noch nicht allzu viel gelogen, oder?

• • • •

Wir wurden schließlich in das Bürozimmer geführt, in dem Natalie verhört wurde. Sie saß zwei Polizisten gegenüber. Einem recht fleischigen Mittfünfziger, der anscheinend das Verhör führte, und einer jungen Frau, die ich nicht älter als 20 schätzte und die wahrscheinlich erst vor ein paar Wochen ihre berufliche Laufbahn begonnen hatte. Sie fühlte sich sichtlich unwohl. Ihr Gesicht war blass und ich hatte das Gefühl, dass sie sich sehr viel Mühe geben musste, nicht gleich umzukippen.

Das war aber alles nichts gegen den giftigen Blick auf Natalies Gesicht. Natalie war übelst gelaunt. Richtig mies drauf. Okay, damit hatte ich gerechnet. Was mir allerdings richtig Angst machte, war das, was da noch unter ihrer Oberfläche brodelte: Wut, Aggression und ein unbeschreiblicher Hunger.

»Und Sie sind?«, begrüßte mich der Mittfünfziger. Vorstellen stand für ihn um diese Zeit anscheinend nicht mehr auf der Agenda.

»Anna Valdez. Ich vertrete Frau Harker.« Ich hatte mittlerweile auf brutal Matter-of-Fact geschaltet. Den Point-of-No-Return hatte ich ja ohnehin schon überschritten. Jetzt galt es nur noch, die Sache schnell durchzuziehen und danach wieder zu verschwinden. Aber so düster wie Natalie dreinblickte, würde das nicht einfach werden.

»Sie dürfen meinetwegen reinkommen, aber Ihre klei–«

»Danke, das ist wirklich sehr nett von Ihnen«, fiel ich dem Mann zuckersüß ins Wort und signalisierte Mindy, dass wir da natürlich nur gemeinsam hereingehen würden.

»Einen Moment bitte, mein Fräulein. Ich habe Ihnen nicht...«, meckerte der Kerl, aber ich lächelte ihn einfach nur freundlich an.

Es wurde lauter. Die Luft wurde dünner. Aber dann fiel der Blick der jungen Polizistin auf den Verbandskasten, den Mindy wie ein kleines Heiligtum mit seriöser Würde vor sich hertrug.

Die Polizistin sprach ihren Chef (oh Mann, die Arme!) vorsichtig an und er wurde für einen Moment ruhiger. Also tickte nun die Uhr. Ich musste schnell handeln und durfte mich nicht ablenken und erst recht nicht erwischen lassen.

Endlich stand ich vor Natalie. »Frau Harker, wie geht es Ihnen?«, sagte ich und Natalie schaute nicht mehr ganz so sauer. Wahrscheinlich fand sie es cool, mich beim Herumlügen beobachten zu dürfen.

Ich kniete mich vor Natalie. Ich schaute ihr in die Augen und krempelte den linken Ärmel ihrer Bluse hoch. Derweil stellte sich Mindy so hin, dass sie das Sichtfeld der beiden Polizisten blockierte. Super, das gab mir mehr Freiraum, allerdings verschlechterte es auch die Laune von dem Alten, denn der begann nun wieder, laut vor sich hin zu brummeln.

»Vertraust du mir?«, fragte ich Natalie. Ihr Blinzeln genügte mir als Antwort.

Ich hörte das wütende Schieben eines Stuhls. »So etwas muss ich mir auf meinem Revier nicht gefallen lassen«, polterte es von hinten. Dann hörte ich Schritte. Jetzt hatte ich nur noch wenige Sekunden Zeit – mehr nicht!

Ich blickte zur Seite. Mindy hatte den Verbandskasten geöffnet und hielt ihn mir hin. Ich schnappte mir ein Stofftuch, besprühte es mit dem Vampir-Abwehrspray und … und spürte einen Luftzug. Der ältere Polizist stand direkt hinter uns. Ich war zu langsam gewesen. Das war's.

»Etwas mehr Privatsphäre bitte«, raunzte Mindy den Kerl mit einer unglaublichen Arroganz in ihrer Stimme an. Wow! Das war ich nicht von ihr gewohnt. »Und ich hoffe, dass Sie sich vorhin auch gründlich die Hände desinfiziert haben, so wie Frau Valdez das eben vorbildlich gemacht hat. Alles andere wäre nämlich ziemlich verantwortungslos von Ihnen. Also Finger weg und ruinieren Sie ja nicht meine Ausrüstung. Die war teuer.«

Diese Schockwelle saß. Jetzt galt es, meine wahrscheinlich letzte Chance zu nutzen. Begleitet von dem Brabbeln des Polizisten fuhr ich mit dem noch feuchten Tuch an der Innenseite von Natalies Unterarm entlang. Ich spürte ihre Schmerzen wie einen elektrischen Schlag. Wir zuckten beide zusammen. Wir hielten beide durch.

»Nicht frech werden, kleines Fräulein«, raunzte der Polizist schließlich Mindy an und schob sich mit seiner Masse an ihr vorbei. »Und Sie erklären mit jetzt sofort, was Sie hier treiben.«

Der Mann schaute mich mit seinem immer roter werdenden Kopf von oben herab an. Aber gut. Konnte er gerne machen. Meine Vorbereitungen hatte ich getroffen. Dem Kerl würde ich es jetzt zeigen!

»Was? *Ich* soll mich vor *Ihnen* rechtfertigen? Nein, das muss ich nicht!«, sagte ich eiskalt. »Vielmehr sollten *Sie* bitte *mir* erklären, warum Sie Frau Harker aus der Notaufnahme hierher gezerrt haben und sich bisher niemand um ihre Brandsäureverletzung gekümmert hat? Haben Sie eine Ahnung, was passiert, wenn sich das hier entzündet? Das ist unterlassene Hilfeleistung. Dafür können Sie und alle anderen, die sonst noch daran beteiligt waren, hinter Gitter kommen. Aber das muss ich Ihnen sicherlich nicht erklären.«

Ich schaute für einen kurzen Moment auf Natalies verätzten Unterarm und dann dem Kerl wieder in die Augen. »Und wagen Sie es ja nicht, heute noch einmal laut zu werden oder jemanden in diesem Raum hier mit Fräulein anzureden. Wir beide sind jetzt nämlich auf formeller Protokollebene und Sie auf sehr dünnem Eis.«

Ich hörte ein '*Oh mein Gott*'. Es kam von der jungen Polizistin. Mindy war zur Seite gegangen und hatte auch ihr die Sicht auf Natalies Wunde freigegeben. Die Hand der jungen Frau war vor ihren Mund gefahren. »Aber? Man hat uns gesagt, sie hätte eine Blutspende stehlen wollen.«

»Unsinn. Frau Harker hat wegen ihrer Verletzung die Notaufnahme aufgesucht und ist dort vor Erschöpfung gestürzt. Sie hat versucht, ihren Sturz aufzuhalten und sich irgendwo festzuhalten. Dabei muss sie aus Versehen den Blutspendebeutel gegriffen haben, aber ich denke, wir sind uns alle einig, dass man diese Details nicht mehr mitbekommt, wenn man starke Schmerzen hat und die Welt sich um einen herum dreht. Es ist deshalb absolut inakzeptabel, dass Sie Frau Harker einfach einkassiert und ihr bisher die dringend benötigte medizinische Hilfe verweigert haben. Und bitte versuchen Sie jetzt erst gar nicht, mir erklären zu wollen, weshalb Sie die ganze Zeit über die Wunde übersehen haben.«

»Entschuldigung. Ich hole sofort unseren Ersthelfer.« Die junge Polizistin drehte sich zur Seite und stand auf. Da sah ich, dass auch sie verletzt war. Sie blutete aus einem hässlichen Riss am Ohrläppchen. Mehrere frische Blutflecken hatten bereits den blauen Stoff ihres Hemds lila gefärbt. Ich hatte eine dunkle Ahnung, dass das kein Zufall war.

»Nein, danke. Das müssen Sie nicht«, antwortete ich. »Wir bringen Frau Harker jetzt gleich wieder zurück ins Krankenhaus. Wir haben dort bereits angerufen. Aber was ist mit Ihnen? Wie ist das denn passiert?«

»Ich weiß nicht genau. Ich muss kurz vor dem Verhör irgendwo hängengeblieben sein. Da war ein Luftzug. Ich habe mich umgedreht und dann hat mir etwas den Ohrring herausgerissen. Es blutet seitdem ziemlich stark.«

»Dann sollten Sie jetzt am besten gleich zu Ihrem Ersthelfer gehen«, sagte Mindy zu der jungen Frau, hielt sie dann aber auf und ging mit ihrem Verbandskasten zu ihr. »Moment. Lassen Sie mich die Wunde ansehen. Autsch. Ihr Ohrläppchen ist glatt durchgerissen. Hier. Halten Sie den Stoff dran. Keine Sorge. Er ist desinfiziert.«

Mindy begann, mit einem zweiten Tuch die Wunde der Polizistin zu säubern, schaute dann aber kritisch. »Hmm, Sie haben recht. Es hört einfach nicht auf. Sickert weiter munter vor sich hin. Nein, da kann ich nicht mehr viel machen. Außerdem sollte das so schnell wie möglich genäht werden. Okay, hier ist noch ein sauberes Tuch. Legen Sie es über die Wunde und drücken Sie dabei ganz, ganz vorsichtig von der Seite drauf. Prima! Und jetzt gehen Sie wirklich in die Krankenstation. Und eins ist klar. Wer auch immer gewollt hat, dass Sie in diesem Zustand noch an der Befragung hier teilnehmen, der hat ziemlich rücksichtslos gehandelt. Mehr sage ich dazu nicht. Auch wenn es echt gerechtfertigt wäre.«

»Danke«, sagte die Polizistin und verließ den Raum.

Okay, damit war auch die Zeit für unseren Abgang gekommen. Allerdings musste ich vorher noch jemanden in seine Schranken weisen.«

»Frau Hartmann, helfen Sie bitte Frau Harker«, sagte ich zu Mindy. »Und Sie, Herr …?«

»Kellermann. Kommissar Gerhardt Kellermann.«

»Und Sie, Herr Kellermann, Sie geben mir jetzt bitte Ihre Visitenkarte. Nur für den Fall, dass ich noch Fragen haben sollte. Und vielleicht sieht man Sie ja mal die nächsten Tage über beim Blutspenden. Das wäre Ihre Chance, einiges wieder gut zu machen. Es ist nämlich nicht schön, wenn man verletzten Menschen immer nur eine reinwürgt.«

Okay Anna, jetzt gehst du wirklich an die Grenzen der Theatralik, ermahnte ich mich.

Aber es schien zu wirken. Leicht verunsichert drückte mir Kommissar Kellermann seine Karte in die Hand, hob das Telefon ab und erklärte jemandem am anderen Ende der Leitung, dass Frau Harker nun mit ihrer Anwältin und deren Assistentin gehen dürfe.

»Danke«, sagte ich.

Und jetzt nichts wie raus.

• • • •

»Du warst da drin ziemlich keck drauf«, sagte Mindy gut gelaunt, während wir mit Natalie auf ein Taxi zugingen. »Aber der Kerl hat es ja auch nicht anders verdient. Was für ein rücksichtsloser Knochen. Hast du gesehen, wie stark der Riss im Ohrläppchen seiner Kollegin geblutet hat? Das hat gar nicht mehr aufgehört. Da hätte er wirklich etwas Mitgefühl zeigen können.«

»So heftig blutet niemand unter normalen Umständen. Da war was faul«, sagte Natalie. »Und sie roch so gut…«

»Deshalb habe ich auch das hier nicht gleich entsorgt«, sagte Mindy und zog mit einem super stolzen Lächeln das Tüchlein aus ihrer Handtasche, mit dem sie die Wunde der jungen Polizistin abgetupft hatte. »Ich glaube nämlich, dass Natalie recht hat und dass da wirklich etwas nicht stimmt. Jemand hat dieses Mädchen als leckeres Appetithäppchen missbraucht. Das war alles geplant und das macht mich tierisch wütend. Sir Ben soll gleich morgen früh die Blutprobe analysieren lassen. Und natürlich auch diesen Kellermann durchchecken. Dank Anna haben wir ja sein Kärtchen mit frischen Fingerabdrücken.«

Ich grinste.

»Da vorne steht ein Taxi. Sollen wir dich wieder zu Valerys Villa fahren?«, fragte ich Natalie.

»Nein, ich laufe«, antwortete sie. »Da ist nur eine Sache. Ich habe meinen Schlüssel verloren.«

»Okay, aber wie…?«

Ohne ein Wort zu sagen, ging Natalie zu Mindy, öffnete den Verbandskasten und holte ein Pflaster heraus. »Kannst du mir mal helfen, die fummelige Folie aufzureißen? Ich pack das nicht.«

»Ja, klar«, sagte ich. Natalie gab mir das Pflaster und noch während ich mich wunderte, warum sie für so eine Kleinigkeit meine Hilfe benötigte, packte Natalie meine linke Hand und stach mir mit ihrem Zeigefingernagel tief in die Seite. Während ich wusste, dass ich keine Chance hatte, ihrem Griff zu entkommen, nahm mir Natalie mit einem leicht verachtenden Blick wieder das Pflaster ab und ließ etwas von meinem Blut auf dessen Innenseite tropfen.

»Hey! Dieses Herumgedrücke tut echt weh.«

»Ist doch schon wieder vorbei. Ich habe jetzt, was ich brauche. Und um dein kleines Wehwehchen kann sich ja das Eichhörnchen kümmern. Dann ist sie heute mal ausnahmsweise nicht ganz so nutzlos wie sonst«, sagte Natalie, faltete das mit meinem Blut getränkte Pflaster zusammen und steckte es in ihre Hosentasche. »Ich hau dann mal ab. Ach ja, gern geschehen!«

Einem Moment später war Natalie in der Dunkelheit verschwunden.

»Das war jetzt wohl ihre Art, sich bei dir zu bedanken«, sagte Mindy, während sie ein Pflaster auf meine Wunde klebte. »Nur nimm das bitte nicht persönlich, denn es war so super, wie souverän du da drin aufgetreten bist. Das konnte Natalie halt nicht so einfach zugeben. Schon gar nicht vor mir.«

»Danke. Nur gefällt mir der Teil mit der verletzten Polizistin genauso wenig wie dir. Etwas da drin hat ihr den Ohrring herausgerissen, kurz bevor sie zu der Befragung gegangen ist. Das war garantiert kein Zufall. Das war geplant. Bestenfalls wollte uns heute Nacht jemand zeigen, dass er uns im Visier hat, aber vielleicht wollte diese Person Natalie auch gleich über die Klinge springen lassen. Nein, egal wie spät es ist, ich rufe jetzt Sir Ben an. Wir müssen uns gleich morgen früh mit ihm treffen, damit wir ihm die Blutprobe der Polizistin und die Visitenkarte mit den Fingerabdrücken von Kommissar Kellermann geben können. Und dann müssen wir uns überlegen, wie wir nicht nur uns beide, sondern auch Natalie schützen können.«

BESCHÄFTIGUNGSTHERAPIE

••••

Am nächsten Morgen trafen wir uns bereits eine halbe Stunde vor Vorlesungsbeginn mit Sir Ben. Auch wenn er wirklich nicht der Typ war, der schnell belehrende Cry-Wolf-Panik predigte, so war er doch ziemlich besorgt und stimmte mir zu, dass jemand Natalie eine Falle gestellt haben musste. Im Idealfall, um mir eine Nachricht zukommen zu lassen; aber vielleicht auch schlicht und ergreifend, um Natalie dazu zu bringen, die Polizistin bei dem Verhör anzugreifen und dadurch unser aller Schicksal zu besiegeln.

Sir Ben versprach, die von Mindy ergaunerte Blutprobe und die Visitenkarte mit den Fingerabdrücken von Kommissar Kellermann sofort analysieren zu lassen. Er wollte auch weiterhin an seinem Plan festhalten, mit uns so schnell wie möglich nach London zu fahren. Wahrscheinlich bereits an dem vor uns liegenden Wochenende.

»Ich kann aber nur mitkommen, wenn ich weiß, dass Natalie während meiner Abwesenheit in Sicherheit ist«, sagte ich ihm.

»Was schlagen Sie vor?«, fragte er mich und signalisierte Zustimmung. Gut, denn für längere Diskussionen hatte ich jetzt wirklich keinen Nerv.

»Ich möchte, dass Natalie auf jeden Fall weiter in Valerys Villa wohnen darf. Und dort muss sie versorgt werden. Mit Telekommunikation. Mit Strom. Mit Nahrung. Natürlich werde ich meinen Teil dazu beitragen; und vielleicht könnten Sie ja wirklich ein neues Notebook für Natalie springen lassen?«

»Ich werde das alles in die Wege leiten«, antwortete Sir Ben. »Allerdings halte ich es für falsch, Natalie mit Blutkonserven zu versorgen.«

»Warum?«

»Vampire haben einen Jagdinstinkt. Den muss sie ausleben. Wir müssen deshalb zulassen, dass sich Natalie ihre Nahrung auch weiterhin auf ihre ganz spezielle Art und Weise besorgt. Alles andere würde sie als Almosen ansehen und sich nicht ernst genommen fühlen. Damit würden wir Ihre Freundin in eine tickende Zeitbombe verwandeln.«

»Und wenn sie wieder erwischt wird?«

»Diesmal sind wir vorbereitet. Wir werden die Securitysysteme der umliegenden Krankenhäuser überwachen und bei Bedarf einschreiten.«

»Okay, und wenn wir schon bei diesem Stichwort sind. Ich halte es für sinnvoll, ein Sicherheitssystem in Valerys Villa zu installieren.«

»Das wird niemanden allzu lange aufhalten. Zumindest nicht die Person, mit der wir es hier zu tun haben.«

»Darum geht es mir auch gar nicht. Ich möchte Natalie ein System im nächsten Baumarkt kaufen. So einen Set im Sparpack, den man noch selbst zusammenschrauben muss und dessen chinesische Anleitung von einem koreanischen Computerprogramm übersetzt wurde, das eigentlich nur kyrillische Buchstaben versteht. Denn das wird Natalies Ehrgeiz wecken und sie für eine Weile beschäftigen. Wenn ich gleich nach den Vorlesungen in diesen Laden in Bockenheim gehe und mich ein bisschen dumm stelle, dann bekomme ich garantiert so was angedreht.«

»Letzteres wird Ihnen sehr schwerfallen, aber ich bin einverstanden.«

»Und dann ist da noch etwas«, sagte ich und legte Sir Ben stolz einen USB-Stick auf den Tisch.

»Ist das das Analyseprogramm, das Natalie benötigt?«

»Ja, das ist es. Als wir heute Morgen vom Polizeirevier zurückkamen, sind wir auf dem Flur Sven Berger über den Weg gelaufen. Sven ist der Student, den Natalie erwähnt hatte. Der, der mit an diesem Mathematikprogramm schreibt und…«

»…und als Anna schon dabei war, sich zu verabschieden, da habe ich sie eben etwas in die Seite geschubst«, warf Mindy frech grinsend ein.

»Ja. So war das. Fünf Minuten später hatte ich das Programm und Sven hat nicht einmal gefragt, wofür wir es benötigen. Na ja, auf jeden Fall fahren wir heute noch einmal zu Valerys Villa und werfen den Stick ein.«

»Machen Sie das«, sagte Sir Ben. »Und haben Sie die nächsten Tage über bitte immer Ihre Papiere dabei. Ich brauche Sie jederzeit abrufbereit.«

In die Dunkelheit

....

Ich stand am frühen Freitagmittag in der Mensa der Rhein-Main-University an der Schlange zur Essensausgabe an. Mein Dozent hatte früher Schluss gemacht und uns gesagt, dass auch seine Nachmittagsvorlesung ausfallen würde, da er kurzfristig zu einen Gastvortrag in Hanau eingeladen worden war. Gut, das kann passieren und ich fand es auch gar nicht einmal schlecht. Immerhin hatte ich dadurch etwas mehr vom Wochenende und musste auch nicht so lange warten, bis ich drankam und zweimal das Freitagsmenü bestellen konnte. Einmal Fisch und einmal Spaghetti Bolognese. Das machten Mindy und ich immer so. Dann konnten wir uns die Sache schön teilen.

Aber als Mindy nur einen Augenblick später ebenfalls viel zu früh aus ihrer Vorlesung kam, wurden wir beide misstrauisch.

»Lass mich raten«, sagte Mindy und kam gleich auf den Punkt. »Dein Dozent musste auch schon los, weil man ihn überraschend zu einer Spendengala eingeladen hat?«

»Gastvortrag«, grinste ich und schaute auf die Uhr. Es war 11:45 Uhr. Irgendwie hatte ich das Gefühl, dass uns Sir Ben damit signalisieren wollte, dass wir bis zur Abfahrt noch in Ruhe essen durften. Echt nett von ihm.

Und genau so kam es dann auch. Gerade nachdem wir 45 Minuten später unsere leeren Nachtischschälchen auf das Tablett gelegt hatten, bekamen Mindy und ich eine SMS.

14:29 Uhr, ICE 14, Gleis 19 - Treffe Sie 16:00 Uhr am Kölner Dom - Ausweise nicht vergessen - Reisen Sie leicht

Sir Ben

»Denkst du, das wird die Tour nach London?«, fragte Mindy.

»Scheint so. Aber da wir noch in aller Ruhe fertig essen durften, gehe ich davon aus, dass die Fahrt diesmal einigermaßen ruhig verlaufen wird. Das ist immerhin ein kleiner Trost.«

Zwei Seufzer später standen wir vom Tisch auf, gingen zurück auf unser Zimmer und zogen uns für die Fahrt um. Ich packte zwei Bücher und ein paar Schreibsachen in meinen Reserverucksack. Aber was Mindy da gerade machte, das war keine so gute Idee.

»Lass die besser hier«, sagte ich zu ihr, als sie ihre geliebte Hello-Kitty-Handtasche über ihre Schulter schwang. »Pack deine Sachen ganz einfach bei mir mit dazu. Da ist noch genügend Platz drin.«

»Ja, danke«, sagte Mindy. Dann verließen wir das Wohnheim der Rhein-Main-University und nahmen ein Taxi zum Frankfurter Hauptbahnhof. Dort war bereits das für einen Freitagmittag übliche Reisegewusel ausgebrochen, aber wenigstens war es kein Problem, den ICE nach Köln aufzustöbern.

Als wir uns Gleis 19 näherten, piepsten noch einmal unsere Smartphones. Wir schauten uns die Nachricht an. Es war eine MMS mit einem Mobil-Ticket für die Fahrt nach Köln. Mit Sitzplatzreservierungen für die 2. Klasse.

Wir schauten auf den Wagenstandsanzeiger. Grrr. Arghh. Wir mussten ganz nach vorne bis direkt hinter die Lok. Es würde einen Moment dauern, bis wir da wären.

»Wir steigen bereits hier ein«, hörte ich eine mittlerweile sehr vertraute Stimme neben mir sagen, nachdem wir gerade einmal den zweiten Wagen passiert hatten.

»Sir Ben? Müssen Sie sich immer wie ein Ninja an uns heranschleichen? Ich denke, wir treffen uns erst in Köln?«

»Nicholas hoffentlich auch«, sagte Sir Ben beim Einsteigen. »Gehen Sie noch weiter durch. Nein, wieder zurück in die andere Richtung. Unsere Plätze sind im Wagen ganz hinten.«

Sir Ben führte uns schließlich zu einem Vierertisch in einem Großraumwagen. Wir nahmen Platz.

»Wie groß ist die Chance, dass Nicholas weiß, was wir gerade tun?«, fragte ich Sir Ben, nachdem der Zug losgefahren war. »Dass er uns folgt oder bereits in der Nähe ist, meine ich.«

»Nicholas kennt mich leider sehr viel besser, als mir das im Moment lieb ist«, antwortete Sir Ben. »Er wird versuchen, jeden meiner Schritte vorherzusehen. Auch die, die ich selbst noch nicht geplant habe. Eine gewisse Erfolgschance kann ich ihm dabei nicht absprechen. Wir müssen auf der Hut sein, bis wir in London eintreffen.«

»Deshalb also die kleine Täuschung mit dem Kölner Dom und den Reservierungen im vorderen Wagen. Wann genau haben Sie sich dafür entschieden?«

»Drei Minuten bevor ich Ihnen die MMS geschickt habe. Ich versuche einfach weiterhin die Chance, dass wir Nicholas zuvorkommen können, von 50,0 % auf 50,5 % zu erhöhen. So in etwa haben Sie das ja vor ein paar Tagen selbst formuliert.«

• • • •

Da ich nach einer Weile immer noch der festen Überzeugung war, dass wir mit dem Flugzeug nach London fliegen würden, machte ich mich für das Aussteigen bereit, als wir in den Frankfurter Flughafen einfuhren. Aber wir blieben erst einmal sitzen und Sir Ben ignorierte meinen fragenden Blick.

Ein paar Minuten später kontrollierte ein Schaffner unsere Fahrkarten. Sir Ben hatte sie wahrscheinlich erst kurz vor unserer Abfahrt gekauft, aber hmm, sie sahen irgendwie eine Spur komplexer aus, als die üblichen Tickets der Deutschen Bahn.

»Sie haben Ihre Personalausweise oder Ihre Reisepässe dabei?«, fragte uns der Schaffner schließlich und Sir Ben schaute ihn für einen Moment leicht misstrauisch an. Der Mann schien es zu bemerken. »Ich frage nur, weil es immer wieder Gäste gibt, die überrascht sind, wenn sie nach der Abfahrt aus Brüssel noch einmal aus Sicherheitsgründen kontrolliert werden.«

»Nach der Abfahrt aus Brüssel? Sir Ben, fahren wir etwa durch den Eurotunnel nach London? In diesem Zug hier? Wie haben Sie denn das geschafft?«, fragte ich, sowie der Schaffner aus Hörreichweite war.

»Damit habe ich ausnahmsweise einmal nichts zu tun. Die Deutsche Bahn hat vor ein paar Wochen den ganz regulären Betrieb durch den Eurotunnel aufgenommen und Lucy und ich waren der Meinung, dass dies im Moment der sicherste Weg ist.«

»Wow. Das wollte ich schon immer mal machen«, sagte Mindy. »Fahren wir direkt in die City?«

»Nicht direkt. In London kommen wir in St Pancras an. Von dort aus ist es nicht mehr weit bis zur Schule.«

»Aber ich darf Sie wahrscheinlich noch nicht fragen, wie es danach weitergehen wird, oder?«, warf ich ein.

Sir Ben schwieg, holte dann aber eine Mappe aus seinem Aktenkoffer heraus. Aha. Es gab also doch etwas an Wissen, das er mit uns teilen wollte. »Ich habe heute Morgen einen wirklich sehr interessanten Bericht in meiner Mailbox vorgefunden. Ihre Vermutung, dass auf dem Polizeirevier etwas nicht mit rechten Dingen zugegangen ist, hat sich bewahrheitet.«

»Dann war an den beiden Polizisten, die Natalie verhört haben, wirklich etwas faul?«, fragte ich.

»Nein, nicht wirklich. Gerhardt Kellermann und Monique Pelzer. Wir haben beide gründlich überprüft. Sie sind sauber, aber ihre Lebensläufe und ihre aktuellen Beurteilungen sind sehr aufschlussreich.«

»Inwieweit?«

»Kellermann ist ein knallharter Hund…«

»…hm-hmm…«, bestätigte Mindy.

»…aber Frau Pelzer hat erst vor drei Monaten ihre Ausbildung beendet. Sie gilt von ihrem psychologischen Gutachten her als eine Spur zu sanft. Allerdings ist sie eine ganz hervorragende Leichtathletin, was die Sache wieder ausgeglichen hat. Sie wurde nach ihrer bestandenen Prüfung Kommissar Kellermann zugeordnet und beide hatten die Nacht über ganz regulären Dienst.«

»Das heißt, dass falls Natalie dort wirklich in eine Falle gelockt worden war, dann hat der Fallensteller genau gewusst, dass sie auf dem Revier an jemanden geraten würde, der sie sehr hart rannimmt«, sagte ich.

»Ja, und an eine Süße, die sich noch nicht traut, etwas zu sagen«, ergänzte Mindy meinen Kommentar.

»Das ist korrekt. Aber es ist leider nur die Spitze des Eisbergs. Sehen Sie sich das hier an.« Sir Ben legte ein Gutachten und einen Tabellenausdruck auf den Tisch. Viel verstand ich davon erst einmal nicht, aber Sir Ben erklärte uns gleich, was die Daten bedeuteten. »Wir haben Spuren von Blutverdünnern und Gerinnungshemmern im Blut von Frau Pelzer gefunden. Von der Konzentration her im Bereich einer leichten Überdosis. An für sich harmlos, aber höllisch effektiv, wenn man sich verletzt.«

»Also hat jemand dem armen Mädchen das Mittel in den Kaffee geschmuggelt und ihr dann kurz vor dem Verhör den Ohrring herausgerissen«, antwortete ich. »Und natürlich hat sie sich nicht getraut, Kommissar Kellermann um eine Pause zu bitten. Sie ist trotz ihrer Schmerzen die ganze Zeit über bei dem Verhör dabeigeblieben.«

»Schmackhaft angerichtet als ein reizender Snack für eine übelst gelaunte Vampirin, der ohnehin schon der Magen geknurrt hat. Was für ein oberfieser Plan«, sagte Mindy. »Ha! Aber wir sind nicht drauf reingefallen. Und Natalie auch nicht!«, ergänzte sie noch stolz.

»Dass eine junge Vampirin solch eine Kontrolle an den Tag legt, ist sehr ungewöhnlich, und ich wünschte, ich könnte Natalie dafür uneingeschränktes Lob aussprechen«, sagte Sir Ben und lenkte damit das Gespräch in eine Richtung, die mir nicht gefiel. »Aber ich bitte Sie, nicht zu vergessen, dass die Motivation für Natalies Kooperation darin begründet liegt, dass sie verstanden hat, in welcher Gefahr sie selbst schwebt. Sie handelt vornehmlich nur in ihrem eigenen Interesse.«

»Natalie wusste schon immer sehr genau, was sie will«, antwortete ich leicht patzig, aber Sir Ben tat mir nicht den Gefallen, das Thema zu wechseln.

»Das hier ist nicht mehr die Natalie, die Sie kannten, Anna. Und selbst wenn sie im Moment Ihre emotionale Nähe sucht, dann tut sie das nur…«

»…dann tut sie das nur, weil ich dadurch verwundbar bleibe und sie so eines Tages besser zuschlagen kann. Darüber bin ich mir im Klaren«, antwortete ich jetzt ziemlich patzig.

Sir Ben machte eine für ihn ungewöhnlich lange Pause. Etwas arbeitete in ihm und er schien seine nächste Antwort sehr genau formulieren zu wollen. »Es gibt natürlich auch noch ein Element in Natalie, das sich Ihrer alten Freundschaft bewusst ist und das Sie selbstlos schützen möchte. Es tut mir leid, falls ich eben eine Grenze überschritten haben sollte, aber ich möchte Ihnen ganz einfach nur empfehlen, wachsam zu sein. Hoffnung hält uns am Leben, aber sie kann uns auch das Herz brechen.«

Ich schwieg für eine ganze Weile. Meine Emotionen in den Griff zu bekommen, wenn die Sprache auf Natalie kam, das war etwas, das ich noch nicht schaffte und tief in meinem Inneren auch niemals schaffen wollte. Diese Tränen würden ein Teil meines Lebens bleiben, aber zum Glück gab mir Sir Ben immer das Gefühl, dass er mich verstand. Dass es okay war.

••••

Wie angekündigt wurden unsere Ausweise kurz nach der Abfahrt in Brüssel noch einmal kontrolliert. Das dauerte aber nicht lange, denn außer uns saß kaum noch jemand in dem Wagen.

»Meine Kollegen in London haben kurz vor unserer Abfahrt versucht, die bestehenden Sitzplatzreservierungen umzuleiten«, meinte Sir Ben, der meinen suchenden Blick richtig gedeutet hatte. »Wir haben es auch bald geschafft. Wir sind nur noch knapp eine Stunde unterwegs. 20 Minuten davon im Eurotunnel.«

»Darf ich Ihnen etwas zu trinken bringen?«

Häh? Ich blickte zur Seite. Eine junge Schaffnerin, die ich bisher noch nicht gesehen hatte, hatte uns angesprochen. Sie hatte einen leichten Akzent. Wahrscheinlich war sie Belgierin. Ich bewunderte immer wieder deren Sprachtalent.

Sir Ben sah uns einladend an.

»Ja. Einen Latte Macchiato, bitte«, antwortete ich also. Mindy bestellte noch einen Kaffee und Sir Ben ein Bitter Lemon.

»Sehr gerne«, sagte die Schaffnerin und verschwand erst einmal wieder in einem der vorderen Wagen.

Ich nutzte die Wartezeit auf die Getränke, um mich noch einmal umzusehen. Wenn ich mich richtig erinnerte, dann hatte uns Sir Ben schließlich in den hintersten Wagen des Zugs geführt.

Außer uns waren nur noch fünf weitere Passagiere in dem Großraumwagen. Zwei Mittvierziger, die gelangweilt mit ihren Tablets spielten; ein junger Mann, dessen verwirrter Blick suggerierte, dass er wohl die Bedienungsanleitung seines Smartphones verlegt hatte; und zwei Businessanzüge, die mit todernster Miene an ihren Notebooks arbeiteten.

Keine fünf Minuten später brachte uns die Schaffnerin unsere Getränke, bediente anschließend noch die beiden Notebook-

Passagiere und verließ dann wieder den Wagen. Hier gab es ja auch nichts mehr für sie zu tun.

Allerdings wurde ich einen Moment später auch ein ganz kleines bisschen eifersüchtig und gab Mindy einen leichten Schubs, damit sie sich das ansehen konnte: Die beiden Tabletmänner hatten doch wirklich feinen Tee und einen marmorierten KiBa vor sich stehen. Aber hatten die überhaupt etwas bestellt? Anscheinend ja, denn das verführerische Aroma der beiden Getränke konnte man bis hierher riechen.

»Den hätte ich auch bestellt, wenn ich ihn auf der Karte entdeckt hätte«, seufzte Mindy.

Ja, wenn und … und was! Feiner Tee und marmorierter KiBa? Nein, noch einmal würde ich auf diesen Trick nicht hereinfallen. Außerdem hatte die Schaffnerin den beiden wirklich nichts gebracht. Dessen war ich mir ganz sicher. Also stimmte hier wieder einmal etwas nicht.

Ich versuchte, Sir Ben subtil auf unseren Verdacht aufmerksam zu machen. Er verstand mich nach einer Weile und drehte sich zu den beiden Männern um, schien aber erst einmal nichts Verdächtiges an ihnen zu finden.

Dann aber geschah etwas, dass meinen Magen wieder einmal auf Achterbahnfahrt schickte. Wie in einem dieser Morphingvideos verwandelten sich die beiden eigentlich recht attraktiven Männer in zwei Wesen, deren Alter ich nicht wirklich einschätzen konnte und die am Schluss ganz ehrlich so aussahen, als ob sich Pierce Brosnan und Gollum einmal ziemlich lieb gehabt und dabei dieses Geschwisterpärchen in die Welt gesetzt hätten.

Auch die verräterischen Getränke der beiden Wesen verwandelten sich. Statt Tee und KiBa stand nun eine rotglibbernde Brühe vor ihnen. Sie roch nach Eisen. Ich wusste, was das bedeutete.

Ich hörte ein Klacken. Ich sah zur Seite. Der junge Mann, der bis eben noch unbeholfen mit seinem Smartphone gespielt hatte, legte es vor sich auf die Ablage. Eine zweite Verwandlung setzte ein und ich blickte schließlich in die Augen eines wesentlich älteren Mannes. Eines Mannes, der genau wusste, was er wollte, und der nie und nimmer verhandeln würde, wenn es um sein Ziel ging, mich an ihn zu reißen.

Dann ging das Licht aus. Wir fuhren in den Eurotunnel.

DAHINTER

· · · ·

Dunkelheit blendete meine Sinne. Wir rauschten durch das Nichts. Schließlich wurde die Halogenbeleuchtung in dem Zug aktiviert und meine Wahrnehmung kehrte zurück.

Nicholas stand von seinem Platz auf. Er war wütend. »Ihr Idioten«, schrie er die beiden Dämonen – oder was auch immer das für Biester waren – an und lenkte damit die Aufmerksamkeit der beiden anderen Männer auf sich, die noch mit uns im Großraumwagen saßen. Leicht genervt blickten sie von ihren Notebooks hoch in unsere Richtung. Sie gehörten also anscheinend nicht zu Nicholas' Team.

Dann ging alles ganz schnell. Nicholas holte eine Pistole aus seinem Sakko und tötete die beiden Männer mit einem Schuss zwischen die Augen. Lautlos. Nichts war zu hören. Das Auslöschen dieser beiden Leben dauerte nicht länger als ein Augenblinzeln.

Mindy wollte schreien, aber der ermahnende Blick, den Sir Ben ihr zuwarf, sprach Bände. Würden wir jetzt signalisieren, dass hier im hinteren Wagen etwas nicht stimmte, dann würde die Schaffnerin nach dem rechten sehen und auch ihr Leben verlieren.

»Du bist tief gesunken, mein Freund, wenn du dich jetzt schon freiwillig mit Illusionsleeches abgibst«, sagte Sir Ben und beantwortete damit zumindest eine meiner Fragen.

Ohne etwas zu erwidern, kam Nicholas auf uns zu. Einen Moment später spürte ich die Mündung seiner Waffe an meiner Schläfe. Eine Legierung aus Hitze und Tod brannte sich in meine Haut.

»Du hast doch immer doziert, dass man sich mit ein bisschen Freundlichkeit den einen oder anderen Gefallen auf sein Konto gutschreiben lassen kann. Nun, heute ist Zahltag. Die beiden leisten nur ihre Schuld ab. Also danke für den Tipp, alter Mann.«

»Nur scheinen sie nicht gerade zu den intelligentesten ihrer Art zur gehören. Was hilft einem die beste Illusion, wenn man bei alltäglichen Kleinigkeiten patzt und damit zu früh die Aufmerksamkeit auf sich lenkt.«

Einer der beiden Illusionsleeches fauchte.

»Ja, das war wirklich etwas dumm, aber ich war ohnehin dabei, mit dieser Unterhaltung hier zu beginnen. Allerdings sollten wir uns noch ein bisschen Freiraum schaffen, bevor wir loslegen. Steh auf!«

Nicholas packte mich an der Schulter und zog mich von meinem Sitz hoch in den Gang. Ich stolperte. Es schien ihm vollkommen egal zu sein.

»Benjamin, du und die Kleine, ihr tauscht jetzt die Plätze.«

Kommentarlos folgten Mindy und Sir Ben Nicholas' Anweisung. Danach saß Sir Ben an unserem Vierertisch in Fahrtrichtung auf dem Fensterplatz und Mindy saß gegen die Fahrtrichtung auf dem Gangplatz.

Nicholas gab einem der beiden Leeches ein Zeichen. Der stand von seinem Platz auf und stellte sich in der Sitzreihe hinter uns direkt hinter Sir Ben. Fordernd streckte er die Hand aus und zappelte mit seinen Spinnenfingern vor Sir Bens Gesicht herum.

»Ich hoffe, du erinnerst dich an die Ergebnisse von unseren Reaktionstests«, sagte Nicholas zu Sir Ben und erhöhte stoßartig den Druck, mit dem er seine Waffe an meine Schläfe presste. Es tat weh. Ich konnte es nicht verbergen.

Sir Ben verstand. Langsam griff er in seine Sakkotasche und reichte dem Leech eine mittelgroße Pistole. Wow, keine Ahnung, was passiert wäre, wenn man die vorhin bei den Ausweiskontrollen entdeckt hätte.

Nicholas schubste mich zurück in meinen Sitz. Gang in Fahrtrichtung. Gegenüber von Mindy. Neben Sir Ben. Aber die

Hoffnung, dass wir jetzt erst einmal vernünftig und ohne Gewaltandrohung miteinander reden könnten, die verflog sofort. Nicholas riss ein Kissen von einer Kopflehne ab, legte es Mindy auf den Bauch und presste seine Pistole feste herein.

»Nein…«, schrie ich so leise wie möglich.

»Hier geht es doch nur um uns beide, Nicholas«, sagte Sir Ben. »Lass die Mädchen nach vorne gehen. Ich werde sie anweisen, nichts zu unternehmen, bis sie in London angekommen sind. Sie werden sich daran halten. Dann hast du genügend Zeit, diesen Wagen hier abzukoppeln und es zu beenden.«

»Unsinn«, antwortete Nicholas. »Hier geht es um sie. Hier geht es nur um sie. Sie mag zwar nicht einmal im Ansatz so nützlich sein, wie ich gehofft hatte, aber in den Händen von Lucy kann ich sie trotzdem nicht gebrauchen. Und nachdem ich noch einmal eine Nacht über der ganzen Sache geschlafen habe, da denke ich, dass drei bis fünf Kilometer immer noch besser sind als gar nichts. Außerdem müssen wir uns doch ohnehin nicht die Mühe machen, aktiv nach Valery zu suchen. Ich bin mir nämlich sicher, dass wenn mich Anna jetzt nach Australien begleitet und ich dort anfange, ihr wehzutun, dann wird Valery das früher oder später mitbekommen und schleunigst nach dem Rechten sehen wollen. Auch für den Teufel ist Blut immer noch dicker als Wein.«

Ohne Vorwarnung erhöhte Nicholas den Druck, mit dem er seine Pistole in Mindys Magen presste. »Mach ihr klar, was das für eine Sauerei gibt, Benjamin«, sagte er und begann, gnadenlos von 'fünf' abwärts zu zählen.

»Ich komme mit«, sagte ich, bevor Nicholas zu 'drei' ansetzen konnte.

Für einen Moment musterte Nicholas mich misstrauisch.

»Wenn Sie wirklich aus dem gleichen Holz geschnitzt sind, wie Sir Ben, dann muss ich Ihnen sicherlich nicht erklären, dass ich zu meinem Wort stehen werde. Außerdem wissen Sie doch ganz genau, was Valery mir angetan hat. Warum also sollte ich ein

Problem damit haben, Ihnen zu helfen? Das habe ich nicht. Valery muss vernichtet werden. Nur lassen Sie bitte meine Freunde und andere unschuldige Menschen am Leben.«

»Einem kleinen Schulmädchen muss ich gar nichts versprechen«, erwiderte Nicholas kalt. Aber wenigstens hatte er aufgehört, zu zählen. Er verringerte sogar den Druck, mit dem er seine Pistole in Mindys Magen presste. Aber er verringerte ihn nur.

Nicholas nickte dem zweiten Illusionsleech zu. Der stand auf, kam zu uns, packte mich am Ärmel und zog mich hoch.

»Ich habe doch gesagt, dass ich mitkomme«, sagte ich mit sachlicher Kälte zu dem Leech. Ehrlich gesagt hatte ich sogar Lust, ihm eine zu kleben, aber das wäre garantiert nicht gut angekommen.

»Lass sie los«, befahl Nicholas. »Aber denke immer daran, Anna, dass du für mich nicht mehr bist, als nur ein kleines Werkzeug. Falls du also während unserer Mission auf die Idee kommen solltest, ein Eigenleben zu entwickeln, dann werde ich meinen beiden Freunden hier erlauben, mit dir zu spielen. Solange sie dich dabei nicht kaputtmachen, dürfen sie mit dir tun, was auch immer sie wollen. Habe ich mich klar ausgedrückt?«

Ich schwieg.

»Zwinge mich nicht, deinen Stolz zu brechen«, flüsterte mir Nicholas noch ins Ohr, dann wandte er sich wieder an den Leech, der mich mittlerweile nur noch gaffend bewachte. »Bring sie in den vorderen Wagen. Nein, warte. Erst einmal nur in das Verbindungssegment. Ich muss hier noch etwas erledigen.«

Das war es dann. Ich folgte dem Leech. Ich entfernte mich Schritt für Schritt von Mindy und Sir Ben. Tränen sammelten sich in meinen Augen. Ich ließ sie raus. Ich wusste, dass wir verloren hatten.

TRENNUNG

....

Als wir nur einen Augenblick später in dem ziehharmonikaartigen Verbindungssegment zwischen den beiden Wagen angekommen waren, hörte ich Geräusche. Ein Schleudern. Mindy stieß einen unterdrückten Schrei aus.

»Tu das nicht, Nicholas. Dann wird sie nicht mehr mit dir kooperieren«, hörte ich Sir Ben sagen.

Ich drehte mich um und sah, was los war. Nicholas hatte Mindy gepackt und sie auf meinen alten Sitzplatz geworfen. Sie saß jetzt in Fahrtrichtung auf dem Gangplatz. Neben Sir Ben, der immer noch von dem Leech bewacht wurde, der hinter ihm stand.

Nicholas entfernte sich zwar mittlerweile von den Dreien und ging rückwärts durch den Gang in unsere Richtung, aber er hatte seine Waffe weiterhin auf Mindy gerichtet.

»Über ihren Willen, mir zu helfen, musst du dir keine Gedanken machen, Benjamin«, antwortete Nicholas. »Es gibt nichts, was man nicht mit ein paar Runden Stockholm-Syndrom und etwas Suggestion ganz schnell wieder aus der Welt schaffen kann. Du wirst deine kleine Anna gar nicht mehr wiedererkennen.«

»Darum geht es doch gar nicht«, sagte Sir Ben.

»Richtig, mein alter Freund. Jetzt geht es erst einmal nur um dich. Ich möchte nämlich, dass du dich bis zum Ende deines Lebens an dein Versagen erinnerst. Was ziehst du diese Mädchen auch in unsere Welt hinein? Die beiden werden nun deine Rechnung begleichen. Jede mit ihrem ganz individuellen Beitrag.«

Nicholas kam schließlich auch in dem Verbindungssegment an. Mir fiel auf, dass die Tür in den vorderen Wagen verschlossen war und dass dort glücklicherweise niemand mitzubekommen schien, was sich hier gerade abspielte. Ich hoffte nur, dass keiner von den anderen Fahrgästen den Drang verspürte, auf die Toilette zu gehen. Neben der stand ich nämlich gerade.

Nicholas schien meinen besorgten Blick zu verstehen. »Aus genau diesem Grund sollte man immer einen Illusionsleech dabei haben«, sagte er. »Dieser Wagen und wir existieren im Moment für die Menschen da vorne nicht; und es liegt voll und ganz bei dir, Anna, ob das auch so bleiben kann.«

Dann ignorierte mich Nicholas wieder. Während er mit seiner rechten Hand seine Waffe immer noch unablässig auf Mindys Stirn zielen ließ, holte er mit seiner linken Hand ein Smartphone aus seiner Sakkotasche und hielt es an einen verschlossenen, mit Glas abgedeckten Schaltkasten an der Seitenwand. Dort leuchteten ein paar LEDs erst grün auf, wechselten dann in ein blinkendes Rot über und erloschen schließlich.

»Geh einen Schritt zurück. Mach schon! Ich muss mich noch um den Ballast kümmern«, befahl Nicholas und stieß mich in Richtung der Tür des vorderen Wagens.

Dann geschah erst einmal gar nichts, aber auf einmal wurden die Fahrgeräusche des Zuges immer lauter und zwei Meter vor mir bildete sich im Boden des Verbindungssegments ein immer größer werdender Spalt. Jetzt verstand ich, was Nicholas an dem Schaltkasten gemacht hatte. Er hatte den hinteren Wagen abgekoppelt. Langsam … ganz, ganz langsam verlor dieser an Geschwindigkeit und entfernte sich Zentimeter für Zentimeter von uns.

Aber meine Hoffnung, dass Nicholas nun Mindy und Sir Ben in Ruhe lassen würde, erfüllte sich nicht. Nicholas zielte mit seiner Waffe weiterhin auf Mindy und ließ dabei seinen Blick zwischen ihr und Sir Ben hin- und herpendeln. Der Leech, der in dem nun abgekoppelten Wagen immer noch in der Sitzreihe hinter Sir Ben stand, hatte seine Hände auf Sir Bens Schultern gelegt, aber Sir Ben schien das nicht zu interessieren. Er war vollkommen entspannt. Er wartete ab. Ich wusste, dass er bereits damit begonnen hatte, sein

Spiel mit Nicholas zu spielen. Ein Spiel, in dem es darum ging, mit einer Wahrscheinlichkeit von im Idealfall 50,5 % den Moment abzupassen, in dem Nicholas schoss, um sich so schützend vor Mindy werfen zu können.

Nicholas spannte seinen Zeigefinger an. Gleich würde er abdrücken. *Nein! Mindy!*

Ich musste Zeit gewinnen. Die Chancen verschieben. Ganz egal, wie klein mein Beitrag dafür auch sein würde, ich musste handeln. *JETZT SOFORT!*

Ich schloss mein Gehirn kurz. Ich ließ alles raus. Ich dachte an Mindy. Ich dachte an das, was gleich geschehen würde. Ich dachte an den Moment, in dem ich Natalie gefunden hatte. Ich dachte an das Ende meines Flugs im Eurofighter. Ich dachte an die beiden toten Männer in dem hinteren Wagen, der sich Millimeter für Millimeter unaufhaltsam von mir entfernte und meine Freiheit mit sich nahm.

Das alles war zu viel für mich, aber es zeigte seine erhoffte Wirkung. Ich machte ein sehr überzeugendes Würgegeräusch und rannte zu der Toilette in der Seitenwand neben mir. Ich nahm wahr, dass sich Nicholas nach mir umdrehte. Er folgte mir 1 ½ Schritte, aber als ich die Tür aufriss, ließ er von mir ab.

Ich stürzte in den kleinen Raum, knallte die Tür zu und schob den Sperrriegel vor. Für einen kleinen Moment war ich wieder sicher und hatte etwas Kontrolle über mein Leben zurückerlangt.

Draußen hörte ich Nicholas. *»Nein, schon gut. Lass sie. Die kommt nicht raus. In diesen Zügen kriegst du keine Fenster auf. Falls sie es doch schafft, dann wird sie als ein paar hundert Meter Wandanstrich enden.«*

Ich schloss die Augen. Ich lauschte. Ich versuchte, mir ein Bild von dem zu machen, was da draußen gerade geschah. Ich startete einen inneren Film. Ich stellte mir vor, wie Nicholas vielleicht einen halben Meter neben der Toilettentür stand und seine Waffe hob. Ich stellte mir vor, wie er auf Mindy zielte. Ich stellte mir vor … ich sah, wie er den Abzug durchzog. Das war der Moment, in dem ich wieder die Augen öffnete und in das Spiel mit einstieg.

Ich riss den Sperrriegel zur Seite und stieß die Tür auf. Sie knallte an Nicholas' rechte Hand. Ein schallgedämpfter Schuss ging los. Die Kugel jagte in die Decke des ICEs und die Waffe wurde in hohem Bogen in den hinteren Wagen geschleudert, wo sie nach ihrem Aufprall auf den Boden wirbelnd in Richtung Sir Ben schlitterte.

Ich … ich fasste es nicht! Ich hatte Nicholas entwaffnet – und das genau im richtigen Moment. Aber die Quittung dafür ließ nicht lange auf sich warten. Nicholas packte mich an der Bluse, riss mich nach vorne und schlug mir die Hand ins Gesicht. Es ging schnell. Ich wusste nicht einmal, wo er mich getroffen hatte.

Ohne Orientierung stürzte ich nach hinten, knallte mit meinem Rücken flach gegen die Wand und rutschte bewegungslos nach unten.

Mit dem bisschen an Wahrnehmung, das mir noch geblieben war, sah ich, dass im hinteren Wagen ein Wettrennen der ganz besonderen Art begonnen hatte. Der Leech, der bis eben noch Sir Ben bewacht hatte, sprang aus der Sitzreihe hervor, schnappte sich die Waffe, die jetzt einen Meter vor ihm zum Stillstand gekommen war und rannte mit ihr nach vorne, um sie Nicholas zuzuwerfen.

Aber ich konnte nichts tun, um den Leech aufzuhalten. Ich lag immer noch orientierungslos auf dem Boden des Verbindungssegments und jedes in meinen Körper stechende Ruckeln des Zuges legte einen immer größer werdenden schwarzen Schleier über meine Augen. Ich durfte nicht …

Ich spürte etwas an meinen Fingerspitzen. Es war Nicholas' Smartphone. Das Gerät, mit dem er die Schalttafel an der Innenwand manipuliert und das Abkoppeln des hinteren Wagens eingeleitet hatte. Es lag neben mir auf dem Boden. Nicholas muss es fallengelassen haben, als ich ihm mit der Toilettentür die Pistole aus der Hand geschlagen hatte; oder vielleicht ist es ihm auch aus der

Tasche gerutscht, als er mich niedergeschlagen hatte. Diese Vorstellung gefiel mir besonders gut, denn das wäre poetische Gerechtigkeit gewesen.

Und dieser freche Gedanke ließ noch einmal eine Welle von Aufmerksamkeit und Energie durch meinen Körper jagen. Wahrscheinlich war das der berühmte Adrenalinstoß. Ich vergaß meine Schmerzen. Ich nahm alles um mich herum mit einer noch nie erlebten Klarheit wahr, und ich hatte schließlich den Eindruck, dass ich mich in einer im Zeitlupentempo drehenden Welt weiterhin mit normaler Geschwindigkeit bewegen konnte.

»Mach schon«, rief Nicholas dem auf ihn zurennenden Leech zu. Dieser holte zum Wurf aus und…

…und ich schnappte mir Nicholas' Smartphone und warf es so fest wie ich konnte in Richtung des Kopfs des Leeches.

Ich traf ihn an der Schläfe, aber es war zu spät. Er hatte die Waffe bereits einen Augenblick zuvor zu Nicholas geworfen.

Trotzdem lenkte der Schlag den Leech ab. Er stolperte, rutschte den Boden entlang und fiel kopfüber in die jetzt vielleicht 90 cm große Lücke zwischen den beiden Wagen. Ich hörte seinen Schrei. Einen Augenblick später spritzte grüner Schleim aus dem Spalt heraus und bedeckte den Boden beider Wagen.

»Lass sie mich zerreißen«, fauchte der überlebende Leech Nicholas an.

Und nun? Wohin? Ich schaute mich um. Der Spalt zwischen dem vorderen Zugteil und dem abgekoppelten hinteren Wagen war jetzt vielleicht einen Meter breit, aber er vergrößerte sich zusehends. In wenigen Augenblicken wären Mindy und Sir Ben für mich unerreichbar. Das war es also. *Jetzt oder nie!*

Eine zweite Welle von Adrenalin schoss durch meinen Körper. Ich schnellte hoch. Ich ignorierte die Schmerzen, wandelte sie in Antriebskraft um und sprang. Es war nur etwas mehr als ein Meter. Das war zu schaffen.

Etwas packte meinen Fußknöchel. Ich blieb in der Luft hängen. Der Boden raste auf mich zu. Ich schlug längs auf. Ich schnappte nach Luft. Meine Hände suchten nach Halt. Sie fanden ihn nicht.

Ich war gleichzeitig in drei Welten gefangen. Meine Füße hingen immer noch in dem vorderen Wagen. Nicholas hielt sie erbarmungslos fest. Seine Intention war klar. Wenn er mich nicht haben konnte, dann sollte mich niemand haben.

Meine Fingernägel krallten sich in den Bodenbelag des hinteren Wagens. Sie hatten keine Chance. Millimeter für Millimeter verloren sie an Halt. Es tat höllisch weh. Eins meiner Handgelenke schien ausgerenkt.

Die Mitte meines Körpers schwebte über dem immer größer werdenden Spalt unter mir. Dort wartete der reißende Tod auf mich. Die Luft, die von unten hochjagte, verbrannte meine Lungen. Der Lärm zerbarst mein Trommelfell. In ein paar Augenblicken würde das Ende meiner Existenz für immer mit der Geschichte des Eurotunnels verbunden sein.

TRAUMA

••••

Nein, nicht aufgeben! Ich trat nach hinten aus. Ich versuchte, Nicholas zu verletzen. Keine Chance. Im Gegenteil. Mit jeder meiner Bewegungen verloren meine Hände Halt.

Der hintere, abgekoppelte Wagen entfernte sich weiter von dem vorderen Teil des Zuges. Jetzt schwebten bereits meine Ellenbogen über dem sich immer weiter öffnenden Spalt. Meine Unterarme schmerzten. Sie glitten über die vibrierende Eisenkante mehr und mehr ins Nichts. Ich wusste, dass ich mich nicht mehr lange halten konnte. Gleich würde ich abrutschen. Mir vorher noch alles brechen und alles in Zeitlupe mitbekommen, wenn ich Pech hätte. Nur noch ein paar Sekunden, dann wäre…

Etwas packte mich vorne an den Händen. Hielt meinen Sturz auf.

»Du willst sie also gerecht mit mir teilen. Auch gut, dann bekommt jeder ein Stück von ihr«, rief Nicholas.

Ich hob meinen Kopf und schaute hoch. Sir Ben lag vor mir. Die Finger seiner linken Hand umschlossen fest eins meiner Handgelenke. Mit seiner rechten Hand hielt er sich an einer Sitzverankerung fest, aber er lehnte sich dabei demonstrativ nach vorne. Verdammt, er gab eine viel zu perfekte Zielscheibe ab.

»Sch … ie … g!«

»Was?«

»…des Leeches. Sein Schleim ist schmierig«, wiederholte Sir Ben.

Ich verstand. Ich schlitterte mit meinem freien Bein hin und her. Vielleicht würde ich es ja schaffen, etwas von dem Schleim des Leeches auf den Fußknöchel zu schmieren, an dem mich Nicholas festhielt.

»Braves Mädchen«, flüsterte Sir Ben. »JETZT!«,rief er einen Moment später nach hinten.

Ich hörte ein schreckliches Schreien. Ein Schuss fiel. Sir Ben zuckte und ich wurde nach hinten ... nach vorne ... also vorne über in den hinteren Wagen geschleudert. Ich war wieder frei. Ich war in atemberaubendem Tempo dem Griff von Nicholas entglitten. Aus meinen Augenwinkeln heraus sah ich noch, wie er zusammen mit dem Illusionsleech in der Dunkelheit des Eurotunnels verschwand.

Aber es war noch nicht vorbei. Begleitet von einem anhaltenden Schreien riss mich eine unsichtbare Kraft noch einmal mit aller Gewalt nach vorne. Wieder auf den Spalt zu. Meine Füße ... meine Beine glitten erneut ins Nichts. Gleich würde ich ihnen folgen.

Funken sprühten. Sie stachen in meine Haut. Sir Ben packte noch fester zu. Er verzog sein Gesicht vor Schmerz und wurde mit mir nach vorne gezogen. Er griff nach der nächsten Sitzverankerung. Er verlor den Halt. Er fand ihn wieder. Dann wurde es ruhig. Das Schreien verstummte. Der Sog gab auf und das Feuerwerk erlosch. Nichts bewegte sich mehr. Der Geruch von geschmolzenem Metall und verbranntem Plastik drang in meine Sinne ein.

Sir Ben und ich lagen im Gang des zum Stillstand gekommenen, abgekoppelten ICE Wagens. Ich krabbelte nach hinten. Weg von dem Spalt, der es eben fast doch noch geschafft hätte, mich zu verschlingen.

Mindy rannte auf uns zu. Sie kümmerte sich zuerst um Sir Ben. Das war auch nötig.

»Sie sind verletzt«, sagte Mindy.

»Ist nicht wild. Sauberer Streifschuss«, antwortete Sir Ben. »Die Reaktionstests von Nicholas waren wirklich immer rekordverdächtig und darauf konnte er auch sehr stolz sein, allerdings verliert er an Präzision und Zielsicherheit, wenn er abgelenkt ist.«

»Aber mussten Sie ihn wirklich so lange provozieren, bis er auf Sie schießt?«, schnauzte Mindy Sir Ben fast an.

»Ja, das war Annas letzte Chance, sich aus seinem Griff zu befreien. Und keine Angst. So wütend wie Nicholas im Moment auf mich ist, bin ich wirklich der allerletzte Mensch auf diesem Planeten, den er töten möchte.«

Was? Was meint er? Ich schaute Sir Ben an und hatte den Eindruck, dass er uns gerade ungewollt für einen winzigen Augenblick eine Tür in seine Vergangenheit geöffnet hatte. Aber dann schwieg er. Ich verstand. Jetzt war Zeit für Sachthemen.

»Wie haben Sie es geschafft, den Wagen so schnell anzuhalten?«, fragte ich.

»Ihre Freundin hat die Notbremse gezogen. Das war die beste Möglichkeit, Nicholas loszuwerden und mir gleichzeitig den Impuls zu geben, Sie herüberzuziehen.«

»Dieser Plan hat wohl funktioniert.«

Sir Ben nickte.

Ich blickte mich schließlich in dem ICE Großraumwagen um. Die normale Beleuchtung funktionierte weiterhin, wurde jetzt aber durch weißgrüne Hinweisschilder ergänzt, die in die Richtung der Türen und der Notausstiege zeigten.

»Das hier sieht erst einmal gut aus«, meinte Sir Ben. Er stand in dem zu diesem Wagen gehörenden Teil des Verbindungssegments und betrachtete den Schaltkasten, den Nicholas mit seinem Smartphone manipuliert hatte. »Der Warnmelder für die Entkopplung wurde zwar deaktiviert und durch die Illusion, die die Leeches gelegt haben, hat auch sonst niemand in dem vorderen Zugteil mitbekommen, was hier geschehen ist«, erklärte uns Sir Ben weiter, »aber der Schuss durch die Decke und die Notbremse werden im Kontrollzentrum einen Alarm ausgelöst haben. Also wird der Rest des Zuges jetzt mit Notfallprotokoll nach England geleitet. Das zwingt Nicholas, vorübergehend in der Masse unterzutauchen, wenn er unentdeckt bleiben will. Vielleicht können wir ihn sogar in St. Pancras abfangen.«

»Könnte er nicht einfach vorher abspringen?«, fragte Mindy.

»Nicht bei diesem Tempo, wie Ihnen der Leech demonstriert hat.«

Mir wurde schlecht. Ich musste mich setzen. Ich erinnerte mich wieder daran, was ich vor ein paar Minuten getan hatte.

»Sir Ben. Das ist meine Schuld, oder? Dass er aus dem Zug gestürzt und … und gestorben ist. Ich habe jemanden umgebracht.«

»Das war ein Unfall, Anna. Sie wollten verhindern, dass er Nicholas wieder die Waffe zuwirft, mit der er fast Mindy erschossen hätte. Außerdem bin ich mir ziemlich sicher, dass wir beide diese Unterhaltung hier jetzt nicht führen würden, wenn der Leech am Leben geblieben wäre. Oder denken Sie etwa, dass er mir geholfen hätte, Sie festzuhalten?«

»Nein … okay«, sagte ich. Natürlich hatte Sir Ben recht. Trotzdem nagte die Gewissheit in mir, den Tod eines Lebewesens verschuldet zu haben – ganz egal, welcher Welt es entsprungen war.

»Ein paar Minuten haben wir noch, aber dann müssen wir weiter«, sagte Sir Ben und half mir wieder hoch. Aber Stehen ging noch nicht so richtig. Er und Mindy mussten mich erst einmal festhalten. Mir war schwindelig und ich spürte, etwas Klebriges in mein Auge sickern. Ich blutete. Wahrscheinlich hatte ich das dem Schlag von Nicholas zu verdanken. Auch taten mir mein linkes Handgelenk und der Brustbereich weh. Dort war ich nach meinem Sprung über den Spalt zwischen den beiden Wagen aufgeschlagen.

Ich schielte mutig zu einem der Fenster und blickte auf mein getöntes Spiegelbild. Ich sah genauso aus, wie ich mich fühlte. Platzwunde am Kopf, schmutziges Gesicht und wild verwuselte Haare, in denen überraschenderweise noch eine nur leicht verbogene Haarspange hing. Allerdings war meine lachsfarbene Bluse total im Eimer. Teils eingerissen und teils mit Eisenbahntunneldreck und Leechschleim bedeckt. Keine Ahnung, was wir Katharina diesmal erzählen sollten, wenn sie mich so sah. Dass mich das Pferd jetzt auch noch mit ausgetrampelten Covfefe vollgekotzt hat?

»Darf ich?«, fragte Sir Ben vorsichtig.

»Ja, natürlich«, antwortete ich, ohne wirklich zu wissen, was er eigentlich vorhatte.

»Keine Rippen gebrochen«, sagte er, nachdem er meinen Brustbereich abgetastet hatte. »Aber Ihr Handgelenk ist verstaucht. Das wird alles ein paar Tage lang nicht schön aussehen.«

»Also Zeit für eine neue Coverstory.«

»Das wird wieder«, meinte Sir Ben und sah sich noch einmal im Wagen um.

»Haben Sie noch Ihre Smartphones?«, fragte er Mindy und mich, nachdem er anscheinend etwas entdeckt hatte.

»Ja«, antworteten wir.

»Legen Sie die bitte dort auf den Tisch und halten Sie danach etwas Abstand.«

Mindy und ich folgten der Anweisung. Dann holte Sir Ben sein eigenes Smartphone aus seiner Sakkotasche, ging nach vorne und hielt es an die Wandverkleidung. Ich hörte ein Geräusch, das wie eine elektrische Aufladung klang, und einen Moment später hüllte uns ein hell-knalliger Blitz ein. Ich zuckte zusammen und schloss reflexartig die Augen. Als ich sie wieder öffnete, leuchtete in dem ICE-Wagen nur noch die Notbeleuchtung – und auch der schien es nicht mehr allzu gut zu gehen.

Ich hörte noch ein Knacksen und blickte zur Seite. Aus unseren beiden Smartphones, die wir auf den Tisch gelegt hatten, quoll Rauch. Die rosa Gehäuse waren verschmort. Das Gerät von Sir Ben sah nicht besser aus. Es hatte ihm sogar leicht die Hand verbrannt.

»War das, ähh, Absicht?«, fragte Mindy.

»Ja. Ich habe mit meinem Smartphone einen elektromagnetischen Impuls erzeugt, der alle elektronischen Geräte und Speicherchips im Umkreis von sieben Metern zerstört. Das musste ich tun. Hier hinter der Wand liegt das Security-System des Wagens. Die Kamera da vorne hat wahrscheinlich alles mitgeschnitten, was hier geschehen ist. Wenn diese Dateien in die Hände der Behörden gekommen wären, dann hätten Sie beide die nächsten Monate über unter verschärfter Beobachtung gestanden. Das hätten wir wahrscheinlich nicht alles zeitnah regeln können. Aber machen Sie sich keine Sorgen. Diese Aufzeichnungen sind jetzt unwiederbringlich zerstört.«

»Okay, danke«, sagte ich. »Aber was werden wir als Nächstes tun?«

»Sie beide verlassen den Wagen durch den hinteren Ausstieg. Gleich an der linken Tunnelwand ist ein breiter Fußweg. Den gehen Sie lang. Richtung Frankreich. So lange, bis Sie den Sicherheitskräften begegnen, die garantiert schon auf dem Weg sind.«

»Was sollen wir machen, wenn wir denen gegenüberstehen?«

»Bleiben Sie ruhig. Bewegen Sie sich nur noch langsam und zeigen Sie denen Ihre Hände. Man wird Sie wahrscheinlich erst einmal in Handschellen abführen. Vielleicht sogar voneinander getrennt. Nehmen Sie das nicht persönlich. Das ist im Sicherheitsprotokoll so vorgesehen.«

»Und was sollen wir denen dann erzählen?«

»Natürlich nur die Wahrheit. Sie beide wollten das Wochenende in London verbringen, aber auf einmal haben drei Männer in dem Abteil Waffen gezückt und wild um sich geschossen. Jemand hat die Notbremse gezogen, Sie sind gestürzt und erst wieder aufgewacht, als alles vorbei war. Warum die Kerle von Ihnen abgelassen haben und wohin sie geflüchtet sind, das wissen Sie nicht. An mehr können Sie sich nicht erinnern. Sie sind schließlich aus Angst, dass der Wagen Feuer fangen könnte, in Panik in den Tunnel geflüchtet. Das sollte genügen. Niemand wird mehr Details von Ihnen erwarten. Aber warten Sie, hier sind noch Ihre Hotelreservierungen und Theaterkarten.«

»*Die 39 Stufen*. Wirklich subtil«, lachte ich.

»Das holen wir nach. Ist versprochen, aber packen Sie die Ausdrucke am besten in Ihren Rucksack und lassen Sie den bei Ihren Sitzen liegen. Das wirkt glaubwürdiger. Und die hier müssen auch noch verschwinden«, sagte Sir Ben und steckte die Überreste unserer Smartphones ein.

»Was machen Sie?«, fragte Mindy.

»Ich gehe in die entgegengesetzte Richtung. Richtung England. Falls Nicholas oder der Illusionsleech doch noch einen Weg aus dem fahrenden Zug finden, muss jemand sie aufhalten.«

»Gibt es etwas, worauf wir in dem Tunnel achten sollten?«

»Ja, zwei Dinge. Sie werden in unregelmäßigen Abständen an orange beleuchteten Türen vorbeikommen, durch die Sie in den parallelen Wartungstunnel gelangen können. Aus einer dieser Türen wird wahrscheinlich auch das Sicherheitspersonal kommen. Erschrecken Sie deshalb bitte nicht zu sehr, wenn die plötzlich wie aus dem Nichts vor Ihnen auftauchen. Sie können auch gerne prüfen, ob eine der Türen vielleicht entriegelt ist. Dann können Sie selbst in den Wartungstunnel gehen. Dort ist es etwas gemütlicher. Achten Sie bitte auch auf die breiten Öffnungen oben in der Tunnelwand. Das sind Luftschächte für den Druckausgleich. Ich gehe davon aus, dass der Gegenzug aus London jetzt mit Notfallprotokoll nach Frankreich fährt. Sie werden ihm nicht direkt begegnen, da er in der parallelen Röhre auf der anderen Seite des Tunnels fährt. Allerdings wird dieser Zug beim Vorbeifahren komprimierte Luft durch die Ausgleichsschächte pressen. In diesem Moment sollten Sie besser nicht vor einer der Öffnungen stehen. Aber keine Sorge. Den Gegenzug werden Sie bereits lange vorher hören können und wenige Meter Abstand zu dem Schacht reichen bereits aus. Solange Sie es nicht bewusst darauf anlegen, wird Ihnen nichts passieren.«

»Gut. Danke. Wir passen auf uns auf. Aber denken Sie, dass uns das Sicherheitspersonal unsere Geschichte abnehmen wird?«

»So wie Sie gerade aussehen, Anna, fürchte ich, dass man das ohne jeden Zweifel tun wird.«

Tarnen und Täuschen

••••

Wir stiegen in den Eurotunnel. Die orangefarbene Beleuchtung in dem scheinbar unendlich langen Schacht war hell genug, um gerade noch die wichtigsten Details und Stolperfallen erkennen zu können, aber auch schon wieder dunkel genug, um Angst zu haben. Um sehr, sehr viel Angst zu haben.

Ich blickte nach links und sah den Gehweg, den Sir Ben erwähnt hatte. Wir liefen hin. Das Raufklettern war kein Problem und der Weg war zum Glück auch so breit, dass Mindy und ich nebeneinander laufen konnten. Nur würden wir jetzt garantiert erst einmal für eine ganze Weile unterwegs sein, denn immerhin verkehrte in diesem Tunnel zwischen den Kontinenten nicht ohne Grund ein Hochgeschwindigkeitszug. Aber ich hoffte, dass uns früher oder später die von Sir Ben versprochene Kavallerie entgegenkommen würde.

Nach vielleicht fünf Minuten sahen Mindy und ich eine in die linke Tunnelwand eingelassene Tür.

»Das wird eine der Durchgangstüren sein, von denen Sir Ben gesprochen hat. Die in den parallelen Wartungstunnel führen«, sagte Mindy. »Ich würde gerne probieren, ob wir die aufkriegen und durchkommen.«

»Ja, lass es uns versuchen«, antwortete ich und wir gingen auf den subtil beleuchteten Eingang zu.

»*Ich kann euch sehen, aber ihr könnt mich nicht sehen. Und wenn ihr mich mal sehen könnt, dann hab ich euch auch schon*«, hörten Mindy und ich eine Stimme flüstern.

Ich drehte mich um und sah vielleicht sieben Meter über uns den Illusionsleech, der vorhin im Zug überlebt hatte, frech grinsend in einem der Druckausgleichsschächte sitzen, vor denen uns Sir Ben gewarnt hatte. Die Augen des Leeches strahlten Hunger aus. Jede nur erdenkliche Art von Hunger. Ich nahm Mindys Hand.

»Wie…?«

»Wir können sehr gut springen und noch viiieeeel schneller laufen. Viel schneller, als ihr beide zusammen. Verstehst du? Und deshalb kommt ihr jetzt auch hoch zu mir.«

»Aber wir können doch gar nicht so gut klettern, wie du«, rief ich hoch.

»Und was ist das, du blinde Maus?« Der Leech blickte nach links und zeigte auf eine Leiter, die direkt seitlich neben dem Druckausgleichsschacht montiert worden war. Sie führte hoch bis zu der Stelle, an der der Kerl sich verkrochen hatte.

Natürlich hatte ich die Leiter schon vorher gesehen, aber ich hatte sie erst einmal ignoriert, denn mit ihr war es tatsächlich kein Problem mehr, ganz nach oben in den Schacht zu steigen und dann seitlich in die Öffnung zu klettern, in der der Leech saß.

»Macht schon«, flötete der Leech weiter vor sich hin.

Ich blickte nach vorne. Die Zugangstür, durch die wir noch vor wenigen Augenblicken in den Wartungstunnel gehen wollten, war nicht weiter als 10 Meter von uns entfernt. Aber da der Leech ja anscheinend wirklich superflink war, sah ich keine realistische Chance, sie zu erreichen, bevor er uns einholen würde. Ganz zu schweigen davon, dass wir beide nicht wussten, ob diese Tür auch wirklich offen war. Damit blieb Mindy und mir nur noch die Option, ein bisschen Zeit herauszuschinden. Mehr war nicht drin. Also tat ich erst einmal genau das, was der Kerl von uns wollte. Ich drehte mich um, ging zu der Leiter und stieg die ersten beiden Sprossen hoch. »Du wartest unten«, befahl ich Mindy.

»Ich will euch aber beeeiiideee. Und wer nicht kommt, bekommt den Kopf abgerissen. Das macht schön schnappi schnapp und dann kann ich dich auslutschen.«

Ich ignorierte den Leech und stieg weiter die Leiter hoch. Ich nahm Sprosse für Sprosse, bis ich schließlich etwas mehr als die Hälfte des Weges hinter mich gebracht hatte. Dann blieb ich stehen und blickte nach unten. Ich schwebte jetzt vielleicht vier Meter über den Gleisen des Eurotunnels. Drei Meter über mir musterte mich der lüsterne Blick des Leeches.

»Nicholas wird dich belohnen, wenn du mich zu ihm bringst, oder?«

»Ja, und dank dir, mein Goldschatz, muss ich auch nicht mehr teilen.«

»Aber Nicholas wird dich auch bestrafen, wenn ich umkomme«, antwortete ich. Dann löste ich meine linke Hand von der Seitenstange der Leiter, nahm einen Fuß von der Sprosse und lehnte meinen Körper nach unten.«

»Anna, was machst du da?«, schrillte Mindy.

»Mich kannst du haben, aber du wirst Mindy nichts tun«, sagte ich zu dem Leech. »Du wirst sie jetzt in den Wartungstunnel gehen lassen und dann warten wir 20 Minuten. Erst dann komme ich hoch zu dir. Und wenn du irgendwelche Spielchen versuchst, dann lasse ich los und du bekommst unendlich viel Ärger«.

»Du bist so gemein. Ich wollte doch nur Spaß haben.«

»Den wird Nicholas mit dir haben, wenn das hier gleich passiert.« Ich lockerte noch einmal demonstrativ meinen Griff und beugte mich ein weiteres Stück nach außen. »Mindy. Geh los und kehre nicht um«, rief ich ihr zu.

Mindy versuchte, etwas zu sagen, brachte aber keinen Ton heraus. Tränen kullerten über ihre Wangen. Dann drehte sie sich um und lief zu der Tür, die in den Wartungstunnel führte. Ich hoffte, dass sie offen sein würde.

Ich spürte ein leichtes Vibrieren. Waren das Mindys Schritte, die durch den Tunnelschacht hallten? Oder war es vielleicht eher das erwartungsfreudige Gezappel des Leeches, der sich gerade ausmalte, Dinge mit mir zu tun, die ich mir zum Glück nicht vorstellen konnte? Nein, dafür fühlte es sich viel zu gleichmäßig an. Viel zu rauschend und … und es nahm an Intensität zu. Alles um mich herum vibrierte immer stärker. Sollte ich wirklich so viel Glück haben? Einen Versuch war es Wert.

»Komm jetzt endlich hoch«, quengelte der Leech.

»Erst wenn Mindy sicher in den Wartungstunnel gegangen ist und wir anschließend noch eine Weile gewartet haben. Das war die Vereinbarung. Und bewege dich da oben ja keinen Millimeter. Sonst werde ich es tun!«

»Bäähhh. Du dumme Kuh.«

Die Stangen und die Sprossen der Leiter, von denen ich mittlerweile mehr herunterhing als dass ich darauf stand, vibrierten immer stärker; und jetzt hörte ich auch noch deutlich ein leises Rauschen. Es kam näher und näher und schwoll unaufhaltsam an, bis…

Es war so weit! Einen kleinen Moment musste ich den Leech noch ablenken. Gleich würde sich alles entscheiden. Aber das Timing musste stimmen.

Ich schaute hoch und blickte dem Leech so auffordernd in die Augen, dass er gar keine andere Wahl hatte, als mit neugieriger Arroganz auf mich herabzusehen und mich lüstern zu verschlingen. Ich lächelte unglaublich lieb zurück.

»Was freut dich denn so, mein Reichtum?«, fragte er keck.

»Dass ich dich blöden Arsch nicht mehr lange sehen muss!«

Die heranrasende Welle hatte fast ihren Höhepunkt erreicht. Meine linke Hand schoss zurück nach vorne und packte die Seitenstange der Leiter. Auch stellte ich wieder beide Füße auf die Sprossen und zog und presste meinen Körper ganz, ganz nah und ganz, ganz fest an das Metallgestänge heran. Ich bekam noch mit, wie der Leech verblüfft nach unten schaute. Er hatte wirklich keine Ahnung, was ich da tat. Auch gut!

Es wurde unerträglich laut und ich verabschiedete mich schon einmal vorsorglich von meinem Trommelfell, als der

Gegenzug nach Frankreich durch den Paralleltunnel raste. Mit Höchstgeschwindigkeit, wie von Sir Ben prophezeit.

Die durch das Tempo des Zuges zusammengepressten und erhitzten Luftmassen jagten durch den Druckausgleichsschacht und schleuderten den dort auf mich wartenden Leech laut schreiend gegen die gegenüberliegende Tunnelwand. Er klatschte drauf und löste sich mit Haut und Haaren in grünen Schleim auf.

Ich wartete noch, bis der Gegenzug vorbeigefahren und verschwunden war, und kletterte dann wieder die Leiter herunter. Mindy rannte auf mich zu. Sie war nicht in den Wartungstunnel gegangen – na klar!

Sie umarmte mich. Weinte. »Hast du den Kerl eben wirklich ‚blöden Arsch‘ genannt?«, fragte sie und lachte schon wieder.

»Ich hielt es für angebracht.«

»Dann pass aber gut auf, dass dir das nicht mal im Gerichtssaal rausrutscht«, antwortete sie und wir liefen schließlich so schnell wie möglich zum Wartungstunnel. Wir wollten wirklich nicht wissen, wie die Überreste des Kerls rochen.

• • • •

Wir orientierten uns noch einmal kurz und stiegen dann durch die glücklicherweise nicht verriegelte Tür in den vielleicht vier bis fünf Meter breiten, gut beleuchteten Wartungstunnel. Bis Frankreich war es immer noch ein weiter Weg, aber hier fühlten wir uns schon einmal sicher.

Nach einer halben Stunde hörten wir Stimmen. Jemand gab auf Französisch Befehle. Einen Moment später standen wir vielleicht 10 Personen gegenüber. Sie blendeten uns mit Lichtern. Direkt in die Augen. Ich konnte nicht viel erkennen, außer, dass sie kugelsichere Westen trugen und Automatikwaffen auf uns richteten. Rote Punkte tanzten an meinem und an Mindys Körper entlang. Wir hoben unsere Hände und froren jede Bewegung ein. Das hier war keine Übung.

WILLKOMMEN IN FRANKREICH

••••

Zwei Männer kamen auf uns zu, ihre Taschenlampen weiterhin unbarmherzig auf unsere Gesichter gerichtet. So wie uns Sir Ben vorgewarnt hatte, wollten sie uns Handschellen anlegen. Sie begannen bei mir. Ich verstand zwar ihre Kommandos nicht, aber mir war klar, dass ich meine Hände auf den Rücken legen sollte. Ich tat es ohne Widerstand.

Der ältere und wahrscheinlich auch dienstältere der beiden Männer sah mich an. Er stellte sich schützend vor mich, drehte seine Taschenlampe zur Seite und ließ sie nicht mehr direkt in meine Augen leuchten. Er betrachtete die Wange, auf die mich Nicholas geschlagen hatte, er sah sich meine aufgeschlagene Stirn an und er ließ seinen Blick flüchtig über meine Bluse gleiten, die absolut im Eimer war. Dann stieß er einen Fluch aus, den ich zum Glück nicht verstand, und signalisierte seinem Kollegen, uns keine Handschellen anzulegen. Er winkte vielmehr eine Kollegin herbei, die Mindy und mich zu einem Wartungswagen führte, uns beim Einsteigen half und schließlich mit einer Decke einhüllte.

Eng aneinandergelehnt schliefen Mindy und ich ein.

DIE MÄDCHEN, DIE NOCH AM LEBEN WAREN

••••

Ich wachte auf und schaute wieder einmal auf die weiße Decke eines Krankenhauszimmers. Mindy saß neben mir auf einem Stuhl. Sie hielt meine rechte Hand. Die linke war in einen Verband gehüllt.

Ich spürte noch dumpfe Schmerzen über dem rechten Auge und ich hatte das Gefühl, dass mein ganzer Brustbereich nach Pfefferminz roch. Ich hob die Decke leicht an und schaute kritisch nach unten. Ich trug ein Krankenhaushemd. Mehr nicht. Die Reste von dem, was ich noch zu Beginn der Reise angehabt hatte, lagen zusammengefaltet auf einer kleinen Plastikbank in einer Ecke des Raums.

»Keine Angst. Das haben alles eine Ärztin und eine Schwester gemacht«, sagte Mindy, nachdem sie meinen leicht verunsicherten Blick bemerkt hatte. »Ich bin die ganze Zeit über dabeigeblieben. Ich hoffe, das ist okay.«

»Ja. Natürlich. Danke. Das war lieb.«

»Wie geht es dir?«

»Ganz gut. Dumpfe Schmerzen überall, aber okay.«

»Kannst du dich daran erinnern, was passiert ist? Blöde Frage, ich weiß.«

»Nicholas hat uns im Eurotunnel überfallen, aber wir sind entkommen und ich denke, dass wir jetzt in einem Krankenhaus in Frankreich sind.«

Mindy nickte. »Ich sage denen jetzt besser Bescheid, dass du wach bist. Ich habe versprochen, das gleich zu machen. Die wollen anscheinend nicht, dass wir uns allzu lange alleine unterhalten. Ist wahrscheinlich auch so ein Routine-Ding, damit wir uns nicht in aller Ruhe abstimmen können. Aber keine Angst. Es ist wirklich alles okay. Die verdächtigen uns nicht.«

Mindy ging kurz aus dem Raum und sagte etwas auf Französisch zu einer uniformierten Frau, die uns anscheinend bewachte. Dann kam sie wieder zu mir.

Fünf Minuten später klopfte es an der Tür. Es war der Leiter des Teams, das uns im Wartungstunnel gefunden hatte. Er stellte Mindy eine Frage und sie schaute mich an. »Ja, natürlich. Er kann hereinkommen«, sagte ich und hoffte, Mindys Blick richtig interpretiert zu haben.

Der Mann, diesmal in dekorierter Uniform statt in kugelsicherer Weste, betrat mit einer Frau den Raum. Er begrüßte uns noch einmal auf Schuldeutsch und stellte sich mir als Jacques Dutriaux vor. Dann zeigte er auf seine Kollegin Monique und meinte mit einem leicht entschuldigenden Blick in Richtung Mindy, dass laut Protokoll eine zertifizierte Dolmetscherin anwesend sein müsste.

Wie wir nicht anders erwartet hatten, wollte man unsere offizielle Aussage über die Ereignisse in dem Zugabteil aufnehmen. Ob ich dazu schon bereit sei, fragte mich Herr Dutriaux.

»Ja, natürlich«, antwortete ich sofort, denn einerseits wollte ich die Sache wirklich so schnell wie möglich hinter mich bringen und andererseits wusste ich auch sehr genau, dass mir die Frage von Herrn Dutriaux ohnehin nur die Illusion von Entscheidungsfreiheit gegeben hatte. Hätte ich auf Zeit spielen wollen oder mich gar geweigert, mit ihm zu reden, dann wäre er mit Sicherheit sehr unangenehm geworden.

Aber nein, dafür gab es keinen Grund. Warum auch? Also vereinbarten wir, dass wir uns in einer halben Stunde in deren Besprechungsraum treffen würden. Bis dahin würde seine Kollegin weiter vor dem Zimmer auf uns warten – sprich, ein Auge auf uns haben. Aber die Tatsache, dass Mindy bei mir bleiben durfte, wertete ich schon einmal als Vertrauensvorschuss.

»Die Sachen hier habe ich den Krankenschwestern abgeflirtet. Die haben in ihrem Umkleideraum ein kleines Lager, falls eine von ihnen nach dem Dienst noch mal was Schickes unternehmen möchte«, sagte Mindy und reichte mir einen Satz nicht wirklich zusammenpassender Kleidung in halbwegs meiner Größe. Sie machte mich damit tierisch glücklich.

»Danke, das ist super«, sagte ich zu Mindy, nahm die Kleidung und machte mich im Bad noch einmal frisch. Dann war ich bereit für die Befragung.

• • • •

Wie vereinbart saßen wir eine halbe Stunde später im Besprechungsraum des französischen Militärkrankenhauses, in das man Mindy und mich gebracht hatte.

Während der Befragung – oder von der Atmosphäre her eher während des Gesprächs – erzählte ich den Männern und der Dolmetscherin die Geschichte, die wir mit Sir Ben abgestimmt hatten: Mindy und ich wollten das Wochenende in London verbringen und hatten aus reiner Neugierde den Weg durch den Eurotunnel gewählt. In dem ging dann plötzlich die Welt unter. Mehrere Männer schossen auf die Passagiere, packten uns und schlugen uns nieder. Irgendwann wurde die Notbremse gezogen, Lichter zeigten zur hinteren Tür des mittlerweile abgekoppelten ICE-Wagens und einen Augenblick später rannten Mindy und ich durch die Dunkelheit.

Keiner der Anwesenden hatte Zweifel an unserer Geschichte. Wahrscheinlich wäre man sogar misstrauisch geworden, wenn ich die Ereignisse detaillierter hätte beschreiben können. Natürlich hatte man bereits unsere Identitäten gecheckt und die Hotelreservierung und die für uns hinterlegten Theaterkarten zu *Die 39 Stufen* (echt sehr witzig, Sir Ben!) überprüft. Alles war sauber. Niemand wurde misstrauisch. Mindy und ich, wir waren die beiden

Mädchen, die den Anschlag von zwei oder drei irren Menschen überlebt hatten. Leider, und da wurde mir ganz anders, hatte Nicholas tatsächlich die beiden Mitreisenden in dem Großraumwagen erschossen. Ich hatte bis zuletzt gehofft, dass auch das nur eine Illusion der beiden Leeches gewesen war.

»Wir werden heute noch Ihre Rückreise nach Deutschland arrangieren«, sagte uns die Dolmetscherin schließlich. Einen Moment später klopfte es an der Tür.

Ein Mann mit einer ganzen Menge an Dekoration auf seiner Uniform kam herein. Offensichtlich der Vorgesetzte von Herrn Dutriaux, denn der schoss gleich aus seinem Sitz heraus und salutierte.

Der, na ja, Chef eben, nickte erst einmal Mindy und mir zu. Dann sprach er mit Herrn Dutriaux und zeigte ihm zwei blaugetönte Ausweise, vor denen jeder in dem Raum eine ganze Menge an Respekt zu haben schien. Während Mindy erst andächtig lauschte und nach einer Weile ein subtiles Grinsen auflegte, verstand ich praktisch nichts.

Dann wurde es still und Sir Ben kam herein. Auch er trug eine Uniform, unter deren linker Schulterseite ein Verband durchschimmerte. Er war in Begleitung einer umwerfend gut aussehenden Frau mit langen roten Haaren, die ihr fast bis zum Po gingen. Die Aura, die sie ausstrahlte, war unglaublich. Genauso stellte ich mir Heldinnen aus gotischen Schauerromanen vor.

»Mein Name ist Colonel Kris Goodman, Anti-Terror-Einheit von Interpol«, begrüßte uns Sir Ben mit einem ziemlich echt klingenden englischen Akzent. Ein Komma und ein 'CBE' folgten seinem in die Uniform eingestickten Namen. Ich schluckte bereits, bevor ich das gegoogelt hatte. »Das hier ist meine Kollegin. Sie wird uns dolmetschen und sie beide bei Bedarf auch psychologisch betreuen.«

Die Frau reichte mir die Hand. »Freut mich, dich endlich kennenzulernen, Anna«, hauchte sie mehr, als dass sie es sagte. Und als sie mir die Hand gab, da waren wir für einen Augenblick vollkommen alleine im Raum. Etwas durchzuckte mich. Eine mir mittlerweile nur zu bekannte Aura der Verführung umhüllte mich und drang in meinen Körper ein. Nun wusste ich, was sie war. Aber nicht nur das. Die Art, wie sie und Sir Ben Blicke austauschten, verriet mir auch, wer sie war.

Sir Ben sprach mit den drei Franzosen. Die Frau mit den roten Haaren dolmetschte für uns. Simultan und fließend – und irgendwie lautlos.

Sir Ben erklärte uns, dass man bei dem Vorfall im Eurotunnel von einem isolierten Terrorakt ausgehen müsse, der von Fanatikern durchgeführt worden war, die eine radikale Abgrenzung zwischen der Europäischen Union und England forderten. Mindy und ich seien aus purem Zufall zur falschen Zeit am falschen Ort gewesen und nur durch ein Wunder noch am Leben. Yep, hier widersprach ich Sir Ben nicht!

Nach all dem Chaos, das wir erlebt hätten, wolle er uns nun so schnell wie möglich wieder in das normale Leben entlassen und uns umgehend nach Deutschland zu unseren Familien bringen. Allerdings schien Sir Bens Vorschlag dem Monsieur Chef nicht zu gefallen. Auf diese Art und Weise wollte er anscheinend seine beiden einzigen Zeuginnen nicht verlieren.

Aber auf so einen Einwand war Sir Ben natürlich vorbereitet gewesen und legte zur Besänftigung eine Akte, einen USB-Stick und zwei nachgeschärfte Farbfotos auf den Tisch. Die zeigten Nicholas und die beiden Leeches in ihrer zugegebenermaßen wirklich verdammt attraktiven Illusionsform.

Dies seien die drei Täter, erklärte Sir Ben mit überzeugender Autorität. Interpol wolle selbstverständlich mit den französischen Behörden zusammenarbeiten und alle Informationen, die diesen Fall beträfen, offen teilen. Immerhin käme es jetzt erst einmal nur darauf an, diese drei (und was Sir Ben hier wörtlich gesagt hat, das schreibe ich jetzt nicht) Kerle in die Finger zu bekommen, die Mindy und mir das angetan hätten.

Und diese Tour zog verdammt gut, denn man erlaubte uns schließlich, Colonel Goodman – aka Sir Ben – nach Deutschland zu begleiten.

»Bringen Sie die beiden schon einmal zum Wagen. Ich kläre hier noch die letzten Details mit den Kollegen«, sagte Sir Ben zu seiner Begleiterin. Er griff in seinen Aktenkoffer und ich verstand, dass wir jetzt besser den Raum verlassen sollten.

»Habt ihr eure Sachen? Im Besonderen eure Papiere? Die dürfen auf gar keinen Fall hierbleiben«, ermahnte uns Sir Bens Kollegin auf dem Weg nach draußen.

»Ja. Ich habe beide Sets«, antwortete Mindy. »Aber die haben die gescannt und … und okay, darüber müssen wir uns wahrscheinlich keine Sorgen machen.«

Sir Bens Kollegin lächelte mit verführerischem Selbstbewusstsein.

Wir gingen noch einmal zu meinem Krankenzimmer. »Die sind nicht mehr zu gebrauchen«, sagte ich und zeigte auf die Überreste meiner Kleidung.

»Wir nehmen sie trotzdem mit. Den Rest regeln wir dann, wenn ihr wieder zu Hause seid.«

Schließlich verabschiedete sich Sir Bens Kollegin in liebevollem Französisch von der uniformierten Frau, die immer noch unser Zimmer bewachte, und wir verließen das Gebäude.

• • • •

Direkt vor dem Eingang zu dem Militärkrankenhaus parkte ein Wagen mit deutschem Kennzeichen, dessen Steuer sich aber auf der rechten Seite befand.

Unsere Begleiterin blieb im Schatten des Windschutzes stehen. Sie setzte eine Sonnenbrille auf.

»Ich kann nicht mitkommen«, sagte sie.

»Sie müssen zurück nach London, oder?«

Sie lachte. »Ja, aber Benjamin wird auf euch aufpassen. Wir lassen nicht zu, dass so etwas noch einmal passiert.«

Schließlich kam auch Sir Ben gut gelaunt aus dem Militärkrankenhaus heraus. Er schob sich locker einen Kaugummi in den Mund, nickte seiner Kollegin verschwörerisch zu und drückte ihr elegant eine Akte in die Hand. Wohin dabei seine Augen blickten, war unter der verspiegelten Sonnenbrille nicht zu erkennen.

»Stella wird das regeln«, sagte die rothaarige Frau. Dann hielt sie uns die hintere Tür des parkenden Wagens auf. Mindy und ich stiegen ein, aber als wir uns bei ihr bedanken wollten, war sie verschwunden.

»Das macht sie immer«, meinte Sir Ben, der mittlerweile auf dem Fahrersitz Platz genommen und zum Glück auch seine supercoole Sonnenbrille wieder abgesetzt hatte.

»Ihre Chefin ist ein Vampir!«, sagte ich.

Sir Ben antwortete nicht, aber sein Schweigen sprach Bände.

»Es ist nur. Wegen Natalie, meine ich.«

»Alles hat seinen Preis, Anna. Schließen Sie bitte nicht von der Ausnahme auf die Regel. Egal wie verführerisch Ihnen diese Hoffnung jetzt auch erscheinen mag. Ich möchte nicht, dass Sie enttäuscht werden.«

Für immer?

····

Wir kamen am späten Sonntagnachmittag am Campus der Rhein-Main-University an. Sir Ben ließ uns in der Nähe des Eingangs aus dem Wagen steigen. Er meinte, dass er sich bis zum Ende der Woche etwas überlegen wolle und er bis dahin auch für uns einfach nur Professor König sei. Wir hätten also in diesem Sinne erst einmal 'frei'.

····

Donnerstag gegen 14:00 Uhr meldeten sich die SMS-Signaltöne unserer (neuen!) Smartphones. Wir sollten uns im Laufe der kommenden Stunde mit Sir Ben in seinem Büro treffen.

»Hat er sich die Woche über etwas anmerken lassen?«, fragte ich Mindy auf dem Weg dorthin.

»Nein. Überhaupt nicht. Er war voll in seinem Vorlesungselement und hat uns mit unglaublichem Enthusiasmus von den mythologischen Wesen des Ostfrieslands des 17. Jahrhunderts erzählt. Kein Witz. Also echt, meine ich.«

Als wir im Professorentrakt des Fachbereichs Geschichte ankamen, war Sir Bens Sekretärin gerade dabei, zu gehen. Sie hatte einen großen Blumenstrauß und eine ansehnliche Schachtel Pralinen in der Hand.

Chefs, die an Geburtstage denken. Hat was, dachte ich.

Danach gingen wir in Sir Bens heute besonders gut aufgeräumtes Büro. Auf seinem Besprechungstisch standen wie immer die üblichen Getränke. Ein fein sortierter Stapel von korrigierten Essays lag auf seinem Schreibtisch.

»Ich möchte gleich zur Sache kommen«, sagte Sir Ben, nachdem wir uns gesetzt hatten. »Ich muss mich bei Ihnen entschuldigen. Ich war immer der festen Überzeugung gewesen, dass ich die Gefahr, die für Sie beide von Nicholas ausgeht, richtig einschätzen und Sie deshalb während unserer gemeinsamen Mission beschützen kann. Leider habe ich mich geirrt. Nicholas ist nur noch ein dunkler Schatten des Mannes, mit dem ich fast zwei Jahrzehnte lang zusammengearbeitet habe. Die Tatsache, dass er jetzt ohne zu zögern unschuldige Menschen tötet und sich sogar mit Illusionsleeches einlässt, zeigt mir unmissverständlich, welchen Weg er eingeschlagen hat.«

»Was werden wir jetzt tun?«

»Es gibt kein 'wir' mehr, Anna. Die Vorfälle in Dornbach und im Eurotunnel haben mir klar vor Augen geführt, dass ich nicht in dem notwendigen und von mir erhofften Maß für Ihre Sicherheit garantieren kann. Die Tatsache, dass Sie beide noch am Leben sind, haben Sie nicht mir, sondern nur Ihrem Einfallsreichtum und Ihrem kühlen Kopf zu verdanken. Zumindest in einer Sache hatte Nicholas recht gehabt. Ich darf Sie nicht noch weiter in unsere Welt hineinziehen.«

»Aber was werden Sie jetzt tun? Sie machen alleine weiter, oder?« Ich schluckte meine Emotionen herunter und schaltete auf Matter-of-Fact. Mir war klar, dass Sir Ben seine Entscheidung unwiderruflich getroffen hatte.

»Ja, genau das werde ich tun. Ich habe mich mit der Schule abgestimmt und bin bereits mit Nicholas in Kontakt getreten. Ganz egal auf welcher Seite man steht, es gibt immer Wege und Kanäle, über die man seinen alten Partner erreichen kann. Aber wie dem auch sei. Ich habe Nicholas meine volle Unterstützung bei der Jagd nach Valery zugesichert. Ich werde seine Methoden akzeptieren und habe lediglich zwei Forderungen gestellt: Wir werden keine

Menschenleben riskieren und er wird Sie, Mindy und auch Natalie ab sofort in Ruhe lassen. Er ist darauf eingegangen.«

»Vertrauen Sie ihm?«

»Ja, zumindest solange wir das gemeinsame Ziel haben, Valery fast ohne Rücksicht auf Verluste zu jagen und zu töten.«

»Aber sowie Sie das erledigt haben, wird auch Ihre Vereinbarung nichtig werden, oder? Dann werden Sie beide versuchen, sich gegenseitig auszuschalten. Sie werden wieder mit Nicholas um den 0,5 % Vorteil ringen.«

»Genau das wird geschehen, Anna. Aber ganz egal wie die Sache auch ausgehen mag, Sie haben nichts mehr von Nicholas zu befürchten. Falls er das Spiel als alleiniger Gewinner verlassen sollte, dann wird er der Jäger sein, der das letzte Kapitel von Valerys Geschichte geschrieben hat. So jemand, und bitte nehmen Sie diesen Kommentar jetzt nicht persönlich, hat kein Interesse mehr an Ihnen oder Mindy. Auch nicht an Natalie. Er wird nach Höherem streben und auf diesem Weg seinen Meister finden. Dessen bin ich mir absolut sicher.«

»Sir Ben, ich hatte bisher immer den Eindruck, dass Ihnen sogar Ihre Gegner einen ziemlich achtungsvollen Respekt entgegenbringen. Aber setzen Sie den nicht aufs Spiel, wenn Sie jetzt Nicholas und seine Methoden unterstützen?«

»Ja, das tue ich. Diesen Respekt werde ich verlieren und die Schule muss sich anschließend von mir distanzieren. Ich werde auf mich alleine gestellt sein, wenn die dunklen Mächte über mich richten.«

»Aber die werden Sie töten!«

»Glauben Sie mir, Anna, genau das werden die nicht tun. Aber bitte belasten Sie Ihre Zukunft nicht mit meinem Schicksal.«

»Also werde ich niemals das Ende der Geschichte erfahren.«

»Nein, das wäre nicht fair. Einer meiner Kollegen wird Sie informieren, sowie wir Valery aus der Welt geschafft haben. Danach werden Sie hoffentlich nie wieder etwas mit der Schule zu tun haben.«

»Und Natalie?«

»Es liegt einzig und alleine bei Ihrer Freundin, wie viel gemeinsame Zeit Sie beide noch haben. Aber egal wann es passiert, Anna, Sie dürfen sich niemals einen Vorwurf machen. Sie haben bereits jetzt mehr als genug für Natalie getan. Machen Sie weiter so, nur seien Sie bitte vorbereitet. Nichts währt ewig. Nun gut. Ich muss aufbrechen. Für meine Nachfolge hier an der Universität ist gesorgt und es muss sich wirklich niemand Sorgen um seine Noten machen, auch wenn ein paar von denen es wirklich nicht verdient haben«, antwortete Sir Ben und zeigte mit einem Grinsen auf einen Papierstapel, der auf seinem Schreibtisch lag.

»Sir Ben, darf ich Ihnen noch eine Frage stellen?«

»Natürlich, Anna.«

»Als Sie uns am letzten Wochenende in dem Militärkrankenhaus in Frankreich abgeholt haben, da haben Sie etwas mit den Sicherheitskräften gemacht, oder? Sie haben deren Gedächtnis manipuliert. Mit diesen kleinen Nervengaskapseln, die Sie mir in Dornbach gezeigt haben.«

»Mir blieb wirklich keine andere Wahl«, sagte Sir Ben, öffnete seinen Schreibtisch und zeigte uns die Kopie einer Akte mit den Passfotos von zwei Frauen. »Das hier sind Katrin und Tamara Mangold. Keine Angst, die existieren nicht. Sie sind das Amalgam der Gesichter von vielleicht einem guten Dutzend Hollywoodschauspielerinnen und der freudigen Fantasie eines meiner Kollegen. Allerdings werden die Menschen, mit denen Sie in Frankreich zu tun hatten, Sie und Mindy als genau diese beiden Frauen in Erinnerung behalten. Ich weiß, dass man über die Ethik dieser Maßnahme streiten kann, aber wenn man Sie mit etwas in Verbindung brächte, das mittlerweile als ein internationaler Terrorakt eingestuft wird, dann wäre es mit Ihrem Studium und mit

Ihren Karriereplänen erst einmal vorbei. Das kann ich nicht zulassen.«

»Aber der Preis, den die Menschen, die uns im Tunnel gerettet haben, dafür zahlen müssen…«

»…der ist sehr gering, Anna. Zwei Namen und zwei Gesichter. Mehr nicht.«

»Ich vertraue Ihnen.«

»Dann sollten wir uns jetzt verabschieden.«

»Für immer?«

»Wenn ich ehrlich bin, dann gibt es einen Teil in mir, der genau das hofft.«

EIN NOTFALL

••••

»Hey. Hast du Mindy gesehen?«, fragte mich Katharina am darauffolgenden Tag in der Mensa, während ich mir mit meinem doppelt beladenen Mittagstablett einen Sitzplatz suchte.

»Nein, noch nicht. Aber sie müsste jeden Augenblick hier sein. Vielleicht hat ihr Dozent einfach nur überzogen.«

»Hat sie nicht einen neuen Typen in mythologischer Geschichte, weil der Tyrann von König für eine Weile ausfällt?«

»Ich glaube, der ist in letzter Zeit viel umgänglicher geworden«, verteidigte ich Sir Ben.

Wir setzten uns schließlich an einen freien Tisch. Dabei fiel mir auf, dass Katharina heute besonders gut gelaunt war. »Hast du nachher noch etwas vor?«, fragte ich sie.

»Yep«, antwortete Katharina und präsentierte mir stolz ihre randvoll gefüllte Kunstmappe, die sie praktisch immer bei sich trug, auch wenn sie sich auf Computermalerei mit einem Grafiktablett spezialisiert hatte. »Das hier ist der praktische Teil der Arbeit, bei der mir Mindy mit dem Essay geholfen hat. Sie ist fertig und ich gebe sie nachher bei Professor Wagner ab. Geht schon mit in die Abschlussnote ein, war aber definitiv das letzte Projekt, bei dem ich noch echtes Papier verwendet habe. Meine Masterarbeit im nächsten Jahr, die wird zu 100 Prozent digital.«

»Mindy hat mir erzählt, dass du danach vielleicht sogar noch für eine Weile an der Uni bleiben möchtest.«

»Ja, das ist mein kleiner, nein, mein ganz großer Traum. Deshalb hat die Wagner auch auf analog gedrängelt. Damit mein Portfolio nicht ganz so einseitig rüberkommt. Sie hat ja recht, aber hmm, viel Zeit ist nicht mehr. Wäre schön, wenn ich die Arbeit auch noch einmal Mindy zeigen könnte. Sie hat sie nämlich noch nicht gesehen.«

»Hast du Kopien?«

»Nein, nicht wirklich. Die Bögen kann ich nicht scannen. Sie sind zu empfindlich. Sie würden reißen. Ich konnte sie lediglich mit meiner Spiegelreflexkamera und Stativ abfotografieren. Aber dabei ist viel von der Tiefenstruktur der aufgetragenen Farben verloren gegangen. Das kriegst du auch mit dem Computer nicht mehr hin. Die Arbeit wirkt wirklich nur im Original.«

»Mindy wird sicher gleich hier sein.« Ich schaute auf meine Uhr und wurde leicht nervös. Mindy war nicht der Typ, der ohne Bescheid zu sagen, einfach mal zu spät kam. Außerdem machten viele Dozenten am Freitag immer etwas früher Schluss, da für die meisten Studenten nach den Vormittagsvorlesungen das Wochenende eingeleitet wurde.

Ich schaute mich um. Ein paar Jungs, die ich schon mehrmals zusammen mit Mindy in ihren Geschichtskursen gesehen hatte, liefen an uns vorbei. »Habt ihr eine Idee, wo Mindy sein könnte?«, fragte ich sie.

»Nein. Sie hat schon in der zweiten Hälfte des Seminars gefehlt. Kam nach der Pause nicht wieder. Irgendjemand hat gesagt, dass sie einen Termin beim König hätte.«

Diese Antwort gefiel mir nicht. Und Katharina auch nicht, auch wenn Katharina eher enttäuscht darüber schien, dass sie Mindy nicht noch einmal ihre Arbeit zeigen konnte.

Okay, keine Panik. Schon gar nicht vor Katharina. Das würde sie misstrauisch machen, und ich darf sie nicht auch noch mit in unser Chaos hineinziehen, dachte ich. Ich beschloss, mich gleich aufzumachen und Mindy zu suchen, nahm aber vorher noch einen Schluck von meiner noch immer jungfräulichen Orangenlimo.

»Anna ... was?« Katharina sah mich entsetzt an.

Ich wollte etwas sagen, aber meine Stimme ging in einem Gurgeln unter. Wuchernde Splitter rieben und schnitten mir in den

Mund. Ich schmeckte Eisen und Chemie in dem Orangenaroma. Das musste raus. Ich hustete. Alles war voller Blut. Meine Hand, meine Bluse, das Tablett.

Katharina griff nach den beiden Servietten auf unserem Tisch und schnappte sich noch welche vom Nachbartisch. Sie stand auf und ging zu mir. »Rufst du bitte einen Kra–«, sprach sie eine Studentin an, wurde aber von einem anschwellenden Raunen unterbrochen.

»Wo ist sie?«, rief jemand durch den Raum. Dann ging das Gewusel erst richtig los. Studenten wurden zur Seite geschoben und auf einmal standen zwei Rettungssanitäter vor mir. Einer sah aus wie Pierce Brosnan und der andere wie Daniel Craig. Das war so etwas von gar nicht gut!

»Sie haben uns gerufen?«, fragte Pierce Katharina, ohne sie wirklich zu beachten.

»Ja, aber erst vor zwei Sekunden. Sie können doch gar nicht so schnell…«

»Zur Seite. Hau ab. Wir übernehmen jetzt. Verdacht auf Herzanfall«, fauchte Daniel Katharina an. Dann packten mich die beiden Sanitäter an Armen und Beinen, hoben mich in die Luft und knallten mich auf eine Krankenbahre.

Ich wollte etwas sagen, brachte aber wegen des Bluts in meinem Mund, das jetzt brennend zurück in meinen Hals floss, wieder nur ein Gurgeln hervor. Ich drehte meinen Kopf zur Seite. Ich spuckte das Zeug aus. Die Sauerei auf dem Boden war mir egal. »Kath–…«

Daniel legte mir eine Sauerstoffmaske über Mund und Nase. Er zurrte sie fest. Tränen schossen mir in die Augen. Ich bekam keine Luft mehr. Ich wollte mich zur Seite drehen, um mich irgendwie bemerkbar zu machen oder um zumindest S. O. S. zu blinzeln, aber es ging nicht. Ich hing fest. Daniel hatte anscheinend das Gummiband der Maske fest unter die Bahre gezogen und damit meinen Kopf arretiert.

Einen Moment später spürte ich, wie Fesseln um meine Hand- und Fußgelenke gelegt wurden. So fest, dass sie mir das Blut abschnürten. Das war's. Ich konnte mich nicht mehr bewegen. Ich konnte nicht mehr sprechen. Daniel Craig und Pierce Brosnan hatten die Kontrolle über mein Leben übernommen.

»Hey, was soll denn das?« Katharina wurde sauer. »Anna hat doch keinen Herzanfall, und wie behandeln Sie sie denn? Das ist Freiheitsberaubung. Zeigen Sie mir sofort Ihre Papiere, oder ich rufe die Polizei.«

Katharina griff in ihre Handtasche und zog ihr Smartphone heraus. Ihr Daumen raste auf das Display zu.

»Halt endlich deine dumme Klappe«, sagte Pierce, packte sie von hinten und setzte eine Spritze an ihren Hals an.

»Warte, das soll sie noch mitbekommen«, sagte Daniel. Er nahm Katharinas Tee und schüttete ihn in ihre Kunstmappe.

»Nein«, schrie Katharina.

Einen Moment später jagte Pierce schließlich die Spritze in Katharinas Hals. Sie brach zusammen.

Jetzt spürte auch ich einen Stich in meinem Arm. Eine Nadel drang ein.

»Bist du blöde, oder was?«, sagte Daniel zu Pierce. »Mach's ihr ja nicht zu einfach.«

Die Nadel wurde wieder herausgezogen. Ich fühlte, wie Blut aus der Wunde sickerte.

Ein Skalpell blitzte auf. Viel zu nah vor meinen Augen. Es verschwand wieder.

Etwas schnitt mir rechts in den Hals. Es brannte höllisch. Einer der beiden Sanitäter fingerte in der Wunde herum. Die Schmerzen wurden schlimmer. Ich schrie. Ich sah aus dem Augenwinkel heraus, wie sich das Innere der Atemmaske mit meinem Blut rot färbte. Aber kein Laut drang nach außen. Die Luft wurde knapp. Ich hatte Angst, zu ersticken.

»Sie ist fertig. Raus mit ihr.«

Ich wurde angehoben. Keiner der beiden gab sich die Mühe, die Krankenbahre, auf der ich lag, auch nur im Ansatz gerade zu halten. Warum auch? Sie mussten sich ja keine Sorgen machen, mich zu verlieren. Ich lag ohne jeden Bewegungsspielraum gefesselt auf dem harten Plastik.

Wir näherten uns dem Ausgang der Mensa. Ich sah Katharina. Sie lag zusammengebrochen auf den Resten ihrer zerstörten Semesterarbeit. Wut kochte in mir hoch. Ich versuchte, all das, was ich von Valery in mir hatte, zu bündeln und riss an meinen Fesseln. Einmal. Zweimal. Nichts. Keine Wirkung. Womit auch immer die mich festgebunden hatten, es gab nicht nach. Das hier waren keine Amateure. Aber das hatte ich ohnehin bereits gewusst.

Wir blieben kurz stehen.

»Die Kunstschlampe. Die hat zu viel gesehen. Das kriegen wir nicht weg. Darf ich sie…?«, fragte Pierce und holte eine Spritze mit einer roten, von Luftblasen durchfluteten Flüssigkeit aus seiner Tasche.

»Nein. Keine Zeit. Der glaubt doch eh keiner. Schick schnell noch die anderen auf Tauchfahrt und dann los. Nicholas wartet auf uns«, antwortete Daniel.

»Auch gut. Aber lass sie uns die nächste Woche besuchen und Spaß mit ihr haben. Die hat es nicht anders verdient«, sagte Pierce und warf drei kleine Kapseln in den Raum. Er schaute Daniel fragend an.

»Das reicht. Die bekommen keine einheitliche Aussage mehr hin.«

Es ging weiter. Und damit es auch wirklich jeder mitbekam, riefen meine Entführer auf dem Weg nach draußen ständig, dass die Studenten doch bitte zur Seite treten sollten, da Frau Lichtner einen Herzanfall gehabt hätte und so schnell wie möglich ins Krankenhaus gebracht werden müsse. Und egal wie plump das auch alles war, es wirkte. Zwei Professoren hielten uns sogar noch die Tür auf. Ich unternahm einen letzten Versuch, mich bemerkbar zu machen. Keine Chance.

Sonne knallte mir in die Augen. Wir waren auf dem Parkplatz der Rhein-Main-University angekommen. Dort stand ein Krankenwagen. Dessen Tür wurde aufgerissen und ich hereingeschoben.

Ich … aber nein! … das konnte nicht sein. Ich sah Natalie. Sie trug eine Sonnenbrille und einen hellen Hut mit Schleier. Sie stand vorne links, leicht im Schatten, neben dem Fahrer des Krankenwagens – sehr wahrscheinlich Liam Hemsworth – und unterhielt sich fröhlich flirtend mit dem Kerl.

»Na, mein schnell furioser Freund. Schaffst du auch 150 Sachen, ohne zwischendurch anzuhalten? Lass sehen, dann zeige ich dir heute Abend vielleicht was Schönes. Ich mag nämlich Kerle mit Ausdauer«, hörte ich Natalie zu dem Fahrer sagen. Dann verschwand sie aus meinem Blickfeld.

Es tat zwei Schläge und ich befand mich schließlich im blendenden Inneren des Krankenwagens. Die Atemmaske wurde abgerissen. Ihr Gummiband zerbarst und knallte an meine Wangen. Jetzt oder nie!

Ich schrie, aber mehr als nur ein Gurgeln war wieder nicht zu hören. Und da steckte noch etwas in meinem Hals. Meine Nerven explodierten vor Schmerz.

Jemand machte sich an meinen Rocktaschen zu schaffen und zog mein Smartphone heraus. Ich hörte, wie es zerbrach. Ich wollte nach der Hand treten, erntete aber nur Hohn.

Ein Tuch wurde auf meinen Mund und meine Nase gepresst. Eine Pipette tropfte etwas darauf und … und bevor ich in der Dunkelheit verschwand, hörte ich noch einmal Natalie lachen. Es war so vertraut und ich wusste, was es bedeutete. Natalie hatte gerade eben etwas erreicht, das ihr unglaublich wichtig war und sie–

BERÜCHTIGT

••••

Langsam kam ich zu mir. Mir war übel und ich hatte das Gefühl, über einem Abgrund zu schweben, was wahrscheinlich auch daran lag, dass mein Kopf nach unten hing. Ich konnte ihn noch nicht richtig anheben. Ich musste erst wieder die Kontrolle über meine tauben Muskeln zurückgewinnen. Also blickte ich vorerst nur auf das Oberteil meiner ehemals mintgrünen Bluse, die jetzt mit Blutflecken bedeckt war.

Passend zu dem Bild vor meinen Augen hatte ich einen widerlich metallischen Geschmack im Mund, aber wenigstens hatte es aufgehört, zu bluten. Zu meiner Erleichterung waren das auch wirklich nur reine Blutflecken auf dem Stoff meiner Kleidung. Nichts deutete darauf hin, dass sich da vielleicht Finger oder sogar Hände zu schaffen gemacht hatten.

Mein Kopf tat weh und als ich die Stirn kräuselte, spürte ich einen frisch verkrusteten Schmerz über meinem linken Auge. Einer von den Widerlingen muss die noch frische Wunde wieder aufgerissen haben. Aber schlimmer war die Verletzung an meinem Hals. Die Stelle, an der vorhin einer der Kerle mit einem Skalpell hereingeschnitten hatte, brannte von innen heraus. Ich hatte das Gefühl, dass dort etwas unter meiner Haut steckte, was da definitiv nicht hingehörte.

Parallel zu all dem spürte ich die Präsenz von Valery. Latent und verlassen drang sie mit jedem Schlag meines Herzens in meinen Körper ein. Das machte mir Angst, aber es gab mir auch die Kraft und den Willen, schließlich meinen Kopf zu heben und mich in der Ausweglosigkeit zu orientieren.

Ich saß auf einem billigen Holzstuhl, in einem mit Halogenlicht sanft beleuchteten Raum. Wie mir der schneidende

Druck an meinen Handgelenken verriet, waren meine Hände fest hinter meinen Rücken gefesselt worden. Meine Beine konnte ich zwar frei bewegen, aber mir war klar, dass jeder Versuch, jetzt aufzustehen, böse enden würde.

In dem Raum roch es nach Holz und Wein. Fenster konnte ich keine ausmachen. Ich schien in den Keller eines Hauses verschleppt worden zu sein, und wenn ich dieses pulsierende Gefühl von Valerys Präsenz richtig deutete, dann befand ich mich gerade im Keller ihrer Villa. Aber leider war ich nicht Valerys Gefangene.

»Ah, mein Ehrengast ist wach. Das ist schön«, sagte Nicholas, während er langsam aus dem Schatten heraustrat. »Ja, ich weiß. Die Sauerei, die dieses Splittergel anrichtet, die ist ganz furchtbar. Aber mache dir bitte keine Sorgen um deine Gesundheit. Das sind wirklich nur Mikroschnitte in deiner Mundschleimhaut. Die verheilen im Handumdrehen und der beigefügte Gerinnungshemmer ist garantiert auch schon lange wieder verdunstet. Wenn ich du wäre, dann hätte ich vieler eher ein Problem damit, dass es an deiner Traumuniversität niemanden einen Dreck zu scheren scheint, wenn jemand deiner Limo zu nahe kommt.«

»Eigentlich freut es mich eher, dass ich an einem Ort studiere, an dem es keine Angst und kein Misstrauen gibt.«

»Dann wird es dich sicherlich auch freuen, wenn wir beide jetzt etwas in unser gegenseitiges Vertrauen füreinander investieren. Pass gut auf!«

Nicholas drückte einen kleinen Knopf an seiner Uhr. Viel zu nahe, als mir lieb war, hörte ich eine pfeifende Entladung und spürte einen elektrischen Schlag in dem Schnitt in meinem Hals. Etwas schwoll an und fiel dann wieder in sich zusammen. Ich schrie. Mein Kopf zuckte nach hinten. Ich schloss die Augen. Tränen wollte ich Nicholas nicht schenken.

»Wo ist Mindy?«, fragte ich, während ich langsam wieder die Augen öffnete.

Nicholas blickte zur Seite. »Die Tür da vorne links. Dahinter ist die Kleine. Im Weinkeller des Hauses deiner bösen Freundin, in dessen Vorraum wir uns übrigens gerade befinden. Aber dass wir uns in Valerys Anwesen aufhalten, das hast du wahrscheinlich bereits geahnt.«

»Was haben Sie Mindy angetan?«

»Nichts. Ich habe nur mal kurz ihr Licht ausgeschaltet und sie eingepackt. Ich mache doch keine Verhandlungsmasse kaputt. Zumindest nicht solange ich eine Chance sehe, dass wir beide uns vielleicht doch noch ein bisschen miteinander anfreunden könnten.«

»Man wird uns suchen.«

Nicholas lachte. »Bist du echt so naiv? Glaubst du das wirklich? Ein paar Dutzend Studenten haben vorhin mitbekommen, wie du wild Blut gespuckt hast. So zuverlässig wie die Gerüchteküche in solchen Fällen funktioniert, wird da bald von Ebola oder sogar von noch Schlimmeren die Rede sein. Nein, dich wird erst einmal niemand vermissen. Und deinen kleinen Schatten auch nicht. Man wird ganz einfach annehmen, dass sie sich ohne dich nicht mehr in die Vorlesungen getraut hat. Dieser Professor König soll sie ja immer mal wieder ziemlich hart rangenommen haben. Und hat die süße Maus nicht auch frech geschummelt und muss deshalb das ganze Jahr wiederholen? Das ist echt schlimm. Da schmeißt man schon mal das Handtuch und verschwindet auf Nimmerwiedersehen.«

Ich sagte nichts. Ich schaute Nicholas nur an. Er redete weiter.

»Meine Freunde haben mir noch erzählt, dass da eine ziemlich viel Zoff gemacht und sich denen doch echt in den Weg gestellt hat. Die wollte sogar Papiere sehen. Unglaublich ist das. Aber nachdem wir ihr Hirn auf Achterbahnfahrt geschickt haben, hat sie Ruhe gegeben. Danach soll man sie übrigens hysterisch heulend über den Resten ihrer Schmierereien gesehen haben. Was war das überhaupt? Moderne Kunst?«

»War das wirklich nötig? Das war ein Teil ihrer Abschlussarbeit. Katharina hat sich doch nur Sorgen um mich gemacht. Sie wollte mir doch nur helfen. Ich werde…«

»*Du* wirst gar nichts tun, Anna. Du solltest nur so schnell wie möglich verstehen, dass ich erst einmal nicht dir, sondern nur denen, die dir sehr nahestehen, wehtun werde, wenn du dich weiterhin weigerst, mit mir zusammenzuarbeiten. Zwinge mich also nicht, meinen Jungs zu gestatten, einmal für eine Weile mit Deiner Freundin hinter der Tür zu spielen oder die Künstlerin ihres Augenlichts zu berauben. Nach dem, was du im Eurotunnel alles abgezogen hast, hatte ich keine Mühe mehr, Helfer zu finden. Ich musste diesmal keine einzige Drohung aussprechen. Die sind hoch motiviert und werden von der Art von Hunger getrieben, die du nicht an deinem Körper spüren möchtest.«

Kaum hatte Nicholas die Sprache auf sie gebracht, bemerkte ich sie auch schon. Drei Illusionsleeches standen zusammen mit uns im Raum, allerdings hatten sie bereits wieder ihr natürliches Aussehen angenommen. Wer von denen Pierce, Daniel oder Liam war, konnte ich nicht mehr erkennen und es war mir ehrlich gesagt auch vollkommen egal.

Jeder von ihnen schien eine Aufgabe zu haben. Der erste Leech bewachte die Tür zu dem Weinkeller, in dem Mindy gefangen war. Der zweite Leech stand rechts neben einer weiteren Tür, durch die man wahrscheinlich hoch in das Treppenhaus der Villa gelangen konnte. Der dritte Leech tat erst einmal nichts. Er schaute mich einfach nur lüstern an. Das war wohl seine Art, auf mich aufzupassen.

Schreie! Ich hörte zwei Schreie. Schläge. Stöhnen. Ein … jetzt fiel ein Schuss, gefolgt von einem weiteren schrillen Schrei. Autsch, das muss so richtig wehgetan haben!

Stille. Nichts. Dann näherten sich Schritte. Jemand lief eine Treppe herunter. In unsere Richtung.

»Du und du, ihr beide passt auf die Mädchen auf«, befahl Nicholas.

Der Leech, der bisher links vor mir den Weinkeller bewacht hatte, blieb in Position, aber der Leech, der mich bisher nur angestarrt hatte, kam auf mich zu, stellte sich hinter mich und legte seine Hände auf meine Schultern. Langsam glitten seine Finger über meine Haut. Brechreiz stieg in mir hoch.

»Und du bittest unseren geheimnisvollen Gast herein«, sagte Nicholas schließlich zu dem dritten Leech, der weiterhin rechts im Raum die Zugangstür ins Treppenhaus bewachte. »Los, mach schon! Wir haben hier alles unter Kontrolle.«

Der Leech wollte leicht widerwillig die Tür öffnen, aber sie wurde vorher aufgeschlagen und knallte ihm gegen die Hand. Brach sie ihm vielleicht sogar. Ich empfand kein Mitleid.

Natalie betrat den Raum. Sie war noch nicht ganz sie selbst. Die Reste ihrer Vampirfratze mussten erst noch ihren schließlich immer verführerischer werdenden menschlichen Zügen weichen. Natalie schleuderte den verletzten Leech in eine Ecke, hob ihren rechten Arm und richtete eine Pistole auf Nicholas. Natalies Bluse war über ihrer linken Schulter zerrissen und Blut quoll auf beiden Seiten in den Stoff. »Das ist schon wieder am heilen«, meinte sie. »Hat trotzdem beschissen wehgetan.«

»Aber mit deiner Unschuld ist es nun vorbei«, sagte Nicholas mit erschreckender Kälte zu Natalie, während seine beiden Hände mit einer mir zu auffälligen Lässigkeit links und rechts in den Taschen seines Sakkos steckten. »Das waren Menschen da draußen. Ich denke nicht, dass Lucy dir das durchgehen lassen wird. Das kann sie gar nicht. Jemandem, der einmal den Rausch des Tötens gespürt hat, dem kann man nicht mehr trauen. Und es scheint dir ja auch wirklich eine Menge Spaß gemacht zu haben.«

»Ach was. Ich hab' nur deren Männlichkeit einen herben Tritt verpasst und sie ins Reich der Träume geschickt. In dieser

Reihenfolge natürlich. Die sollen sich doch noch lange an mich erinnern.«

Die Waffe immer noch auf Nicholas gerichtet, setzte sich Natalie in Bewegung. Nicholas' Hände schossen aus seinen Sakkotaschen heraus. Mit seiner rechten Hand richtete er einen Vaser auf Natalie und mit seiner linken Hand hielt er einen kleinen schwarzen Kasten in die Luft. Etwas in meinem Inneren sagte mir, das dies sein Ass im Ärmel war und dass Natalie ihm besser nicht noch näher kommen sollte. Zum Glück schien sie Nicholas' Drohung ernst zu nehmen und hielt erst einmal wieder Abstand zu ihm. Die Waffe hatte sie allerdings weiterhin auf ihn gerichtet.

»Die Wirkung des Vasers hat dir Benjamin ja sehr wahrscheinlich schon demonstriert. In aller Anschaulichkeit, wie ich doch sehr hoffe. Aber diesen kleinen Sender hier, den kennst du garantiert noch nicht. Er ist mit dem Auslöser der Minisprengladung gekoppelt, die in Annas Hals steckt. Eine ganz hässliche Sache. Zerfetzt alles, und das so schnell, dass du keine Chance mehr hast, sie zu verwandeln. Sie verreckt vor deinen Augen. Überlege dir deinen nächsten Zug also sehr gut. Ein Druck von mir im Todesreflex: Anna stirbt. Kein Signal für 10 Minuten am Empfänger: Anna stirbt. Du gehst mir auf die Nerven: Anna stirbt. Würdest du also die kleine Beretta da in deiner Hand jetzt bitte einem meiner Freunde reichen.«

Natalie überlegte kurz, dann aber drehte sie die Waffe in ihrer Hand um und hielt sie mit dem Griff nach vorne dem Leech hin, den sie vor zwei Minuten an die Wand geschleudert hatte. Der rappelte sich schließlich auf, ging zu ihr und strich beim Nehmen der Waffe garantiert nicht aus Versehen mit seinen Fingerspitzen an Natalies nacktem Arm entlang.

Natalie packte seine bereits verletzte Hand und bog sie um fast 180° nach hinten durch. Das Geräusch, das der Leech dabei machte, das kann ich wirklich nicht beschreiben.

»Ich glaube echt nicht, dass dein Boss den Knopf drückt, wenn ich dich jetzt noch ein bisschen vermöble. Überlege dir also sehr gut, wo du mich anfasst und wo du mir draufschaust«, fauchte Natalie ihn an. Der Leech zuckte zurück und ging dann wortlos wieder auf seinen Posten. Leider im Besitz der Waffe und mit dem Gefühl von Macht, das sie ihm verlieh.

»Danke. Kommen wir nun also zum Geschäft«, sagte Nicholas ziemlich unbeeindruckt, ging zur Tür, die in den Weinkeller führte, und öffnete sie. Ich sah Mindy. Sie war an ein Regal gefesselt. Sie schien aber unverletzt zu sein und war bei Bewusstsein. Allerdings war ich mir nicht sicher, ob Letzteres gut oder schlecht war. So oder so. Ich musste es beenden.

»Das genügt. Ich bin einverstanden, Nicholas. Mit allem. Lassen Sie Mindy und Natalie frei und ich komme mit. Ich kooperiere. Ich werde Ihre Partnerin. Ich werde immer alles tun, was Sie von mir verlangen. Ich mache das, weil ich jetzt verstanden habe, was sonst mit meinen Freunden geschieht, und weil ... und weil es wirklich einen Teil in mir gibt, der es nicht abwarten kann, zu sehen, wie Sie Valery zur Strecke bringen. Ja, wenn wir uns darauf einigen können, dann haben wir alle gewonnen.«

Nicholas schüttelte den Kopf. »Hör endlich auf, mich mit deinen naiven Vorschlägen vollzulabern und hier einen auf Harvard machen zu wollen, du kleine Göre. Ich habe das Sagen und ich bin nicht bereit, zu teilen. Deshalb hältst du sofort die Klappe. Und du, Natalie, du gehst ganz einfach zu der Kleinen in den Weinkeller. Solange du sie am Leben lässt, ist es mir vollkommen egal, was du da drin mit ihr anstellst. Löse ihre Fesseln oder lasse sie die nächsten vier Wochen über so sitzen. Deine Entscheidung. Rechts in dem Kühlschrank sind Blutkonserven, Fertigmahlzeiten und Getränke. Die reichen für circa vier Wochen und genau so lange hast du Zeit, Anna, mich zu Valery zu führen oder sie zu uns zu locken. Du kannst dir mit Sicherheit ausmalen, was da zwischen den Regalen unappetitliches geschehen wird, wenn die Nahrung knapp wird. Wenn wir uns also einig sind, dann darf ich Natalie jetzt bitten, meiner Einladung zu folgen.«

Natalie setzte sich in Bewegung. Ganz, ganz langsam. Gut. Egal wie aussichtslos die Lage war, Natalie spielte erst einmal auf Zeit. Aber natürlich durchschaute Nicholas das Manöver.

»Keine Spielchen, sonst wirst du reingetragen.« Nicholas' Geduld war am Ende. Er richtete den Vaser zwischen Natalies Augen und wollte abdrücken. Ich musste ihn ablenken.

»Was haben Sie mit Sir Ben gemacht?«

»Mit Benjamin? Gar nichts. Warum sollte ich noch mehr Zeit für den alten Mann verschwenden? Er wird gerade am vereinbarten Treffpunkt auf mich warten und sich seines Scheiterns bewusst werden. Man verrät nun einmal nicht seinen Partner. Schon gar nicht für irgendwelche Schlampen, die einfach nur ihre gerechte Strafe bekommen sollten. Schau nicht so, Anna. Ich bin nicht der Böse. Wenn du klug bist, dann wirst du das eines Tages verstehen und mich vielleicht sogar bitten, dich … was?«

Ich hörte einen Schrei und blickte nach rechts zur Zugangstür. Der Kopf des Leeches, der sie bis eben noch bewacht hatte, flog durch die Luft. Noch bevor er aufschlug, verwandelten er und der übrig gebliebene Torso sich in grünen Schleim.

»Oh, diesmal habe ich wohl vergessen, die Tür zu schließen«, meinte Natalie frech, als Sir Ben mit einem Schwert in der Hand den Raum betrat.

Sir Ben schenkte seine volle Aufmerksamkeit sofort Nicholas. Er schien zu ahnen, was es mit dem kleinen schwarzen Kasten auf sich hatte, den Nicholas drohend in die Luft hielt. »Du wirst doch wegen so einem keine Dummheiten machen«, sagte Sir Ben und legte das an der Klinge leicht grün verschmierte Schwert auf den Boden.

Einen Moment später sprang der Leech, der bis eben noch hinter mir gestanden hatte, auf Sir Ben zu und packte ihn von hinten am Genick. Er schaute Nicholas fordernd an.

»Nein. Lass das. Bring ihn nicht um. Noch nicht«, befahl Nicholas. Widerwillig lockerte der Leech seinen Griff.

»Hast die Sache mit den Brotkrumen also kapiert«, sagte Natalie zu Sir Ben. Sie ignorierte Nicholas.

Sir Ben grinste. »Wenn ein Krankenwagen nach einem mysteriösen Einsatz an der Rhein-Main-University mit 150 Stundenkilometern Non-Stop durch Frankfurt jagt und dabei offensichtlich nicht vorhat, ein Krankenhaus anzusteuern, dann lohnt es sich, dieser Spur zu folgen. Ihr wurdet insgesamt 17 mal geblitzt.«

»Ihr Idioten«, schrie Nicholas die beiden verbliebenen Leeches an.

»Er ist gefahren«, sagten sie im Chor und zeigten in die Richtung der Erbsensuppe auf dem Boden.

Na klar. Wer's glaubt, dachte ich.

»Schluss jetzt«, befahl Nicholas. Seine Stimme war wieder gefasster, aber er konnte nicht verbergen, dass ihm die Kontrolle über seine Emotionen entglitt. »Rein in den Weinkeller, Natalie. SOFORT. Und was ich mit dir anstelle, alter Mann, das muss ich mir noch überlegen.«

»Darf ich mich bitte noch von Anna verabschieden?«, fragte Natalie.

»Was?«

»Bitte. Dann wird sie unterwegs immer an mich denken. Das motiviert sie. So kommst du schneller ans Ziel.«

Nicholas schaute zu Sir Ben, der im festen Griff des Leeches keine Chance hatte, irgendetwas zu unternehmen.

»Okay, aber mach schnell«, antwortete Nicholas schließlich. Er richtete den Vaser auf Natalie und ließ seinen Blick kurz zwischen mir und dem Auslöser für die Sprengladung hin- und herpendeln.

»Danke«, hauchte Natalie. Dann ging sie zu mir, beugte sich herunter und umarmte mich. Lautlos schwebten ihre Lippen an mein Ohr. »Jetzt musst du mir vertrauen«, flüsterte sie so leise, dass ich schon fast an Telepathie glaubte.

Natalie schlang ihre Arme noch enger um mich und presste ihren Körper dabei so feste an meinen, dass wir beide nur noch in einem gemeinsamen Rhythmus atmen konnten. Natalie schien sich in Raum und Zeit zu verlieren. Dann küsste sie mich. Ich schloss die Augen.

Etwas zog an meinen Fesseln. Ich spürte ihren schneidenden Druck an meinen Handgelenken. Natalies Fingernägel ritzten an meiner Haut entlang. Sie hielt inne. Sie holte aus und … und dann war der Druck verschwunden. Ich war frei, aber ich rührte mich nicht.

»Schluss mit der Show. Das reicht«, befahl Nicholas.

Natalie lockerte ihre Umarmung und ihre Lippen lösten sich von meinen. Ich öffnete wieder meine Augen. Natalie sah mich an. Ich sah sie an. Vielleicht das letzte Mal in meinem Leben. Natalies Augen gaben mir ein Signal. Den Wunsch nach Vertrauen? Natalie hatte es. Voll und ganz. Dann rasten ihre Zähne in meinen Hals.

Es war anders als beim ersten Mal. Ich spürte kein Verlangen. Keine Vorsicht. Keine Rücksicht. Natalie schnitt. Natalie saugte. Natalie löste. Es tat so unendlich weh. Alles vor mir verschwamm.

Keine Tränen. Bitte, keine Tränen.

»DAS REICHT, HABE ICH GESAGT«, brüllte Nicholas Natalie an. Aus den Augenwinkeln heraus sah ich, wie er den Vaser hob und zielte.

Ruckartig ließ mich Natalie los. Sie drehte sich um und spuckte dem Leech, der immer noch Sir Ben festhielt, ins Gesicht.

»Knall seine Fresse runter«, schrie Natalie zu Sir Ben – und dann ging alles sehr, sehr schnell.

Natalie versuchte, noch zur Seite zu springen, aber die Patrone des von Nicholas abgefeuerten Vasers traf sie an der ohnehin schon verletzten Schulter. Schreiend brach Natalie mit fürchterlichen Krämpfen zusammen.

Nicholas beruhigte sich langsam wieder, aber der Leech, der Sir Ben im Griff hatte, bekam es langsam aber sicher mit der Angst zu tun. Ein Geschmier aus Natalies Spucke und meinem Blut rutschte von seiner Stirn aus in seine Augen. Eine kleine an seiner Haut klebende Kapsel kam zum Vorschein. Er schien sie zu spüren. Panik loderte in seinen Gesichtszügen auf. *Hatte Natalie etwa…?*

Bevor ich mir weitere Gedanken über die Lage machen konnte, nutzte Sir Ben die allgemeine Verwirrung. Er schlüpfte unter dem Griff des Leeches durch, ließ ihn kopfüber nach vorne fallen und presste sein Gesicht mit beiden Händen feste auf den Boden.

Was nun? Nicholas blickte zu Natalie. Sie war immer noch ausgeschaltet. Sie stellte keine Bedrohung mehr für ihn da. Er schaute auf den Auslöser für die Sprengladung und überlegte für einen kurzen Moment. Er schüttelte dann aber den Kopf, ballte seine Faust und ging auf mich zu.

Also musste ich mir jetzt Gedanken über Wahrscheinlichkeiten machen und etwas tun, mit dem Nicholas garantiert nicht rechnen würde. Schnell! Mehr als dieses eine Überraschungsmoment hätte ich nicht.

Ich fasste einen Plan. Und auch wenn es eine echte Chance gab, dass ich meine nächste Aktion nicht überleben würde, sprang ich auf und rannte auf Nicholas zu. Dieser reagierte sofort. Früher als erwartet holte seine Faust zum Schlag aus. Der Kerl war definitiv kein Gentleman.

Ich musste runter. Abstand gewinnen. Egal wie. Noch im Laufen beugte ich meinen Oberkörper nach hinten, ließ aber meine Füße weiter nach vorne gleiten. Sie zogen mich mit.

Für einen Moment hatte ich das Gefühl, mit dem Rücken senkrecht zum Boden durch die Luft zu gleiten. Dann erfasste mich die Schwerkraft.

Nicholas verfehlte mich. Seine Faust donnerte einen Millimeter über meinen Augen an mir vorbei. Ich konnte noch ihren Luftzug spüren.

Der Mistkerl hatte es also ernst gemeint. Ich aber auch. Noch während ich weiter nach vorne schlitterte und dabei haltlos nach unten stürzte, griff ich nach Nicholas' linker Hand und drückte den Auslöser für die Sprengladung.

Eine Sache war mir dabei unmissverständlich klar. Sollte ich Natalies Aktion und meine Beobachtungen falsch interpretiert haben, dann wäre das hier jetzt so viel mehr als nur das Ende des Kapitels.

ENDSPIEL

••••

Ich hörte eine Explosion und einen Schrei und sah aus meinen Augenwinkeln heraus, wie Sir Ben in der nächsten Portion grünen Schleims badete. Mein Vertrauen in Natalie hatte sich ausgezahlt.

Aber lange konnte ich mich nicht über meinen Erfolg freuen. Die Viertelsekunde völlig losgelöste Schwerelosigkeit war ausgereizt. Die Luft vibrierte. Ich schlug auf dem Boden auf. Mit dem Rücken zuerst. Mein Hinterkopf folgte. Ich konnte nicht mehr atmen und spürte Schmerz und Taubheit parallel durch meinen Körper jagen. Dann verschlang mich die Dunkelheit.

Etwas in mir schrie auf. Es befahl mir, wach zu bleiben, aber als ich die Welt um mich herum wieder halbwegs klar wahrnehmen konnte, musste ich mir eingestehen, dass wir nicht viel erreicht hatten. Wir hatten uns exakt einmal im Kreis gedreht. Mehr nicht. Denn während ich bewegungsunfähig wieder zu atmen lernte, jagte der Leech, der bis eben noch die Tür in den Weinkeller bewacht hatte, auf Sir Ben zu und nahm ihn erneut von hinten in den Würgegriff.

Auch Natalie lag immer noch schreiend auf dem Boden. Gequält von den Entladungen der Vaserpatrone, die ihr Herz in den Wahnsinn trieben, bekam sie wahrscheinlich gar nicht mehr mit, was um sie herum alles geschah. Was auch immer sie mühsam an Immunisierung gegen diese Waffe aufgebaut hatte, war verflogen. Das war nicht fair.

Ich versuchte, nach vorne zu kriechen. Zu Natalie. Vielleicht könnte ich die Vaserpatrone ja aus ihrer verletzten Schulter herausziehen und ihr damit etwas Linderung verschaffen.

Keine Chance! Ich war immer noch so schwach, dass Nicholas keinerlei Mühe aufwenden musste, um mich wortlos und mit der

Beachtung, die man einer ausgelesenen Zeitung schenkt, an eine Seitenwand des Raums zu schieben.

Dann ging Nicholas zu Natalie und trat ihr zweimal feste in den Rücken. Voller Verachtung und Wut. Ohne sich zurückzuhalten. Ich hoffte, dass Natalie davon nichts mehr mitbekam.

Es wurde still. Die Vaserpatrone hatte sich jetzt vollständig entladen, aber Natalie lag immer noch regungslos auf dem Boden, gelähmt von den Nachwirkungen des Vasers. Für die nächsten dreißig Sekunden würde sie weiterhin vollkommen wehrlos sein.

Nicholas bückte sich herunter, packte Natalie an den Haaren und schleifte sie über den Boden in Richtung Weinkeller.

Nein, so nicht! Ich versuchte noch einmal, aufzustehen, aber mein ohnehin schon verletztes Handgelenk gab nach. Es knickte um. Ich schmeckte Blut, aber ich kroch weiter. Nur interessierte das Nicholas nicht die Bohne. Ich war keine Bedrohung mehr für ihn.

»Wenn ich hier fertig bin, dann brichst du dem alten Mann das Genick«, befahl Nicholas dem letzten überlebenden Leech, der weiterhin Sir Ben festhielt. »Danach darfst du eins ihrer Augen haben. Sie wird auch so noch funktionieren.«

»Aaauuugeee«, murmelte der Leech und sah mich schmatzend an.

Schließlich hatte Nicholas Natalie bis zum Eingang des Weinkellers geschleift. Er zerrte sie an den Haaren hoch, bis sie zitternd und immer noch halb gelähmt wieder auf den Füßen stand. Er schubste sie durch die Tür.

Aber Natalie ließ sich nicht schubsen. Sie hatte sich keinen Millimeter bewegt und stand immer noch vor Nicholas. Der glasige Blick und der Ausdruck unendlicher Schmerzen waren aus ihren Augen verschwunden. Mit kontrollierter Wut sah sie Nicholas an, packte ihn mit ihrer rechten Hand am Hals und schob ihn gegen die Wand.

Nicholas drückte den Vaser ein weiteres Mal ab und sofort durchzuckten Krämpfe Natalies Körper. Ohne Kontrolle über ihre Muskeln pressten die Finger von Natalies Hand Nicholas' Hals zusammen.

Nicholas schrie. Er gurgelte. Er versuchte, sich aus Natalies Würgegriff zu befreien, aber der war nun zu einem gnadenlosen Geist mutiert, den er selbst gerufen hatte.

Bereits nach ein paar Sekunden war alles wieder vorbei. Natalie hatte ihren Körper wieder unter Kontrolle.

»Wie?«, röchelte Nicholas und schaute Natalie an. Sie hatte ihren Griff um seinen Hals nur leicht gelockert.

»Weißt du, wie lange ich gebraucht habe, um auf fünf Sekunden zu kommen und jeden Tag dafür zu sorgen, dass das auch so bleibt? Spaß gemacht, hat das keinen. Aber bitte. Genier dich nicht. Drück noch einmal ab. Mir wird es verdammt wehtun, aber dir auch. Und wenn ich dir dabei die Gurgel zerquetsche, dann kann ich echt nichts dafür. Außerdem habe ich eine scheißgute Anwältin, der unser Gandhi da hinten noch was schuldig ist. Mir wird nichts passieren, wenn du hier krepierst. Also. Es ist deine Entscheidung. Du bist am Zug. Aber wenn du klug bist, dann gibst du meiner Freundin jetzt das kleine elektrische Dreckding da und rührst dich anschließend nicht mehr von der Stelle. Machst du Zicken, lass ich dich noch den Akku schlucken, bevor ich dich auspuste.«

Natalie blickte zu mir. Ich rappelte mich auf, nahm Nicholas den Vaser ab und … *Oh nein! Sir Ben!* An ihn hatte niemand mehr gedacht. Ich drehte mich um.

Sir Ben war noch am Leben. Der Leech hatte zwar immer noch seinen Arm feste von hinten um Sir Bens Hals geschlungen, aber er schien sich seiner Sache dann doch nicht mehr ganz so sicher zu sein. »Ich soll ihm das Genick brechen!«, drohte er mir.

»Ich glaube nicht, dass Nicholas hier noch irgendetwas zu sagen hat. Und falls du gleich an Rache denken solltest, dann lass' dir bitte folgendes durch den Kopf gehen: Du bist bereits der Fünfte dieser Art von komischen Typen, die mir die letzten Tage über fürchterlich auf den Nerv gegangen sind. Aber mit den vier anderen kann ich schon nicht mehr plauschen. Deshalb solltest du jetzt vielleicht einmal ernsthaft über deine Optionen nachdenken. Also, du kannst dem alten Mann natürlich immer noch das Genick brechen und dir anschließend eins meiner Augen schnappen…«

»… Aaauuugeee…«

»…du kannst dir aber auch überlegen, dass wir hier erst einmal ziemlich lang mit Aufräumen beschäftigt sein werden und dass wir während dieser Zeit echt keine Lust haben, uns um hässlichen Abschaum wie dich zu kümmern. Nun? Wie meine Freundin bereits gesagt hat. Deine Entscheidung. Du bist am Zug.«

Ohne auch nur einen Augenblick zu überlegen, ließ der Leech Sir Ben los und huschte durch die Tür nach draußen. 'Wir können schnell laufen', erinnerte ich mich an die Worte seines Kumpels im Eurotunnel.

Dann ging gar nichts mehr. Meine Beine gaben nach. Der Boden raste auf mich zu, aber Sir Ben fing mich rechtzeitig auf, half mir runter und lehnte mich sanft gegen die Wand.

»Mindy«, sagte ich zu ihm.

»Ich kümmere mich um sie.«

Sir Ben stand auf, lief in den Weinkeller, zückte auf dem Weg dorthin ein Taschenmesser und befreite die vollkommen verheulte Mindy von ihren Fesseln. Ein paar Augenblicke später umarmte sie mich weinend.

»Das sieht nicht so toll aus. Können Sie mal oben schauen, ob die einen Verbandskasten in dem Fake von Krankenwagen haben? Und kennen Sie vielleicht auch einen Arzt, der so Wunden fachmännisch versorgen kann, ohne groß Fragen zu stellen.«

»Sicher«, sagte Sir Ben und machte sich auf den Weg nach oben.

»Und bring noch den Kammerjäger für die drei Kakerlaken mit, die ich in die Besenkammer gesperrt habe«, rief Natalie ihm nach.

• • • •

»Ein Team ist unterwegs. Die sind in einer halben Stunde hier«, sagte Sir Ben, als er Mindy ein paar Minuten später einen Verbandskasten gab. »Ich hoffe, der hier genügt erst einmal.«

»Ja, auf jeden Fall. Ist ein Profiteil«, antwortete Mindy und begann, meine Halswunde provisorisch zu verbinden und sich auch um den wieder aufgeplatzten Riss über meiner Augenbraue zu kümmern. Es fiel ihr schwer, aber sie behielt tapfer die Fassung.

Sir Ben klopfte ihr anerkennend auf die Schulter. »Und jetzt zu dir«, wandte er sich schließlich Nicholas zu, den Natalie immer noch fest im Griff hatte.

»Gibst du uns noch zwei Minuten?«, bat Natalie Sir Ben, allerdings in einem Tonfall, der kein 'Nein' duldete.

»Sie tun jetzt aber bitte nichts Unüberlegtes«, sagte Sir Ben und blieb vorsichtig stehen.

»Du hast mir sehr wehgetan, und meinen Freunden gegenüber hast du es auch an Höflichkeit missen lassen. Eine Frau mit der Faust schlagen zu wollen. Echt jetzt?«, sagte sie zu Nicholas.

Er schwieg.

»Aber eine Sache muss ich noch wissen. Hast du dem Mädchen wirklich angetan, was man sich so erzählt.«

»Natürlich. Das war nur gerecht.«

»Dann behalte das hier in guter Erinnerung.«

Natalie blickte Nicholas in die Augen. Ihr Knie schoss nach oben und er brach zusammen.

Ich sah zu Sir Ben. Unglaubliche Genugtuung und unendliche Trauer kämpften in seinen Gesichtszügen um die Hoheit. Keine von beiden gewann.

Im Spektrum des Kontinuums

••••

»Das war wirklich prima, dass Sie es noch drei Monate mit uns ausgehalten und den Kurs bis zum Schluss durchgezogen haben«, sagte Mindy in seinem Büro zu Sir Ben.

»Das war doch selbstverständlich. Außerdem mag ich keine halben Sachen«, antwortete er und reichte Mindy einen Umschlag. »Hier ist die Kopie meines Gutachtens an die Kommission. Damit ist Ihr Studium durchfinanziert. Mindestens bis zum Master, gerne auch bis zur Promotion. Aber sehen Sie sich bitte keinem Zwang ausgesetzt. Wenn Sie nach Ihrem Abschluss erst einmal eine Pause einlegen und für eine Weile an einer Schule unterrichten möchten, dann haben Sie meinen Segen.«

»Danke«, sagte Mindy. »Aber dass die das trotz des Minus durchgewunken haben...«, ergänzte sie noch spielerisch schmollend.

Sir Ben lachte. »Ich glaube, man hält mich dort für ganz besonders streng. Aber nein, Mindy. Ihre Arbeit ist hervorragend, allerdings fehlt mir da immer noch dieser kleine Funke an Emotion, den Sie einmal brauchen werden, damit Ihre Schüler Sie nicht nur achten, sondern Ihnen auch den Klassenraum einrennen. Aber keine Angst. Den werden Sie eines Tages finden, und dann ist auch das Minus weg.«

»Hey, heißt das, dass wir Sie nach den Sommerferien im nächsten Studienjahr wiedersehen werden?«

»Mich wiedersehen? Wieso? Ich gehe jetzt erst einmal in den Ruhestand, Frau Monard. Aber wer weiß, vielleicht bin ich ja nicht abgeneigt, Ihre Karriere weiter zu verfolgen.«

»Ich nehme Sie beim Wort.«

Schließlich wandte sich Sir Ben mir zu. »Ich gehe davon aus, dass Sie es als Geringschätzung Ihrer Kompetenz empfunden hätten, wenn ich durch das eine oder andere Telefonat dafür gesorgt hätte, dass Sie nach Ihrem Ersten Staatsexamen einen Referendarplatz Ihrer Wahl bekommen. Und warum sollte ich mir überhaupt diese Mühe machen? Weder Professor Scott noch ich haben irgendwelche Zweifel daran, dass Sie das auch ohne fremde Hilfe schaffen werden. Ich kann also erst einmal nichts für Sie tun…«

»Das müssen Sie auch nicht. Sie haben die letzten Monate über bereits mehr als genug für Natalie getan.«

Ja, das hatten Sir Ben und die Schule wirklich. Sie hatten sich gleich nach Nicholas' Verhaftung um eine ganze Menge an Dingen gekümmert. Erst einmal wurde eine dauerhafte Bleibe für Natalie gefunden. Ihr könnt euch wahrscheinlich auch schon denken welche. Selbstverständlich Valerys Villa! Man hatte zwar den eigentlichen Besitzer des Grundstücks nicht wirklich ausmachen können, aber Sir Ben hatte trotzdem dafür gesorgt, dass das komplette Haus auch weiterhin mit Strom, Wasser und Telekommunikation versorgt wurde.

Als kleinen Überraschungsbonus hat Natalie anschließend nicht nur ihr super-heißes Notebook mit dem gewünschten Computerspiel bekommen, sondern auch die von mir beschriebene Überwachungsanlage vom Baumarkt. An der würde sie die nächsten Jahre über fröhlich herumbasteln können. Und damit sich Natalie die alltäglichen Dinge ihres Lebens nicht mehr zusammenklauen musste, hatte Sir Ben ihr noch ein Bankkonto mit einem monatlichen Taschengeld eingerichtet.

Wie nicht anders erwartet, war die Frage nach dem Zugang zu Valerys Villa nicht ganz so einfach zu lösen. Nicht einmal die Schule konnte sich erklären, wie genau die Zugangsmagie im Schloss der Eingangstür funktionierte. Es ließ sich wirklich nur durch das Erbe öffnen, das Valery vor 100 Jahren in die Blutlinie meiner Familie eingepflanzt hatte. Deshalb hatten wir letzten Endes beschlossen, dass mir Mindy nach einer Zusatzschulung einmal im Monat Blut abnehmen würde und wir Natalie damit immer ihren ganz persönlichen Schlüssel zur Verfügung stellen könnten. Schräg, aber es funktionierte.

Um ihre Nahrung sollte sich Natalie allerdings auch weiterhin selbst kümmern. Sie verstand, dass sie niemals einen Menschen angreifen durfte und dass sie deshalb auch weiterhin Blutkonserven stehlen musste. Diese Lösung fand ich zuerst absolut inakzeptabel, aber als ich Sir Ben unter vier Augen gefragt hatte, ob man das nicht auch auf eine andere Art und Weise regeln könnte, erinnerte er mich daran, wie essenziell es für Natalie war, ihren Jagdinstinkt auszuleben.

»Wissen Sie eigentlich, was mit Nicholas geschehen ist?«, fragte Mindy Sir Ben und holte damit mich und meine Gedanken wieder in die Gegenwart zurück. »Sie müssen es uns natürlich nicht erzählen.«

»Nein, ich weiß es nicht. Ich habe in meinem Bericht darum gebeten, mich darüber im Unklaren zu lassen. Das wurde respektiert.«

»Okay«, sagte Mindy und wir verstanden, dass das Thema 'Nicholas' damit ein für alle Mal für uns erledigt war. Wir hatten nicht das Recht, Sir Ben noch einmal darauf anzusprechen.

»Also dann, meine Damen. Jetzt heißt es, Abschied zu nehmen. Mein Flug nach London geht gleich morgen früh, aber wer weiß, vielleicht kann ich Sie ja in zwei Tagen von meiner Insel aus anrufen.«

»Sie haben eine Insel?«

»Ich habe einen Traum.«

Mindy packte schließlich den Umschlag, den Sir Ben ihr gegeben hatte, in ihre Hello-Kitty-Handtasche und Sir Ben führte uns zu seiner Bürotür.

»Hey, ach so, danke, meine ich«, sagte Mindy, als wir schon wieder draußen im Flur standen. »Also danke dafür, dass Sie Professor Wagner davon überzeugt haben, Katharinas Arbeit auf Basis der Fotos zu bewerten, die sie vorher noch gemacht hatte.«

»Das war doch selbstverständlich und auch nicht sonderlich schwierig. Professor Wagner hat sofort mit mir übereingestimmt, dass die Universität nicht eine Studentin dafür bestrafen darf, dass sie mit kühlem Kopf zwei Rettungssanitäter unterstützt hat. Wir wollen doch keine Vorbilder tadeln.«

»Und das obwohl uns der Unipräsident gleich am Anfang der darauffolgenden Woche schriftlich mitgeteilt hat, dass sich da jemand einen obermiesen Scherzanruf erlaubt hatte und Anna deshalb aus, na ja, aus Versehen eben ins Krankenhaus geschleift worden war.«

»Was aber Ihre Freundin zu diesem Zeitpunkt nicht wissen konnte. Für sie ging es in diesem Augenblick um Leben und Tod. Was hier zählt, ist einzig und allein die lobenswerte Intention der Künstlerin.«

Im Flur ging die Tür eines Nachbarbüros auf und passend zum Thema kam Katharina aus dem Zimmer ihrer Vertrauensprofessorin heraus. Sie war in Begleitung einer jungen Frau.

Frischgebackene Abiturientin, dachte ich, als ich das Mädchen erst einmal nur von Weitem sah, aber als … aber nein! Das war nicht gut! Das war so etwas von überhaupt nicht gut! Katharina lief uns bestens gelaunt mit der Tochter von Oberstleutnant Sommer entgegen.

»Hey, ihr beiden. Guten Tag, Professor König«, begrüßte uns Katharina. »Darf ich Ihnen mein Mündel vorstellen. Alina Emilie Sommer. Sie beginnt nach den Sommerferien hier an der Rhein-Main-University ihr Kunststudium und ich werde mich im ersten Semester als Tutorin um sie kümmern. Ihr alles zeigen und so.«

Ich versuchte einzuatmen, aber es ging nicht. Alina begrüßte zuerst Sir Ben und dann Mindy. Als sie schließlich mir ihre Hand hinhielt, wusste ich nicht, was ich tun sollte. Ich nahm sie einfach und – und dann ging es erst richtig los. Eine Aura riss mich fort.

Mein Körper verwandelte sich in einen Strahl aus weißem Licht. Ich wurde durch ein Spektrum gejagt und dabei nicht nur in meine Einzelteile zerlegt, sondern auch in der Zeit hin und her gewirbelt. Jede Definition von Anfang und Ende verlor seine Bedeutung. Eine noch nicht geschehene Vergangenheit verschmolz direkt vor meinen Augen zu einer gemeinsamen Zukunft, die schon lange hinter uns lag.

Meine Reise dauerte nur eine tausendstel Sekunde, dann stand ich wieder vor Alina. Während ich irgendetwas Freundliches zu ihr sagte und sie auch wirklich nett antwortete, fiel mir eine kleine, durch ihre Haare verdeckte Narbe an ihrer linken Schläfe auf und ich fragte mich, was sie wohl durchgemacht hatte. Dieses Gefühl schien auf Gegenseitigkeit zu beruhen, denn ich wurde den Verdacht nicht los, dass auch Alina ein unscheinbares Augenblinzeln lang meinen Körper nach Dingen absuchte, die in meiner Geschichte ihre Spuren hinterlassen hatten.

Schließlich ließen wir unsere Hände wieder los und taten beide so, als ob nichts geschehen sei.

Als sich Mindy und Katharina zum Abschied umarmten, hörte ich, wie Katharina Mindy noch leise ein enttäuschtes 'Käse, die Süße hat wirklich einen Freund' ins Ohr flüsterte, aber dann waren Katharina und Alina auch schon um die nächste Ecke verschwunden; und mit ihnen mein Versprechen, mich von Oberstleutnant Sommers' Tochter fernzuhalten.

»Hey, alles okay?«, fragte mich Mindy.

»Ja. Nein. Ich … ich weiß nicht. Das Mädchen. Katharinas Mündel. Alina. Sie ist die Tochter von Oberstleutnant Sommer.«

»Autsch. Bist du dir sicher?«.

»Ja. Ganz sicher. Ich habe sie auf den Fotos in seinem Büro und im Cockpit des Eurofighters gesehen. Er hat mir während des Flugs erzählt, dass sie hier Kunst studieren wird und ich habe mir die ganze Zeit über naiv eingeredet, dass ich es schaffen würde, ihr niemals über den Weg zu laufen. Ist ja gleich am ersten Tag gehörig schiefgegangen! Aber da war noch mehr. So ein Gefühl der Zusammengehörigkeit. Als sich unsere Hände berührt haben, da wurde ich weggezogen. Durch Raum und Zeit. Es fühlte sich fast so an, wie damals bei meiner ersten Begegnung mit Valery, nur … nur nicht bösartig, sondern voller Vertrauen. Außerdem habe ich auf einmal das Gefühl, dass wir beide schon eine ganze Menge zusammen erlebt haben. Was aber Quatsch ist, weil ich Alina eben erst kennengelernt habe. Entschuldigung, ich rede gerade nur Blödsinn.«

»Nein, das tust du nicht. Ich glaube dir. Und ganz egal, was da dahintersteckt, wir gehen der Sache nach. Ich bin bei dir. Und wenn du wieder weggewirbelt wirst, dann halte ich dich fest.«

»Danke, Mindy.«

Ich drehte mich zu Sir Ben um, aber er stand nicht mehr neben uns. Er war wieder zurück in sein Büro gegangen und druckte dort mit ernster Miene ein paar Dokumente aus. Er signalisierte uns, dass wir hereinkommen könnten.

Als ich neben ihm stand, sah ich mir die frischen Ausdrucke an: Eine Schwarz-Weiß-Kopie von Alinas Studentenakte und eine A4 Farbkopie ihres Bewerbungsfotos lagen auf Sir Bens Schreibtisch.

»Sir Ben, kann es sein, dass die Tatsache, dass wir dafür verantwortlich sind, dass Alinas Vater einen zig Millionen teuren Eurofighter verloren hat, im Moment das kleinere Problem ist?«

»Anna, Sie werden sich wahrscheinlich daran erinnern, dass ich Ihnen an genau diesem Tag versprochen habe, Ihnen niemals wieder Informationen vorzuenthalten…«

»…aber Sie haben sich damals auch das Recht erbeten, etwas nicht kommentieren zu müssen, wenn Sie der Meinung sind, dass unsere Sicherheit davon abhängen könnte. Von diesem Recht möchten Sie jetzt Gebrauch machen, oder?«

Sir Ben nickte.

»Schweben wir in Gefahr?«

»Nein, ich denke nicht. Es betrifft auch nicht wirklich Sie oder Mindy. Ich möchte Sie beide einfach nur bitten, etwas Abstand zu Katharinas Mündel zu halten.«

»Das hatte ich ohnehin vorgehabt. Wenn mich Oberstleutnant Sommer hier in der Nähe seiner Tochter sieht, dann nimmt er sie wahrscheinlich sofort von der Uni. Das darf ich ihr nicht antun.«

»Danke, aber machen Sie sich bitte keine Sorgen. Wenn ich jetzt gerade sehr angespannt wirke, dann liegt das wirklich nur daran, dass ich fürchte, dass mir morgen in London eines der sensibelsten Gespräche meiner Karriere bevorsteht.«

»Mit Ihrer Chefin? Über Alina? Was…?«

Ich bekam keine Antwort. Sir Ben fuhr seinen PC herunter, nahm die Ausdrucke von seinem Schreibtisch, packte sie in einen versiegelten Umschlag und ließ diesen dann demonstrativ in seinem Aktenkoffer verschwinden.

Die Schlösser schnappten zu. Das Thema war beendet.

Im Schatten der Ewigkeit

••••

Ich wachte auf. Ganz normal in unserem Zimmer im Studentenwohnheim der Rhein-Main-University, aber trotzdem stimmten so viele Dinge erst einmal nicht. Ich lag nicht in meinem Bett. Ich saß stattdessen am oberen rechten Kopfende meines Betts auf dem Boden; halb angelehnt an die Zimmerwand. War ich etwa aus dem Bett gefallen? Vielleicht. Vielleicht auch nicht.

Ich versuchte aufzustehen, hing aber irgendwo fest. Jede meiner Bemühungen hochzukommen, wurde mit einem schneidenden Druck in meine Handgelenke bestraft. *Déjà-vu*. Ich verstand. Meine Hände waren hinter meinem Rücken an die untere Kante des Lattenrosts gefesselt worden. Ich war gefangen.

Einbrecher? Irgendwelche Perverse? Nein. Ich trug weiterhin unberührt meinen zweiteiligen Schlafanzug; und wer auch immer mich ruhigstellen wollte, schien trotzdem hingebungsvoll um mein Wohlergehen besorgt zu sein. Ich war zugedeckt und saß auf einem flauschigen Kissen, das gleichzeitig auch meinen Rücken vor der Kühle der Wand schützte. Nur meine nackten Füße ragten leicht ins Freie und ich spürte einen sanften Luftzug durch den Raum gleiten.

Schnell gewöhnten sich meine Augen an die Dunkelheit und das Mondlicht, das in den Raum hereinschien, genügte mir, um zu erkennen, dass das Fenster offen stand. Als ich schließlich eine Gestalt silhouettenhaft am Schreibtisch sitzen sah und spürte, wie sie mich mit ihren schimmernden Augen beobachtete, hatte ich keine Zweifel, wer das war.

»Hallo Natalie«, begrüßte ich meine … meine Freundin?

»Hallo Anna«, hauchte sie in genau dem gespenstischen Ton zurück, mit dem sie mich vor einigen Monaten schon einmal nachts begrüßt hatte. Damals. Bei ihrem ersten Besuch nach ihrer

Verwandlung. Kurz bevor sie mir ihr wahres Gesicht gezeigt hatte und ich ihr zu Mindys und meiner Verteidigung fast ein Metalllineal ins Herz gerammt hätte.

»Du musst keine Angst haben«, flüsterte Natalie weiter. »Und entschuldige bitte die kleine Spielerei da hinter deinem Rücken. Ich darf doch nicht zulassen, dass es zwischen uns beiden wieder so angespannt zugeht wie beim letzten Mal. Da hättest du ja beinahe etwas getan, was du dir niemals hättest verzeihen können. Es hätte dein Herz gebrochen und auf eine gewisse Art und Weise auch dein Leben beendet.«

»Was willst du von mir, Natalie?«

»Muss ich dir das denn wirklich erklären?«, antwortete Natalie, stand auf und ging zu Mindys Bett, das drei Meter links neben meinem stand. »Schau nur. Wie friedlich sie schläft. Ein Teil ihrer Kindheit ist ganz einfach bei ihr geblieben. Hat sich geweigert, sie zu verlassen. Wie alt ist sie? Süße 21? Das glaubt man gar nicht, oder. Aber ich muss sie jetzt aufwecken. Ich bin auch ganz sanft.«

Natalie beugte sich nach unten und küsste Mindy. Mindy blinzelte mit den Augen und schien nach einem Blick zur Seite ziemlich schnell zu verstehen, was hier gerade geschah.

»Schhhh, ganz ruhig, mein Schatz«, sagte Natalie und fuhr mit ihrem Zeigefinger kurz über Mindys Lippen. »Ich möchte nämlich etwas mit euch besprechen, bei dem es nicht nur um Annas Zukunft geht, sondern auch um deine. Aber werde erst einmal richtig wach und mache es dir gemütlich. Langsam. Kein Grund zur Eile. Wir haben alle Zeit der Welt. Und bitte nicht schreien. Du weißt ja, was sonst geschehen wird.«

Mindy nickte. Sie rutschte auf der Matratze ihres Betts nach oben und lehnte sich mit ihrem Rücken an das cremefarbene Kopfende an.

»Du zitterst ja. Das musst du doch nicht«, sagte Natalie, streichelte Mindy über die Wange und deckte sie schließlich zu. Dann drehte sie sich um und setzte sich wieder auf den

Schreibtischstuhl. Sie sah uns beide an. Hatte uns beide fest im Blick.

»Weißt du, Anna«, begann Natalie schließlich, »ich möchte mich entschuldigen. Bei euch beiden. Denn ich habe erst einmal so unglaublich viel nicht verstanden. Darüber bin ich mir jetzt im Klaren. Da ist eine echte Freundschaft zwischen dir und Mindy entstanden. Auf die darf ich nicht eifersüchtig sein und das bin ich auch gar nicht mehr. Ich freue mich darüber und ich bin so unglaublich glücklich, dass Mindy für dich da war, als ich es nicht mehr konnte. Sie hat dir am Rande der Dunkelheit Halt gegeben. Deshalb war es falsch, mich zwischen euch drängen zu wollen. Bitte verzeiht mir.«

»Natürlich. Ich war dir niemals böse, Natalie, nur vorsichtig.«

Natalie lächelte. Ihr schienen diese Worte wirklich etwas zu bedeuten.

»Das ist lieb, dass du das sagst, und deshalb, Anna, möchte ich heute nicht nur dich einladen, mir zu folgen, sondern auch dich, Mindy. Euch beide. Von ganzem Herzen.«

»Was, Natalie. Nein—«

»Verstehst du es denn wirklich nicht? Jetzt ist genau der richtige Zeitpunkt. Nach all dem, was ihr beide für Sir Ben und seine Schule getan habt, wird er uns in Frieden ziehen lassen. Ich werde dabei auf euch aufpassen. Das verspreche ich. Ich werde verhindern, dass ihr Dummheiten macht, die den alten Mann dann doch noch zwingen könnte, seine Meinung zu ändern und unserem Glück im Weg zu stehen. Denn du selbst hast sie mir doch beigebracht, Anna. Diese Beherrschung. Bitte beraube mich jetzt nicht meiner einzigen Chance, dir dafür zu danken und genau das gleiche für dich zu tun. Für dich zu sorgen, wenn du verloren in einer neuen Welt aufwachst.«

Der Logik, die Natalie hier an den Tag legte, war nicht viel entgegenzubringen. Alles ergab einen perfekten Sinn und ich verstand, dass Natalie es wirklich ernst meinte. Sie war nicht gekommen, um nur einen Vorschlag zu machen. Sie war gekommen, um es durchzuziehen, und sie hatte alles ziemlich gründlich vorbereitet. Unser Zimmer war anscheinend abgeschlossen. Der Schlüssel steckte von innen im Schloss und Natalie wusste sehr genau, dass Mindy und ich einen Sprung aus dem Fenster gar nicht oder nur schwer verletzt überleben würden. Schreien oder auf eine andere Art und Weise auf uns aufmerksam zu machen, war auch keine Option. Damit hätten wir nur Unschuldige in Gefahr gebracht.

Natürlich hatte Natalie auch sonst nichts dem Zufall überlassen. Unsere Smartphones, mit denen wir Sir Ben vielleicht eine Nachricht hätten zukommen lassen können, lagen neben Natalie auf dem Schreibtisch. Und das Metalllineal, mein bitterer Weg in die Freiheit, ruhte eher mich als Natalie bedrohend auf meinem Notebook.

Nein. Mein Pfad war gezeichnet. Der Übergang in mein neues Leben war markiert, aber vielleicht würde ich ja noch Mindy heraushandeln können.

»Natalie. Mir ist klar, dass ich mich in keiner Position befinde, in der ich Forderungen stellen kann, aber bitte zieh Mindy nicht noch weiter mit herein. Wenn du sie gehen lässt, dann haben wir letzten Endes alle etwas davon. Dann haben wir immer noch einen Kontakt in diese Welt. Sie wird Sir Ben bestätigen, dass ich freiwillig mit dir gegangen bin. Denn genau das werde ich jetzt tun. Du und ich. Wir beide. Nur wir beide. Bitte.«

»Das ist keine Entscheidung, die du oder ich treffen können«, sagte Natalie. Sie stand wieder auf, ging zu Mindys Bett und setzte sich neben sie. Sie strich durch Mindys hellbraune Haare. Sie spielte mit ihnen.

»Du musst dich wirklich nicht vor dem fürchten, was gleich kommen wird«, sagte sie zu Mindy. »Du wirst es umarmen, denn dann werden auch die letzten Stimmen in deinem Kopf verschwunden sein. Die Stimmen, die dir immer noch einreden wollen, dass du anders bist ... dass du krank bist. Wer hat dir das angetan, meine Süße? Deine Eltern? Deine Verwandtschaft? Deine ach so um dich besorgten Geschwister und Cousins und Cousinen? Sie alle waren es, oder?«

Mindy sah Natalie schüchtern an. Dann blickte sie nach unten auf ihre Bettdecke. Ich hatte keine Ahnung, worum es ging. Natalie zog die Decke weg.

»Nein. Schau nicht so. Schäm dich nicht. Kopf hoch, Mindy«, hauchte Natalie weiter. »Du kannst doch schon so unendlich stolz auf dich sein, mein Schatz. Du hast all deinen Mut zusammengepackt und hast sie verlassen. Du bist hierher gekommen und wurdest belohnt. Du hast Anna getroffen. Sie ist so wunderbar. Sie ist deine Freundin geworden. Sie ist deine beste Freundin geworden. Sie hat dir all das gegeben, was du niemals hattest. Du bist glücklich, aber da ist auch noch eine zweite Stimme in deinem Kopf. Ganz, ganz leise. Warte! Nein, es ist keine Stimme. Es ist eher ein liebevolles Flüstern. Ein Flüstern, das sich noch so viel mehr von Anna wünscht, auch wenn du genau weißt, dass Anna dir das niemals geben kann, weil sie ganz einfach nicht in deinem Team spielt.«

»Was? Natalie, ich ... ich verstehe nicht.«

»Hey, Anna. Du bist so süß, aber hier hast du ausnahmsweise mal gar nichts mitbekommen«, lachte Natalie liebevoll. »Also warte. Dann lass es mich dir erklären. Hmm? Wie hätte Katharina das wohl ausgedrückt? Ja! Genau! Mindy steht eben nicht so auf Jungs.«

»Woher...?«

»Das kann man doch riechen. Komm. Ich zeig's dir. Lass es uns für Mindy eine Spur einfacher machen.«

Natalie stand von Mindys Bett auf, kniete sich neben mich und zog mir das Oberteil aus. Mindys Augen wussten nicht wirklich, was sie tun sollten. Sie schaute mich verschämt an.

»Diese Hemmungen wirst du nie mehr spüren müssen, Mindy. Auch nicht in Annas Nähe. Sieh sie dir an. Reinste Schönheit. So wehrlos.«

Das Crescendo von Natalies Verführung hatte seinen Höhepunkt erreicht, dann aber verlor ihre Stimme plötzlich jede Zärtlichkeit. »Ihr beide habt keine Chance. Mein Entschluss steht fest. Du weißt, wie es enden wird. Diesmal werde ich diesen Raum nicht alleine verlassen. Diesmal kannst du Mindy nicht retten. Warum auch? Sie wird ihr neues Leben umarmen. Genau wie du, wenn du erst einmal die andere Seite betreten hast. Wir drei. In der Ewigkeit. In der Unendlichkeit. Lass mich dir diese Tür jetzt öffnen, Anna. Und bitte kämpfe nicht dagegen an. Beflecke diesen wundervollen Augenblick nicht mit Geschrei.«

Ich ließ die Möglichkeiten, die Mindy und mir vielleicht noch blieben, durch meinen Kopf jagen. Doch hinter jedem meiner Gedankenspiele wartete einzig und allein die Gewissheit auf mich, dass je größer mein Widerstand nun werden würde, desto entschlossener würde die Dunkelheit in Natalie hervortreten. Es gab keine Chance mehr, nach der ich greifen konnte. Alle waren aufgebraucht. Mit jeder Sekunde, die ich weiterhin verstreichen ließ, verlor ich mehr und mehr das bisschen an Kontrolle, das ich noch über unsere Zukunft hatte.

Also blieb mir nur noch der eine Weg, und den wollte ich mit Würde betreten. Denn wenn man einen Fall endgültig verloren hat, dann sollte man die Akte schließen. Nur so kann man wieder ein neues Kapitel aufschlagen. Nur so hatten Mindy und ich vielleicht die Möglichkeit, noch einmal in einer Fortsetzung dieser Geschichte aufzutauchen und das Ende der Trilogie zu erleben. Hoffentlich würden uns die Leser dann immer noch mögen.

»Mindy?«, fragte ich trotzdem noch ein letztes Mal meine Freundin, ohne wirklich Kraft in meiner Stimme zu spüren.

»Du alleine entscheidest über deine Zukunft«, sagte Natalie zu Mindy und ignorierte mich. »Es liegt wirklich nur bei dir. Ich werde deinen Wunsch respektieren. Ganz egal wie er ausfallen wird. Du hast mein Wort. Also, was möchtest du? Möchtest du Anna und mich für immer begleiten, oder möchtest du alleine in diesem Raum hier zurückbleiben.«

»Das schaffe ich nicht. Ich kann dich nicht aufgeben, Anna. Das ist meine Entscheidung. Mein Wunsch. Es ist das, was ich will.«

»Das weiß sie. Wollen wir dann auch gleich mit dir anfangen? Dann musst du nicht so viel Angst haben.«

Mindy nickte.

»Schließ die Augen, mein Schatz. Lass los … lass dich gehen«, hauchte Natalie. Die unglaubliche Aura der Verführung war in ihre Stimme zurückgekehrt. Der konnte niemand widerstehen.

Natalie küsste Mindy auf die Wange, dann fuhr ihr Mund langsam in Richtung von Mindys Hals. Mit aller Vorsicht wurden Knöpfe einer nach dem anderen gelockert und ihrer Aufgabe beraubt.

Stoff wurde beiseitegeschoben...

...Haut wurde entblößt...

...Unschuld wurde preisgegeben.

Ich konnte Natalies Fangzähne sehen, aber sie hatten diesmal erstaunlicherweise nichts Unheimliches an sich. Ich sah vielmehr nur Freude und Erleichterung in Natalies Gesichtszügen. Keine Gewalt. Keinen Horror. Keine Furcht. Vielleicht würden wir es ja wirklich umarmen.

Die Ruhe im Raum war ansteckend. Natalie wusste, dass sie gewonnen hatte.

Mindy legte ihren Kopf auf Natalies Schulter. Ich sah sie ein- und ausatmen. Voller Anmut. Vollkommen entspannt. Sie hatte ihren rechten Arm um Natalies Taille gelegt und begann nun mit den Fingern ihrer linken Hand, Natalies Bluse langsam aufzuknöpfen … sie zur Seite zu schieben … sie nach unten zu ziehen … sie lautlos auf das Bett gleiten zu lassen. Jetzt fragte ich mich definitiv, in welchem Genre ich hier gelandet war.

»Da fallen ja schon die ersten Hemmungen. Das ist schön«, sagte Natalie. Ihre Zähne schwebten nur noch einen Hauch über Mindys Haut.

»Ich muss es tun, Anna. Bitte verzeih mir«, sagte Mindy.

»Das wird sie«, sagte Natalie, zog Mindy wieder zärtlich an sich heran und schloss die Augen. So glücklich hatte ich Natalie schon lange nicht mehr gesehen.

Natalies Zähne drangen ein. Haut brach auf. Mindy zuckte zusammen. Sie ließ es geschehen.

Mindy stützte sich mit ihrer linken Hand auf der Matratze ihres Betts ab und griff nach ihrer Hello-Kitty-Handtasche, die neben ihrem Kopfkissen lag. Sie schob sie zur Seite. Sie holte etwas hervor. Einen kleinen Kasten.

Ruckartig löste Mindy die Umarmung und klatschte das, was bisher von der Handtasche verborgen gewesen war, an Natalies Brüste.

Während weder Natalie noch ich eine Ahnung hatten, was gerade geschah, und keiner von uns beiden reagieren konnte – auch die sichtlich überraschte Natalie nicht – drückte Mindy einen Knopf und schoss zurück an das Kopfende ihres Betts.

Ich hörte ein kurzes Vibrieren und dann nur noch den schrecklichsten Schrei meines Lebens. Was hätte ich dafür gegeben, wenn er mir mein Trommelfell zerrissen und diese Erinnerung ausgelöscht hätte.

Natalie fasste sich an ihr Herz. Sie erstarrte und brach zusammen. Sie fiel tot von Mindys Bett.

Es war vorbei. Die Ewigkeit hatte uns verloren.

Im Rhythmus des Lebens

••••

Wortlos legte Mindy das, was sie Natalie an die Brust geklatscht hatte, neben sich auf das Bett. Jetzt sah auch ich, was es war. Es waren die Kontaktflächen eines Defibrillators. Eines Gerätes, mit dem man normalerweise Leben rettet. Zumindest hatte es Mindy in ihrem Erste-Hilfe-Kurs so gelernt.

Mindy stand auf. Sie ging zu mir und schaffte es nach einer halben Minute, meine Fesseln zu lösen. Sie sah mich fragend an. Das war's. Ich umarmte sie und heulte los.

»Wir sollten sie zudecken. Dann weitersehen«, sagte ich, nachdem ich meine Stimme wieder halbwegs unter Kontrolle hatte.

»Ich mache das«, antwortete Mindy. Sie stand auf, nahm die Decke von ihrem Bett und bedeckte damit Natalies Oberkörper. Dann kniete sie sich neben Natalie und griff nach ihrem Handgelenk. Mindy begann zu lächeln. »Hier. Du kannst ihn fühlen.«

Ich verstand nicht, was Mindy wollte. Ich zog mir mein Schlafanzugoberteil wieder provisorisch über und rutschte nach vorne. Mindy legte Natalies Handgelenk in meine Hand und führte meine Finger vorsichtig in Position.

»Genau hier«, sagte sie. Dann ließ sie los und hielt die Luft an. Anscheinend sollte nichts meine Aufmerksamkeit ablenken.

Es dauerte einen Moment, bis ich den Rhythmus verstand, den meine Fingerspitzen in meinen Körper leiteten. Es war Natalies Puls. Oh mein Gott, Natalie hatte einen Puls. Sie … sie lebte?

»Mindy, was …? Wie hast du das gemacht?«

»Mir ging einfach nicht aus dem Kopf, was uns Sir Ben in Valerys Villa erklärt hat. Dass eine Vampirin keinen Puls hat, meine ich, aber dass es der Vaser trotzdem schafft, ihr totes Herz für genau einen Schlag zu reanimieren, nur um es dann gleich wieder mit einem umgedrehten Impuls brutal zu stoppen. Als ich dann live mitansehen musste, was diese Prozedur mit Natalie angerichtet hat, war ich geschockt und habe mich gefragt, ob man die Spielregeln vielleicht auch ändern kann. Na ja, und da Sir Ben die E-Mail mit den Vaserkurven nicht nur an Natalie, sondern auch an uns beide in Kopie geschickt hat, bin ich mit den Formeln zu Sven gegangen und habe ihn gebeten, die hinteren Kurven umzudrehen und sie in den Defibrillator zu hacken.«

»Und das hat er einfach so gemacht? Ohne groß Fragen zu stellen?«

»Also wenn ich jetzt ehrlich bin, dann habe ich ihm erzählt, dass du das gedrillte Gerät für ein gerichtsmedizinisches Projekt benötigst...«

»...aha...«

»...woraufhin er auch gleich so nett war, alle Sicherheitsprotokolle rauszunehmen. Die hätten da nämlich ein ganz kleines bisschen gestört. Aber sei ihm bitte nicht böse, weil er nie etwas erwähnt hat. Es sollte nämlich eine Überraschung zu deinen Geburtstag werden. Oh, da habe ich Sven übrigens das richtige Datum genannt. Ich musste ihm ja schließlich auch mal die Wahrheit sagen. Nur falls du dich wunderst, wenn an dem Tag eine Karte mit süßen Sachen kommt, meine ich.«

»Und wo hast du den Defibrillator her?«, fragte ich Mindy und beschloss, ihre Antwort definitiv cool zu finden.

»Den habe ich mir ausgeliehen, wobei es aber eventuell sein könnte, dass ich die Sache mit dem vorher Fragen dann vielleicht doch, ähh, vergessen habe. Aber das war es doch wert, Anna, oder? Ich wollte wirklich mal die nette Natalie kennenlernen.«

»Mindy, was Natalie vorhin über dich enthüllt hat ... ?«

»Ja, das bin ich«, antwortete Mindy. Ich spürte eine Mischung aus Erleichterung und neuem Selbstbewusstsein in ihr aufkeimen.

»Aber warum hast du nie etwas gesagt? Ist das meine Schuld? Habe … habe ich dir etwa das Gefühl gegeben, dass ich damit ein Problem hätte?«

Mindy schüttelte energisch den Kopf. »Nein, das hast du nicht. Wirklich nicht. Nie. Gar nicht. Nur als ich damit vor zwei Jahren mit meiner Familie reden wollte, als ich nur etwas angedeutet habe, da wurde es gleich sehr hässlich. Und diese blöden Stimmen, von denen Natalie gesprochen hat, die habe ich wirklich nie ganz wegbekommen. Da ist dieses Gefühl von Schuld zurückgeblieben. Deshalb habe ich mich nicht getraut, etwas zu sagen. Nicht einmal dir. Aber das war blöd und auch ein bisschen unfair von mir, oder? Ach so, und das, was Natalie noch gemeint hat; also … also du bist meine beste Freundin, Anna, aber ich bekomme natürlich schon mit, wie dich Sven ansieht und wie du auch immer mal wieder zu ihm blickst. Und das ist echt so super!«

Mindy blinzelte. Ihre Laune stieg. Na Klasse.

Ohne Vorwarnung atmete Natalie stoßartig ein. Sie schrie. Ich hielt sie fest.

»Es tut mir so leid«, sagte sie immer und immer wieder, während ich an meiner Schulter den immer feuchter werdenden Stoff meines Nachthemdoberteils auf meiner Haut spürte.

Es klopfte an der Tür. »*Hey, ihr. Alles in Ordnung?*«, hörten wir Katharina von draußen fragen.

»Ich mache das. So dunkel wie es hier drin ist, wird sie Natalie nicht erkennen«, sagte Mindy. Sie ging zur Tür und öffnete sie.

»Mindy. Was ist hier los? Ich habe Schreie gehört und mir tierische Sorgen gemacht.«

»Alles in Ordnung. Na ja, soweit«, sagte Mindy, ging locker einladend zur Seite und ließ Katharina in unser Zimmer. Das war ziemlich pfiffig, denn damit erstickte sie jeden Verdacht, dass wir etwas zu verbergen hätten, gleich im Keim. Und mit dem bisschen Mondlicht, das durch die Fenster in unser Zimmer schien, würde

Katharina ohnehin nur ein Büschel durchgewuselter Haare erkennen können, das Trost suchend auf meiner Schulter lag.

Mindy blieb ohnehin voll in Form. Sie blickte kurz zu Natalie und sah dann wieder Katharina an. »Noch so ein mieser Klassiker. Annas Cousine. Ihr erster Freund hat bekommen, was er wollte, und den Rest kannst du dir wahrscheinlich denken. Ab zur Nächsten.«

»Elender Mistkerl«, murmelte Katharina, ging aber bereits wieder rückwärts aus unserem Zimmer heraus. »Kann ich euch noch irgendwie helfen? Etwas besorgen, oder so?«

»Hmm, die Schniefis sind fast aufgebraucht, aber da kümmern wir uns nachher drum.«

»Gut, aber falls die beiden jetzt etwas Privatsphäre benötigen, dann kannst du auch gerne bei mir übernachten«, bot Katharina Mindy an.

»Ist schon okay. Ich glaube, wir drei brauchen uns gerade«, sagte ich zu Katharina.

»Dann alles Gute«, antwortete Katharina, winkte mir noch einmal aufmunternd zu und ging zurück auf ihr Zimmer.

»Ich kann nicht bei euch bleiben. Hier kennen mich zu viele«, sagte Natalie.

»Blödsinn«, antwortete ich. »Ich lasse dich erst wieder weg, wenn wir ganz genau wissen, was wir als Nächstes tun.«

»Kannst du Sir Ben anrufen?«

Ich schaute auf die Uhr. »Ich weiß nicht. Informieren müssen wir ihn auf jeden Fall, aber er ist wahrscheinlich gerade unterwegs zum Flughafen oder sitzt bereits in der ersten Maschine nach London. Außerdem würde es keinen guten Eindruck machen, sich früh morgens mit seinem Professor im Wohnheim zu verabreden. «

»Pfarrer Ban! Vielleicht gewährt er uns erst einmal Asyl, bis du Sir Ben erreicht hast.«

»Pfarrer Ban? Ist das der evangelische Pfarrer, der euch damals in Dornbach geholfen hat?«, fragte Mindy.

»Ja, das ist er. Und der Vorschlag ist ziemlich gut.«

»Soll ich uns ein Taxi rufen?«, fragte Mindy.

»Nein, bitte nicht!«, sagte ich und spürte einen Hauch von Panik. »Keine fremden Leute mehr. Nur jemand, dem wir wirklich vertrauen können. Ich … ich rufe Sven an. Ist das okay?«

»Ja. Klar«, antwortete Natalie.

Ich holte mein Smartphone vom Schreibtisch und wählte Svens Nummer. Natürlich dauerte es eine Weile, bis er verschlafen ranging.

»Anna. Alles in Ordnung?«

»Ja, also Sven, ich … wir möchten dich um einen Gefallen bitten. Es ist wirklich nichts Illegales, aber es ist etwas, über das du niemals mit jemandem reden darfst. Darauf muss ich mich verlassen können.«

»Ja, natürlich. Du hast mein Wort. Worum geht es? Ach so, ich kann reden. Tobias ist nicht da.«

»Kannst du, ich meine, du hast doch ein Auto? Kannst du Mindy, mich und eine Freundin nach Dornbach im Taunus fahren. So wie jetzt gleich?«

»Ich mache mich fertig und bin in 15 Minuten da.«

»Danke.«

»Die Dinge, die ich dir angetan und vorhin über dich enthüllt habe, dazu hatte ich kein Recht«, sagte Natalie zu Mindy, nachdem ich aufgelegt hatte.

»Das warst nicht du. Zumindest nicht die Natalie mit einem schlagenden Herzen«, sagte Mindy. »Und es freut mich wirklich, dich endlich kennenzulernen.«

»Aber was geschieht mit euch, wenn die andere Natalie zurückkehrt? Wenn mein Herz wieder aufhört, zu schlagen, oder wenn mich der Hunger in den Wahnsinn treibt. Ich weiß nicht, ob ihr schon bemerkt habt, dass die hier noch da sind?«, antwortete Natalie und zeigte uns ihre Vampirzähne.

»Für all das finden wir eine Lösung. Wir drei zusammen.«

Einen Moment später klopfte es an der Tür. »*Ich bin es. Sven. Kann ich reinkommen?*«, flüsterte er.

Wir schauten uns alle in die Augen. Wir würden gleich eine weitere Person unwiderruflich in unsere Welt hineinziehen. Wir mussten uns absolut sicher sein, dass wir das auch wollten und dass wir die Verantwortung dafür übernehmen könnten. Aber keine von uns musste noch ein Wort sagen. Wir waren uns einig.

Ich ging zur Tür, öffnete sie aber erst nur einen kleinen Spalt. Auch Sven musste die Chance bekommen, noch umkehren zu können.

»Hey, Sven, danke. Es ist ... also wenn du jetzt hereinkommst, dann wirst du etwas über uns erfahren, über das du niemals reden darfst. Mit niemandem. Wenn du das nicht möchtest, dann muss ich dich bitten, wieder zu gehen. Ich würde es dir auch nicht übel nehmen. Wirklich nicht. Dazu hätte ich kein Recht.«

»Du ... ihr habt mein Wort«, antwortete Sven.

Ich trat wortlos zur Seite und Sven kam herein. Ich schloss die Tür hinter ihm und schaltete das Licht gedimmt ein.

»Oh mein Gott«, sagte Sven, nachdem er Natalie in Mindys Armen gesehen hatte. Er sah mich fragend an, schwieg dann aber. Nur seine Augen huschten noch einmal kurz über den immer noch auf Mindys Bett liegenden Defibrillator. Soviel also zu süßen Sachen. Die konnte ich mir jetzt garantiert abschminken.

»In Dornbach gibt es jemanden, der uns helfen wird und bei dem Natalie auch erst einmal für eine Weile bleiben kann. Das hoffen wir zumindest. Aber ich wollte kein Taxi rufen. Ich habe Angst, Sven, denn es gibt im Moment nicht viele Menschen, denen wir vertrauen können. Aber falls du jetzt noch...«

»Nein. Das kommt gar nicht in Frage. Ich werde euch fahren. Aber denkst du, du könntest mir vielleicht sagen, was hier geschehen ist?«

»Ich glaube nicht, dass ich im Moment die Kraft habe, die ganze Geschichte heute gleich zweimal zu erzählen. Kann das warten, bis wir in Dornbach sind? Bitte. Es ist nicht böse gemeint und auch kein Zeichen von Misstrauen, aber ich kann jetzt einfach nicht.«

Ich verlor die Kontrolle über meine Stimme. Meine Emotionen waren wieder dabei, durchzubrechen.

»Alles okay, Anna. Dein Tempo«, sagte Sven.

»Vielen Dank und, und oh, ach so. Könntest du vielleicht drau- … nein, nicht da! … könntest du dich vielleicht kurz umdrehen und den entspiegelten Monitor meines Notebooks bewundern, bis wir alle im Bad verschwunden sind?«, bat ich noch Sven, nachdem mir aufgefallen war, dass ich die ganze Zeit über im gerade einmal provisorisch zugeknöpften Schlafanzug vor ihm gestanden hatte und dass auch Mindy und Natalie nicht gerade viel anhatten.

Ganz der Gentleman löste Sven seinen netten Blick von mir und wir machten uns fertig.

• • • •

»Warte, wenn es okay ist, Natalie, dann lege ich dir jetzt meine Jacke über und du lehnst dich am besten an Anna an und tust auf dem Weg nach unten so, als ob du nicht mehr ganz nüchtern wärst«, sagte Sven, während wir durch unsere Zimmertür in den Flur des Studentenwohnheims der Rhein-Main-University gingen.

»Wirst du auch wirklich keinen Ärger bekommen oder zumindest einen Haufen dummer Sprüche zu hören kriegen, wenn dich einer deiner Kumpels mit uns sieht?«, fragte ich.

»Glaube mir, es gibt Dinge, die den Ruf wesentlich nachhaltiger ruinieren, als das nächtliche Herausschmuggeln von gleich drei jungen Frauen«, antwortete Sven und schaute mich nur ein Augenblinzeln später entschuldigend an. Aber ich lachte. Denn falls dieser Einsatz hier ganz nebenbei auch Svens oh, là, là - Karma aufwerten würde, dann wäre das mehr als nur fair.

Wir torkel-/huschten durch die Gänge und über die Seitentreppen weiter nach unten und kamen schließlich ohne Aufsehen zu erregen in der Tiefgarage der Rhein-Main-University an. Sven führte uns zu seinem Wagen und öffnete uns die Türen. Mindy setzte sich nach vorne auf den Beifahrersitz. Natalie und ich nahmen hinten Platz.

»Ich glaube, Natalie war die ganze Zeit über gut unter meiner Jacke versteckt, aber die haben Sicherheitskameras im Parkhaus. Um diese Zeit ist hier praktisch nichts los. Da kann es sehr gut sein, dass ein Wachmann aus reiner Langeweile mal einen neugierigen Blick auf uns wirft.«

»Wir haben einen Freund, der sich um die Aufzeichnungen kümmern wird«, sagte Mindy.

»Verstehe«, antwortete Sven und ich fragte mich, was in diesem Augenblick wohl in seinem Kopf vor sich ging. Aber er startete kommentarlos den Motor und manövrierte seinen Wagen aus dem Parkhaus heraus. Ich war ihm dankbar, dass er keine weiteren Fragen mehr stellte.

Dankbar für die Stille und das Rauschen der Nacht.

LICHTER IN DER NACHT

····

»Dort ist sie. Die Wohnung von Pfarrer Ban ist direkt gegenüber der Kirche. Er wird nichts dagegen haben, wenn du vor ihr parkst«, sagte ich zu Sven, nachdem ich ihn durch Dornbach geleitet und wir an dem Ort angekommen waren, an dem vor 100 Jahren mein eigenes und das Schicksal meiner Freunde von der Dunkelheit erfasst worden war. Ich schloss die Augen. Ich konnte wieder alles spüren. Die Emotionen, die Aura und Valerys Schatten. Aber nichts von dem hatte mehr Macht über mich. Diesen Teil der Angst hatte ich hinter mir gelassen.

Wir stiegen aus und klingelten. Es war noch viel zu früh am Morgen. Pfarrer Ban schlief mit Sicherheit noch.

Jetzt nicht mehr, dachte ich, als zwei Minuten später das Licht im Haus anging und Pfarrer Ban uns nach zwei weiteren Minuten die Tür öffnete. Der Blick, mit dem er Natalie ansah, beantwortete sofort meine Frage, ob er von ihrem Tod gehört hatte.

»Wir brauchen Ihre Hilfe, Richard«, sagte Natalie. Pfarrer Ban trat zur Seite und ließ uns herein.

Er führte uns erst einmal in sein Wohnzimmer. Dort setzten wir uns an den Esstisch. Pfarrer Ban machte noch schnell Tee und Kaffee und dann erzählte ich ihm und Sven unsere Geschichte – die ganze Geschichte. In allen Details.

»Und jetzt sind wir wahrscheinlich bei dem Teil der Story angekommen, bei dem Sie die Polizei oder vielleicht doch eher die Ärzte verständigen werden«, beendete ich meine Erzählung.

Pfarrer Ban stand auf, öffnete die Schublade eines Wandschranks und holte einen Zeitungsausschnitt heraus. Er legte ihn auf den Tisch. Es war Natalies Todesanzeige.

»Es wäre gelogen und Ihnen gegenüber unehrlich, wenn ich jetzt behaupten würde, dass ich Ihnen alles glaube, was Sie mir eben erzählt haben. Ich kann Ihnen auch nicht versprechen, dass ich das jemals tun werde. Was ich Ihnen aber glaube, ist, dass Sie in sehr ernsten und von Ihnen wirklich nicht verschuldeten Schwierigkeiten stecken. Könnten wir uns deshalb im Moment vielleicht erst einmal auf das gemeinsame Verständnis einigen, dass durch eine dumme Verwechslung die falschen Leute auf Natalie aufmerksam geworden sind und Natalie deshalb von den Behörden in ein Zeugenschutzprogramm gesteckt wurde, in dem dann etwas ganz schrecklich schiefgelaufen ist.«

Ich nickte. Mehr konnten wir nicht von ihm verlangen.

»Selbstverständlich helfe ich Ihnen, so gut wie ich das eben kann, aber wenn man die Macht von dieser Organisation bedenkt, mit der man Sie gezwungen hat, zusammenzuarbeiten, dann wird mein eigener Beitrag nur sehr klein und unbedeutend ausfallen können.«

»Sie glauben gar nicht, wie sehr Sie uns schon dadurch helfen, dass wir uns bei Ihnen ausruhen dürfen. Wenn es Ihnen recht ist, dann würde ich jetzt sehr gerne Sir Ben anrufen und mich mit ihm hier verabreden«, sagte ich zu Pfarrer Ban.

»Natürlich. Aber sind Sie sich absolut sicher, dass Sie diesem Mann auch wirklich vertrauen können?«

»Ja, ich bin mir sicher. Ohne Sir Ben wären Natalie, Mindy und ich nicht mehr am Leben. Außerdem hätte Sir Ben die letzten Wochen über unendlich viele Gelegenheiten gehabt, uns zu entführen, zu ermorden oder zu missbrauchen. Niemand hätte etwas mitbekommen. Wir wären ganz einfach für immer verschwunden.«

»Möchten Sie alleine mit ihm sprechen?«

»Nein. Das ist nicht nötig.«

Ich wählte Sir Bens Nummer. Er ging sofort an sein Smartphone. »*Anna. Was machen Sie denn um diese Zeit in Dornbach?*«, begrüßte er mich.

»Das möchte ich nicht am Telefon besprechen und ... und es ist wirklich niemand in Gefahr, aber ich möchte Sie trotzdem bitten, so schnell wie möglich zu uns zu kommen. Wir sind bei Pfarrer Ban, er ... er weiß Bescheid. Ich übernehme dafür die volle Verantwortung.«

»*Nein ... nein, nur Handgepäck*«, hörte ich Sir Ben am anderen Ende der Leitung zu jemandem sagen. »*Anna, ich habe gerade wieder ausgecheckt. Ich bin noch am Gate, kann aber in 40 Minuten in Dornbach sein. Sind Mindy und Natalie bei Ihnen?*«

»Ja, das sind sie. Wir passen aufeinander auf.«

»*Gut. Und Anna. Wegen Pfarrer Ban. Ich vertraue da erst einmal Ihrem Urteilsvermögen. Das hat mich die letzten Wochen über nicht enttäuscht.*«

»Danke«, sagte ich und schloss die Augen. Das erste Mal seit Monaten hatte ich wieder eine Zukunft vor mir, die so wertvoll war, dass ich unglaublich viel Angst hatte, sie zu verlieren.

Das war ein wundervolles Gefühl.

Im Zwielicht

••••

Eine Stunde später klingelte es an der Tür.

»Vielleicht ist es besser, wenn Sie mit nach vorne kommen. Dann können Sie ihn identifizieren und er sieht Sie auch gleich«, sagte Pfarrer Ban zu mir. Ich stand auf und folgte ihm in den Flur.

»Sir Ben«, sagte ich, nachdem Pfarrer Ban die Tür geöffnet hatte.

»Anna«, begrüßte mich Sir Ben. »Und Sie müssen Richard sein. Freut mich, Sie kennenzulernen. Ich bin … für Sie bin ich natürlich auch Sir Ben.«

Wir gingen zurück ins Wohnzimmer, aber als Sir Ben Sven sah, verflog seine gute Laune erst einmal.

»Was macht denn der Kleine hier. War das wirklich nötig, Anna«, knurrte er.

»Ja, weil er … aber sehen Sie selbst.« Ich schaute zu Natalie.

Sir Ben ging zu ihr, murmelte aber im Vorbeigehen noch zu Sven, dass er für ihn selbstverständlich weiterhin Professor König sei und dass die beiden sich später auch noch einmal ausführlich unterhalten würden.

Als Sir Ben schließlich vor Natalie stand, hielt sie ihm ihr Handgelenk hin. Er nahm es, wusste aber erst einmal nicht, was er tun sollte.

»Fühlen Sie«, sagte Mindy.

»Oh mein Gott«, sagte Sir Ben. »Aber das war eben garantiert nicht das erste Mal, dass Sie das heute gehört haben.«

»Ganz sicher nicht«, sagte Pfarrer Ban. Dann machte er eine einladende Geste, bot Sir Ben etwas zu trinken an und Mindy erzählte ihren Teil der Geschichte.

••••

»Das hat der Kleine drauf?«, fragte mich Sir Ben.

»Ja. Ohne seine Hilfe wären wir nicht hier. Gleich zweifach. Niemand von uns wollte in ein Taxi steigen. Dazu stehe ich und ich hoffe, dass Sie das verstehen.«

»Darüber sprechen wir, wie gesagt, später«, antwortete Sir Ben jetzt in einem wesentlich entspannteren Ton. Dann wandte er sich wieder an Natalie. »Wie fühlen Sie sich?«

»So wie im Zwielicht zwischen den Welten.«

»So wie im Zwielicht zwischen den Welten?«

»Ja, ich … ich spüre wieder die volle Last meines Gewissens. Das ist nicht einfach, denn ich weiß sehr genau, was ich Anna und Mindy die letzten Monate über alles angetan habe – und heute Nacht antun wollte. Die Aggression ist weg, zum größten Teil, aber meine Sinne lassen mich weiterhin Dinge wahrnehmen, die ich früher nicht sehen, hören oder spüren konnte. Ich stehe immer noch mit einer unglaublichen Klarheit in der Realität. Aber das ist doch gar nicht einmal so schlecht, oder?«

»Mit Sicherheit nicht. Aber wie verhält es sich mit Ihrem Hunger? Mit Ihrem Verlangen nach Blut, wenn ich Sie das so direkt fragen darf?«

»Also die hier sind noch da«, sagte Natalie und zeigte Sir Ben ihre Fangzähne. »Und wenn ich ehrlich bin, dann hätte ich absolut kein Problem damit, jetzt gleich Annas oder Mindys Blut zu trinken. Es würde mir schmecken und mich garantiert auch irgendwie aufmuntern, aber … aber das werde ich nicht tun, Herr Professor, ich wollte nur ehrlich sein.«

»Ich weiß das sehr zu schätzen, Natalie, und ich mache Ihnen keinen Vorwurf. Und bitte bleiben Sie bei Sir Ben.«

Natalie beruhigte sich wieder. »Zum Glück habe ich auch wieder Lust auf normale Dinge. Der Kaffee, der schmeckt richtig super, Richard, und Sie glauben gar nicht, wie gerne ich nachher eine Pizza verdrücken würde. Ja, und Gummibärchen. Die wären jetzt ganz toll.«

»Darum werde ich mich kümmern«, sagte Pfarrer Ban. Ich sah ihn an. Er hatte gerade zum ersten Mal die Fangzähne von Natalie gesehen. Dabei hatte sein Gesicht eine ganze Menge an Farbe verloren. Aber die Sache mit dem Zeugenschutzprogramm, die war jetzt garantiert vom Tisch.

»Ja, tun Sie das bitte«, sagte Sir Ben zu Pfarrer Ban. »Und dann würde ich mit Ihrem Einverständnis, Natalie, jetzt gerne noch ein paar Dinge testen.«

Sir Ben schaute Natalie fragend an und holte eine Deodose und ein Stofftaschentuch aus seinem Aktenkoffer.

»Bringen wir es hinter uns«, sagte Natalie und hielt ihm den Rücken ihrer linken Hand hin. Mit ihrer rechten griff sie nach meiner. Ich hielt sie fest.

Sir Ben sprühte etwas von dem Spray auf das Taschentuch und tupfte damit auf Natalies Haut. Die Stelle begann, sofort zu blubbern. Natalie zuckte zusammen. Tränen schossen ihr in die Augen. Sie packte meine Hand noch fester. Ihre Fingernägel krallten sich tief in mein Fleisch. *Kein Blut. Bitte kein Blut*, dachte ich.

Nach 10 Sekunden ließ die Wirkung des Vampirabwehrsprays wieder nach und die Verletzung an Natalies Handrücken begann zu heilen.

»Ihre Haut hat nicht mehr ganz so heftig reagiert«, sagte Sir Ben.

»Es hat aber mindestens genauso wehgetan und brennt immer noch teuflisch. Es heilt auch nicht mehr so schnell wie früher, oder? Das ist definitiv gemein.«

Sir Ben nickte.

»Dann sind in meinem Körper jetzt wohl meine beiden Leben miteinander vereint. Aber wie genau die verteilt sind, wer wo und wann das Sagen hat, das bekommen wir wahrscheinlich nur durch herumprobieren raus. Scheiße, ich habe angewandte Statistik immer gehasst! 'schuldigung, Richard.«

Pfarrer Ban grinste.

»Wenn es Ihnen recht ist, Natalie«, sagte Sir Ben, »dann werde ich veranlassen, dass gleich heute Nachmittag eine Kollegin von mir hier vorbeikommt. Sie wird Sie noch einmal genauer untersuchen.«

»Ja, natürlich. Ich bin einverstanden.«

»Sie und Ihre Freundinnen können sehr gerne das Wochenende über in meinem Gästezimmer übernachten, und unser Hotel hat in der Regel auch immer ein preiswertes Zimmer frei«, sagte Pfarrer Ban erst zu Natalie, Mindy und mir und dann zu Sven.

Wir nahmen das Angebot an, aber Sven meinte, dass wir Mädchen jetzt wahrscheinlich erst einmal für eine Weile unter uns bleiben wollten und er deshalb wieder zurück nach Frankfurt fahren würde. Er bot uns aber an, uns Sonntagabend abzuholen.

»Dann breche ich jetzt nach London auf«, sagte Sir Ben. »Aber Sie ruhen sich am besten alle noch einmal für eine Weile aus – und bitte frühstücken Sie gut, Natalie.«

»Sir Ben?«

»Natalie?«

»Haben Sie Handschellen dabei?«

Sir Ben zögerte. »Ja. In Speziallegierung. Das ist Standardausrüstung.«

»Können Sie mir die bitte anlegen. Ich habe Angst, dass ich nach dem Aufwachen wieder vollkommen anders bin.«

Sir Ben nickte, holte ein Set Handschellen aus seiner Aktentasche und ging zu Natalie.

»Nein!« Ich schrie. Ich sprang auf. Ich stellte mich ihm in den Weg.

Sir Ben blieb ruhig. »Es ist zu Ihrer aller Sicherheit. Dieser Fall ist einmalig. Wir wissen nicht, was mit Natalies Körper geschehen wird, wenn sie schläft. Sie haben die Wahl, Anna. Ich kann Ihnen jetzt sehr gerne vertrauen und Ihnen die Handschellen und die

Schlüssel geben, oder ich lege sie Natalie selbst an und überlasse die Schlüssel dann Richard.«

»Nein, ich ... ich mache das.«

»Das lässt uns alle eine Spur ruhiger schlafen. Ich zähle auf Sie«, sagte Sir Ben und gab mir die Handschellen und die Schlüssel.

Schließlich verabschiedete sich Sir Ben von uns und wurde von Pfarrer Ban zur Haustür begleitet. Auf dem Weg dorthin blieb Sir Ben vor Sven stehen und sah ihm mit einem Blick in die Augen, den er bisher vor mir verborgen hatte. »Du weißt, was ich mit dir anstellen werde, wenn du hierüber plauderst.«

»Nein, nicht wirklich, Herr Professor. Ich denke, es wird sehr viel unangenehmer werden, als alles, was ich mir im Moment vorstellen kann. Ich werde Ihr Vertrauen nicht missbrauchen.«

»Was du mit meinem Vertrauen machst, das ist mir ziemlich egal, aber ich werde sauer, wenn du so dumm bist, sie zu hintergehen«, antwortete Sir Ben und blickte zu mir. Einen Moment später war er auf dem Weg nach London.

»Bist du dir sicher, dass er draußen nicht gleich die Kavallerie informiert?«, fragte mich Sven. Er konnte nicht verbergen, dass Sir Bens Misstrauen ihn eben ziemlich gekränkt hatte.

»Ja, das bin ich. Das wäre unter seiner Würde. Wenn Sir Ben Natalie nach London schaffen wollte, dann wäre sie bereits in seiner Gewalt und keiner von uns würde sich jemals wieder an das erinnern können, was heute Morgen geschehen ist.«

Wir beide schwiegen für eine Weile und dabei wurde mir klar, dass ich, um Svens Vertrauen nicht zu verlieren, mehr tun musste, als nur Sir Bens Verhalten sachlich zu erklären. Ich musste etwas von mir offenbaren.

Also schob ich meine Haare zur Seite und zeigte Sven, was mir das Schicksal die letzten Wochen über zugemutet hatte. »Das hier wird eines Tages wieder vollständig verheilt und dann für immer verschwunden sein, aber es wurde mir mit Gewalt von einem Mann zugefügt, dem Sir Ben zwei Jahrzehnte lang mit seinem Leben vertraut hat. Er kann im Moment ganz einfach nicht anders. Gib ihm bitte etwas Zeit. Das wird schon.«

»Okay, das mache ich«, sagte Sven. »Das verspreche ich dir.«

Langsam schoss die Müdigkeit in meinen Körper zurück. Natalie hatte mich gegen zwei Uhr geweckt und jetzt war es vielleicht kurz nach sieben. Mein Adrenalin war aufgebraucht und mein Verlangen, einfach nur die Augen zu schließen, konnte ich nicht mehr verbergen.

»Sie können sich sehr gerne für eine Weile hier ausruhen. Schieben Sie einfach alles so lange zusammen, bis es gemütlich für Sie ist«, meinte Pfarrer Ban. »Der junge Herr und ich werden draußen warten.«

Wir folgten der Einladung und schoben ein paar Sessel zu einem provisorischen Dreierbett zusammen. Dann aber kam der richtig blöde Teil. Ich musste Natalie die Handschellen anlegen. Ich wollte das nicht, aber ich wusste, dass sie und Sir Ben mit dieser Vorsichtsmaßnahme recht hatten und dass es meine Pflicht als Natalies Freundin war, ihren Wunsch zu respektieren. Trotzdem tat das Zuschnappen der beiden Schlösser weh.

Ich überlegte noch für einen Moment, ob ich die Schlüssel behalten oder sie doch besser Pfarrer Ban geben sollte, aber dieses Stück Verantwortung durfte ich nicht abgeben. Auf Natalie aufzupassen, das war mein Job. Einzig und allein meiner.

Ich hörte noch, wie Türen geöffnet und wieder geschlossen wurden und wie schließlich jemand ein Auto startete. Wahrscheinlich fuhr Sven jetzt wie angekündigt wieder zurück nach Frankfurt. Ich vertraute ihm.

Dann holte mich auch schon der Schlaf ein.

IDENTITÄT

••••

Wir wachten vier Stunden später wieder auf. Ich schoss nach oben und sah Natalie an. Ich griff nach ihrem Handgelenk. Ich fühlte ihren Puls. Alles war beim Alten – oder wieder beim neuen Alten. Natalie war Natalie. Ihr Herz schlug. Also gab es keinen Grund mehr, sie weiterhin ihrer Freiheit zu berauben. Ich schloss die Handschellen auf und packte sie in meine Handtasche. Keine Ahnung, was ich die nächste Nacht tun würde.

Ich sah einen Zettel, den Pfarrer Ban von unten durch die Tür geschoben hatte. Mindy holte ihn.

Auf dem Zettel stand, dass er noch ein paar Vorbereitungen treffen müsse, er aber gegen Nachmittag wieder zurück sei. Frühstück stünde auf dem Tisch. Das tat es auch. Inklusive einer Tüte Gummibärchen.

Während wir frühstückten, schickte Sir Ben Mindy und mir eine MMS. Sie zeigte das Bild der Frau, die Natalie untersuchen und mit uns über ihre Zukunft sprechen würde.

Sie kam gegen 16:00 Uhr an. Pfarrer Ban führte sie zu uns. Dann verabschiedete er sich und ging in sein Arbeitszimmer.

»Ich bin Gwen. Es wäre schön, wenn wir gleich bei dem ʼduʼ bleiben könnten«, stellte sich uns Sir Bens Kollegin vor. Sie hatte glatte, schulterlange Haare, trug eine helle Brille und ein Halstuch. Ich ahnte, wer sie war.

»Du bist die Therapeutin, die von Nicholas angegriffen wurde, oder?«, fragte ich und schämte mich erst einmal für meine Direktheit.

»Nein, ist schon okay. Das bin ich. Aber ich bin auch Ärztin und kann Natalie untersuchen. Ich habe vorher nur noch eine Frage.

Natalie, möchtest du, dass Anna und Mindy dabei sind, oder sollen sie draußen warten?«

»Es wäre schön, wenn sie bei mir bleiben könnten.«

»Natürlich.«

Die Untersuchung verlief überraschend unspektakulär. Gwen stellte Natalie eine halbe Stunde lang Fragen und nahm eine Blutprobe. Mehr nicht. Aber nachdem sie ihren Ärztekram weggepackt und anschließend einen kleinen schwarzen Kasten mit einem farbigen LCD-Touchdisplay aus ihrem Businesskoffer hervorgezaubert hatte, wurde die Sache ziemlich interessant.

»Benjamin und ich sind uns einig, dass du nicht einfach in dein altes Leben zurückkehren kannst, Natalie. Das tut mir leid, aber so ein Zug würde viel zu viele Fragen aufwerfen, die sich im Moment niemand von uns leisten kann. Wir müssen dir deshalb eine neue Identität geben. So schnell wie möglich. Allerdings sollte Pfarrer Ban dabei sein. Es gibt ein paar Dinge, die ich mit ihm abstimmen muss. Kann ihn bitte jemand von euch holen.«

»Mache ich«, sagte Mindy, stand auf und kam eine Minute später mit Pfarrer Ban zurück.

»Okay«, sagte Gwen und legte mit einem Selbstbewusstsein, das mir wirklich Angst machte, einen graugrünen Plastikchip in Scheckkartengröße auf den Tisch. »Fangen wir mit dem ersten Schritt an, Natalie. Mit deinem neuen Namen. Hast du eine Idee? Lass dir Zeit, es wäre zu riskant, ihn hinterher noch einmal zu ändern.«

Natalie überlegte für eine Weile. »Sophia. Sophia Ritter«, sagte sie dann. »Als Sophia würde ich mich wohlfühlen.«

»Das ist das Wichtigste«, sagte Gwen und tippte den Namen über das LCD-Touchdisplay in den kleinen schwarzen Kasten ein. »Ich mache dich zwei Jahre älter. Ich erkläre dir gleich, warum. Aber vorher sollten wir noch Sophia herrichten. Können wir Ihr Badezimmer für eine Weile okkupieren, Richard?«

»Selbstverständlich«, meinte Pfarrer Ban.

»Komm«, sagte Gwen zu Natalie, nahm sie an der Hand und verließ mit ihr den Raum. Das war das letzte Mal, dass wir sie sahen.

ZUKUNFT

••••

Wir warteten. 30 Minuten ... 60 Minuten ... fast zwei Stunden vergingen, bis es endlich an der Wohnzimmertür klopfte, sie geöffnet wurde und Na- ... und Gwen uns Sophia Ritter vorstellte.

Smaragdgrüne Augen. Als erstes fielen mir Sophias smaragdgrüne Augen auf. Farbige Kontaktlinsen, wie ich hoffte, auch wenn ich Sir Bens Verein eine wesentlich invasivere Lösung zutraute. Sophia trug eine angenehm auffällige Kunststoffbrille mit transparentrotem Gestell und breiten Bügeln. Diese verschmolzen mit Sophias glatter und schulterlanger Frisur, die hypermodisch geschnitten auf der linken Seite vielleicht 5 cm länger war als auf der rechten.

Sophia war platinblond. Unglaublich intelligent gefärbt, denn durch den nur leicht dunkleren Haaransatz, der an Sophias Scheitel durchschimmerte, hatte man den Eindruck, dass Sophia von Natur aus eine mittelblonde Blondine war, die halt einfach mal Lust auf einen knalligen Ton gehabt hatte.

»Wie ... wie findet ihr es?«, fragte Sophia.

»Es ist fantastisch«, sagte ich.

»Es ist wunderschön«, sagte Mindy.

»Freut mich, dass es euch gefällt«, sagte Gwen und legte ihr Smartphone neben den schwarzen Kasten, den sie vorhin in der Mitte des Wohnzimmertisches positioniert hatte. Sie berührte ihn. Ein farbiges Menü erschien und einen Moment später blitzte kurz ein frisch aufgenommenes Bild von Sophia auf dem Display beider Geräte auf. Dann begann es, nach Plastik zu riechen. Schließlich kam ein wirklich funkelnagelneuer und garantiert so was von gefälschter Personalausweis aus dem schwarzen Kasten heraus.

Noch so eine Sache, bei der ich als zukünftige Staatsanwältin natürlich mittendrin und live dabei sein wollte.

»Wir schicken dir alle weiteren Unterlagen, also eine Geburtsurkunde, einen Reisepass und deinen neuen CV im Laufe der nächsten Tage zu. Es wird aber ungefähr 48 Stunden dauern, bis Sophia Ritter in den bundesweiten Datenbanken Fuß gefasst hat. Halte dich deshalb bitte so lange von Ausweiskontrollen fern. Das erspart uns ein paar Anrufe.«

»Klar. Aber wie geht es jetzt mit mir weiter? Was darf ich tun und was nicht?«

»Du hattest in deiner Bewerbung für die Rhein-Main-University geschrieben, dass du dir vorstellen könntest, Lehrerin zu werden. Und Anna hatte deinen Wunsch auch einmal Benjamin gegenüber erwähnt.«

»Ja, das stimmt. Um mir alle Optionen offen zu halten, habe ich mich dann zwar doch für den Masterstudiengang entschieden, aber die Sache mit dem Unterrichten habe ich nie aus den Augen verloren.«

»Prima, denn darauf können wir jetzt aufbauen. Richard, kennen Sie Frau Katja Johansson?«

»Katja Johansson? Ja, natürlich. Sie ist Lehrerin hier an der Grundschule.«

»Ganz genau, das ist sie. Sie hat ganz hervorragende Beurteilungen und ist auch ziemlich ehrgeizig. Sie hat sich im Laufe dieses Schuljahres gleich dreimal auf einen Rektorinnenposten beworben, kam aber niemals zum Zug. Nun gut, das wird sich ändern. Frau Johansson wird gleich im kommenden Schuljahr überraschenderweise die Leitung einer Bad Homburger Grundschule übernehmen. Das reißt dummerweise eine Lücke in den bereits abgesegneten Lehrplan der Dornbacher Grundschule – und diese Lücke wird Sophia Ritter füllen, denn die hat gerade ihren Abschluss gemacht und ist voller Tatendrang. Herzlichen Glückwunsch, Sophia.«

»Das ist … Mathematik an einer Grundschule kann ich natürlich unterrichten, klar, aber meinen Abschluss, den habe ich doch noch gar nicht. Mir fehlen mindestens zwei volle Semester und die Kleinigkeit einer Masterarbeit. Von irgendwelchen Staatsexamen ganz zu schweigen.«

»Das alles wirst du auch nicht geschenkt bekommen. Zwei meiner Kollegen sind Mathematiker. Sie bereiten gerade Studienbriefe für dich vor und werden dir den Stoff vermitteln, den du an der Rhein-Main-University verpasst hast. Selbstverständlich wirst du auch eine Masterarbeit schreiben und dich mit den notwendigen Grundlagen der Pädagogik beschäftigen. Außerdem werden wir garantiert einen Weg finden, deine Leistung als Lehrkraft zu überprüfen. Du wirst Kinder unterrichten. Das nehmen wir sehr ernst.«

»Lass mich raten«, meinte Mindy zu Gwen. »Diese beiden Kollegen von dir, die sind keine berufenen Professoren und haben garantiert auch so was von echt kein Mathe studiert, aber sie sind ziemlich gut.«

Gwen grinste.

»Bist du mit diesem Vorschlag einverstanden, Sophia? Mehr konnten wir in der kurzen Zeit erst einmal nicht improvisieren. Wir wollten einfach nur, dass du so schnell wie möglich wieder ein normales Leben führen kannst.«

»Was? Ja, natürlich. Natürlich bin ich einverstanden.«

»Perfekt, dann hätten wir das geklärt. Mal sehen, wir brauchen bis Montagmittag, um alles in die Systeme einzupflegen. Richard, denken Sie, dass Sie Sophia hier für zwei bis drei Tage verstecken können? Es würde einen seltsamen Eindruck machen, wenn sie bereits vor ihrer überraschenden Einladung zu einem Vorstellungsgespräch nach Dornbach kommt. Danach schlage ich vor, Sophia, dass du dich erst einmal in ein Hotel einmietest und dir anschließend so schnell wie möglich eine Wohnung suchst.«

»Danke. Werde ich denn, keine Ahnung, beobachtet werden?«

»Nein, nicht wirklich. Ich möchte nur, dass wir in Kontakt bleiben und uns regelmäßig einmal im Monat treffen.«

»Das ist mir sehr recht.«

»Gut. Dann lasse ich euch Mädchen jetzt allein. Ich nehme die letzte Maschine nach London. Benjamin und ich haben gleich morgen früh einen Termin bei unserer Chefin und ich muss vorher noch die ganze IT anstoßen.«

Schließlich verabschiedete sich Gwen von uns und wir nahmen dankbar die Einladung von Pfarrer Ban – dann doch sehr schnell nur noch Richard – an, das Wochenende über in Dornbach zu bleiben.

Natürlich gab es am Abend Pizza; und als wir zusammensaßen, da wurde mir klar, was wir alles erreicht hatten.

NEUGIERDE

••••

Wie versprochen holte Sven Mindy und mich am Sonntagabend in Dornbach ab. Dabei nahmen wir die Gelegenheit wahr, ihm Sophia Ritter vorzustellen. Ich mochte die vertrauenserweckende Selbstverständlichkeit, mit der er sie begrüßte. Und obwohl ich wusste, dass ich Sophia bald wiedersehen würde, fiel mir der Abschied unglaublich schwer und ich heulte Sven und Mindy auf dem Rückweg nur einen vor.

Nachdem uns Sven vor dem Eingang zum Studentenwohnheim der Rhein-Main-University abgesetzt hatte, gingen wir gleich zurück zu unserem Zimmer. Auf dem Weg dorthin begegneten wir Katharina.

»Hey, ihr. Wie geht es denn dem kleinen Liebeskummer?«, fragte sie.

»Viel, viel besser«, antwortete Mindy. »Da ist eine ganze Menge verheilt und Sven hat uns unter Einsatz seines guten Rufs noch geholfen, sie wieder unversehrt nach Hause zu bringen.«

»Es gibt also doch noch echte Gentlemen«, lachte Katharina. »Aber erzählt mir jetzt bloß nicht, dass der Junge ein Problem damit hätte, wenn morgen früh in den Gängen getuschelt wird, dass er am Wochenende gleich mit drei heißen Fegern rumgemacht hat.«

»Nein, Quatsch. Ohne ihn wären wir vollkommen aufgeschmissen und irgendeinem Taxifahrer ausgeliefert gewesen, der uns wahrscheinlich mit Tipps fürs erste Mal zugesülzt hätte«, verteidigte ich Sven.

»Das weiß ich doch«, sagte Katharina und legte dieses Grinsen auf, das ich in letzter Zeit auch oft bei Mindy gesehen hatte.

••••

Und so schlief ich eine Stunde später in unserem Zimmer ein. Wieder einmal kreisten meine Gedanken um drei Themen. Um die drei Menschen, die mir so viel bedeuteten.

Mindy und ich waren die letzten Wochen über noch einmal so viel tiefer in die Nacht gezogen worden, aber wir hatten ihr getrotzt. Wir waren noch am Leben. Nur hatte ich auch diesmal wieder einen Preis für meinen Sieg zahlen müssen. Ich hatte durch meine Aktionen im Eurotunnel nicht nur einen Teil meiner Unschuld unwiederbringlich verloren, sondern auch noch der Dunkelheit in mir zumindest für einen kurzen Moment die Tür geöffnet. Hatte sie nun Blut geleckt? Würde es mir von nun an immer leichter fallen, ein Leben zu beenden, um mein eigenes und das meiner Freunde zu schützen? Ich wusste es nicht. Das würde nur meine Zukunft zeigen, die – und dieses Gefühl wurde ich einfach nicht mehr los, seitdem ich Alina getroffen hatte – gleichzeitig vor und hinter mir lag.

Natalie. Sie wurde mir vor knapp einem Jahr genommen. Ich hatte sie für immer verloren. Gleich mehrmals. Aber jetzt hatte ich sie, Sophia, wiedergewonnen. Nicht alleine. Nur mit Mindys Hilfe. Und natürlich war mir klar, dass die nächsten Wochen nicht einfach werden würden. Die Gefahr, dass Sophias Herz eines Tages einfach wieder stehenblieb, die hing wie ein Damoklesschwert über uns – jederzeit bereit, meine Seele zu zerschneiden. Aber das würde ich nicht zulassen. Ich würde Sophia helfen, sich in ihrem Leben zurechtzufinden. Gemeinsam würden wir ihre neue Identität prägen.

Ich war glücklich. Ich schwebte davon. Entspannt durch Raum und Zeit. Trotzdem spürte ich etwas in meinem Inneren. Eine Unruhe. Nein, nicht meine. Ihre! Valerys! Neugierde und Eifersucht keimten an einem weit entfernten Ort in ihr auf. Sie fasste einen

Entschluss und ich verstand sofort, was das bedeutete. Das hier war noch nicht das Ende. Unsere Wege würden sich noch ein letztes Mal kreuzen. Die Finale Interferenz stand mir noch bevor.

EPILOG

Schatten der Vergangenheit

••••

»Du schenkst mir tatsächlich eine Insel«, sagte Sir Ben. Die beiden saßen sich in Lucys Arbeitszimmer an ihrem Schreibtisch gegenüber.

»Du hast sie dir verdient, Benjamin. Sie ist auch recht nett ausgestattet. Die DSL- und Mobilnetzanbindung über Satellit wurde bereits gelegt, das Haus hat drei Gästezimmer und die Fähre genügend Stellplatz für deine, nun ja, klassisch-/sportliche Wahl deines Wagens. Falls dir also einmal langweilig werden sollte und du das Angebot der Rhein-Main-University für einen weiteren Lehrauftrag annehmen möchtest«, und jetzt grinste Lucy verführerisch, »dann steht dem nichts im Weg.«

»Es ist gut zu wissen, dass ich bei Bedarf noch meinen Beitrag zum Ende der Geschichte leisten kann.«

»Es gibt nicht viele, mit denen ich so lange zusammenarbeiten durfte, wie mit dir; und nur wenige haben mich niemals gebeten, ihnen meinen Fluch zu schenken. Du gehörst zu ihnen.«

»Du weißt, weshalb das für mich nicht in Frage kommt.«

»Mein Wissen und meine Meinung zählen hier nicht. Heute geht es einzig und allein nur um dich.«

»Ich habe sehr viel gesehen, Lucy. Viele schreckliche Dinge. Allerdings hoffe ich, dass ich es hin und wieder auch einmal geschafft habe, dafür zu sorgen, dass ein großer Teil der Menschheit nicht wirklich Gedanken um die Schatten machen muss, die wir vor der Welt verbergen.«

»Gibt es denn Dinge, die du gerne vergessen möchtest?«

»Nein. Alles, was da vor meinen Augen geschehen ist, hat mich nur in meiner Gewissheit bestärkt, dass ich eines Tages wieder mit Sylvia vereint sein werde. Dass sie auf mich wartet. Bitte verstehe mich jetzt nicht falsch, Lucy. Ich folge hier dem Lauf der Natur. Ich werde diesen Moment niemals herbeiführen, aber wenn es einmal so weit ist, werde ich nichts bedauern.«

»Grüße Sylvia dann bitte von mir. Das … das werde ich niemals selbst tun können.«

Sir Ben sah Lucy an. Er blickte in die Augen einer 19-jährigen. In Augen, denen vor 120 Jahren das Recht genommen wurde, sich eines Tages auszuruhen. Die Tränen, die sich bildeten, ignorierte er. Das würde Lucy niemals zugeben.

»Ich kenne dich jetzt seit mehr als vier Jahrzehnten, Benjamin. Du hast noch etwas auf dem Herzen. Das ist mir nicht entgangen.«

Sir Ben zog eine Mappe aus seiner Tasche, ließ sie aber noch geschlossen. Er atmete tief ein und aus. »Als ich hier angefangen habe, da hat man mich davor gewarnt, dass es trotz deiner Offenheit ein Thema gibt, auf das man dich niemals ansprechen darf. Ein Verstoß, so sagte man mir, würde mich sehr wahrscheinlich deine Freundschaft kosten. Vielleicht für immer.«

»Von welchem Thema sprichst du?«, fragte Lucy. Die fingierte Unwissenheit in ihrer Stimme wertete Sir Ben als vorläufige Einladung, weiterzumachen.

»Man hat mich davor gewarnt, dich auf dieses Foto anzusprechen.«

Sir Ben blickte zur Seite. Auf eine vielleicht 90 Jahre alte Fotografie. Das Bild zeigte Lucy neben zwei Frauen stehen. Die ältere der beiden war um die 50 Jahre alt und die jüngere ungefähr Mitte dreißig. Sie hielt ein ziemlich selbstbewusst dreinschauendes, vielleicht fünfjähriges Mädchen auf dem Arm.

»Du hast gerade etwas Unverzeihbares getan. Ich hoffe, du verstehst es als meine persönliche Wertschätzung deiner Arbeit und deines Charakters, wenn ich dir jetzt zwei Minuten gebe. Mehr nicht, Benjamin. Mehr kann ich nicht.«

Sir Ben öffnete die Mappe. Er holte Alinas Lebenslauf heraus und legte ihn zusammen mit ihrem Bewerbungsfoto vor Lucy auf den Schreibtisch.

»Ich kann mir nicht einmal im Ansatz vorstellen, welchen Schmerz du empfunden haben musst, erst Mina und dann Alicia zu verlieren – auch wenn mehr als zwei Jahrzehnte dazwischen lagen. Aber vielleicht ist jetzt der Zeitpunkt gekommen, wieder ihrer Spur zu folgen. Ich glaube nämlich nicht an Zufall, Lucy. Die Vergangenheit von diesem Mädchen, die Vergangenheit von Alina *Emilie* Sommer, die begann hier in diesen Räumen. Wir dürfen nicht zulassen, dass dies auch der Ort ist, an dem ihre Zukunft enden wird.«

Biss bald

Ich hoffe, dass Euch *Blutwellen: Verlorene Freundschaft*, der zweite Teil der Blutwellen-Trilogie, gefallen hat.

Wenn Ihr mehr über meine Romane oder mich erfahren möchtet, dann besucht einfach meine Webseite www.mycheer.de oder schickt mir eine E-Mail an mycheermail@gmail.com

Über Rückmeldungen und Fragen zu *Blutwellen: Verlorene Freundschaft* freue ich mich auf jeden Fall und werde jede Mail beantworten. Das ist versprochen!

Viele Grüße

Edgar Achenbach

Weitere Bücher von Edgar Achenbach

Bereits erhältlich

Cheerleader Valley
erschienen bei: BoD – Books on Demand, Norderstedt
ISBN 978-3-8482-2259-9
www.cheerleader-valley.de

Blutwellen: Tödliche Verbindung
erschienen bei: BoD – Books on Demand, Norderstedt
ISBN 978-3-7322-8951-6
www.mycheer.de

Tod im Kontinuum
erschienen bei: BoD – Books on Demand, Norderstedt
ISBN 978-3-7386-5292-5
www.mycheer.de

In Arbeit

Der Schädel des Barden
erscheint ca. Winter 2018
ISBN xxx-x-xxxx-xxxx-x
www.mycheer.de

Blutwellen: Finale Interferenz
erscheint ca. Winter 2019
ISBN xxx-x-xxxx-xxxx-x
www.mycheer.de